마탄의 사수

마탄의 사수 53

ⓒ 이수백, 2017

발행일 2021년 10월 6일 초판 1쇄 2021년 10월 13일 | **발행인** 김명국 | **책임 편집** 황수민 | **제작** 최은선 | **발행처** 주식회사 인타임 **출판 등록** 107-88-06434(2013년 11월 11일) **주소** 서울시 구로구 디지털로 1길 38-21 이앤씨벤처드림타워 3차 405호 **전화** 070-7732-6293 **팩스** 02-855-4572 **이메일** in-time@nate.com | **ISBN** 979-11-03-31925-0 (04810) 979-11-03-31704-1 (세트) | 이 책은 주식회사 인타임이 저작권자와의 계약에 따라 발행한 것이므로 내용의 전부 또는 일부를 사용하려면 반드시 양측의 동의를 받으셔야 합니다. 잘못된 책은 구매처에서 바꿔 드립니다.

차례

Geschoss 1.   7
Geschoss 2.   41
Geschoss 3.   73
Geschoss 4.   97
Geschoss 5.   137
Geschoss 6.   175
Geschoss 7.   211
Geschoss 8.   247
Geschoss 9.   279

Geschoss 1.

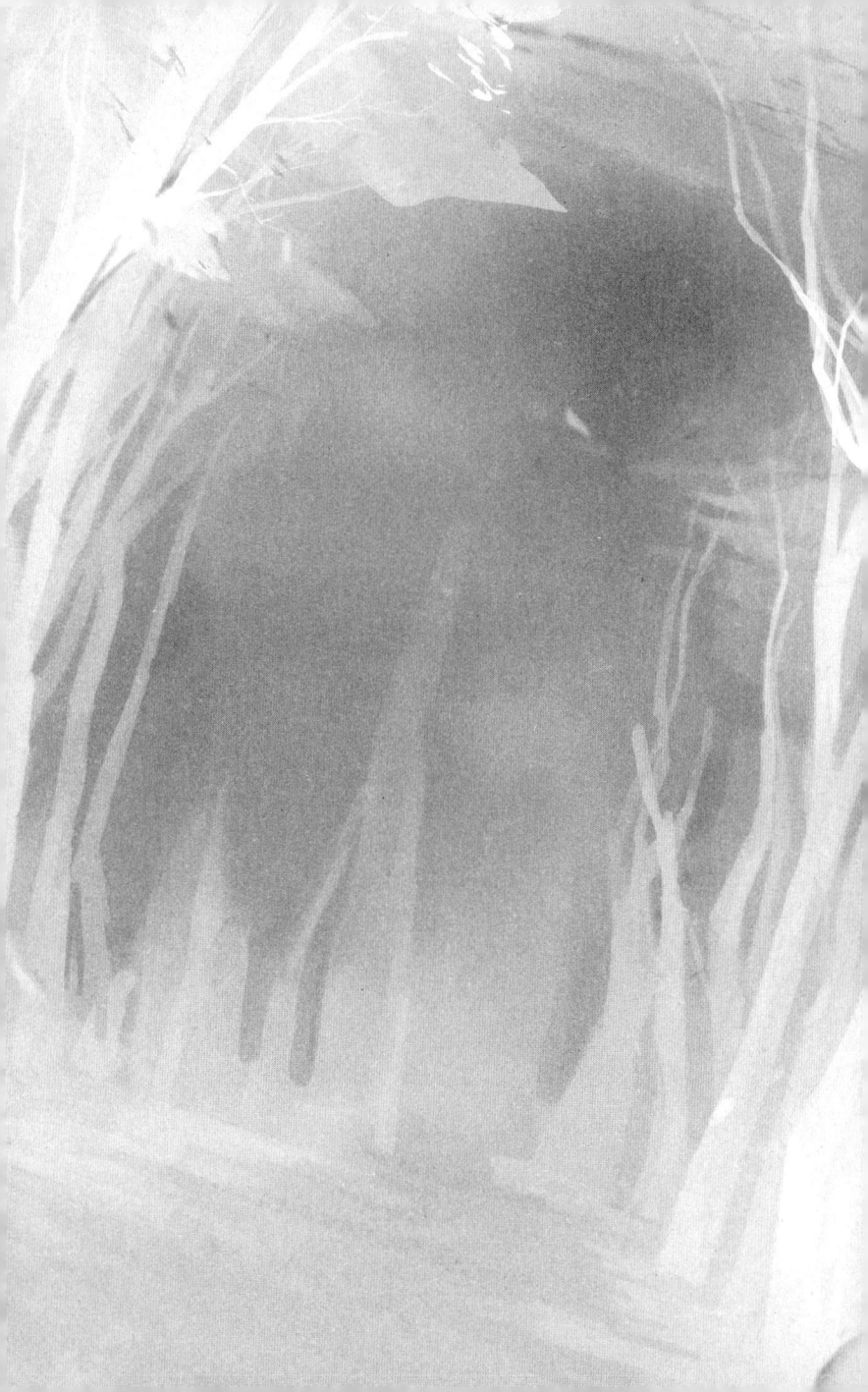

   이지원은 솔 블레이드를 땅에 박아 넣은 채 몸을 맡기고 있었다.

   당장이라도 쓰러질 듯 보이는 그에게 키드가 황급히 달려갔다. 이지원의 〈공격〉이 실행되는 동안 제2방어 진지에서는 아무도 움직일 수 없었다.

   '스킬이 마치…… 단체로 〈홀딤〉이라도 걸린 것 같은 느낌입니다.'

   무언가가 실행되거나 공간의 변화가 있었던 것도 아니며, 극적인 상황이 벌어지지도 않았다.

   더불어 그들은 이곳에 그대로 있었다.

   이지원은 키드에게 툭, 기대고는 웃으며 그를 보았다.

   "하아……. 그래도 야수들은 아마 다 죽었을 듯. 레게노 인정?"

"야수화 몬스터들이 다 죽었다는 뜻이라면— 〈언데드 신성 연합〉은 아직 살아 있다는 의미입니까."

"가슴이 웅장해진다. 키, 크크, 크크루뻥뽕."

"무슨 의미인지…… 이해하기 어렵습니다."

키드는 새삼 놀랐다.

원래도 나이가 많지 않은 건 알고 있었으나, 말 그대로 10대처럼 보이는 이 어린 유저가 그런 일을 했단 말인가.

번역이 되어 들림에도 그 의미를 파악하기 어려운 말을 지껄이는 이 사람이…… 정말 이런 일을 해낸 것인가!

피로트-코크리는 더 이상 공중에 떠 있지도 않았다.

단순히 그게 아니어도 피로트-코크리가 얼마나 데미지를 입었는지는 확연했다.

"너, 너어, 〈심연의 투사〉……. 그 힘에— 어떻게 내 힘을—. 카학!"

한눈에 보기에도 마왕의 조각은 이지원보다도 훨씬 더 상태가 안 좋았다.

말을 하던 피로트-코크리의 아래턱이 덜그럭, 부서지며 땅으로 떨어졌다.

군데군데는 피부가 모조리 벗겨져 있었다.

그 안에 있는 건 살이나 근육이 아니라 오직 뼈뿐이었다.

모든 네크로맨서의 여왕이자 그녀 스스로도 언데드인 피로트-코크리가 본인이 가장 싫어하는 모습을 드러내고 있는 것이다.

"님 지난번에 긁힌 거 기억 남? 〈심연〉의 힘과 결합하면, 후우, 쓸 만해지네. 리얼루다가."

"그게— 그것으로……."

피로트-코크리는 부표에서 이지원의 검에 스친 적이 있다.

이지원은 그 힘을 활용할 줄 알게 되었다.

키드를 도울 때에도 사용한 적이 있으나 지금은 이미 그때보다도 시간이 훨씬 많이 흐른 시점이다.

즉, 피로트-코크리에게서 훔쳐 낸 능력을 자신의 스킬과 결합하는 방법까지 찾아냈다는 의미다.

"끄윽."

이지원은 키드에게 맡긴 몸을 일으키려 했으나 그 행동은 더없이 불안했다.

다급하게 키드에게 건네받은 포션을 삼키고, 뿌리기까지 했으나 그것으로 쉽게 회복될 수 없다는 걸 키드는 알고 있었다.

'나와 연습할 때보다도 훨씬 강한 실전이라는 겁니까. 그때에도 회복에는 수 시간이 걸렸으니 지금이라면 회복이 불가능할 것이고, 이제 남은 건…….'

키드는 이지원을 데리고 조심스레 항만을 향해 걸었다.

선박을 묶어 두기 위해 밧줄을 고정하는 대형 거치대에 그의 몸을 기대어 앉혔다.

"피로트-코크리, 이제 님은 조졌음."

이지원은 피로트-코크리를 가리켰다.

그저 손가락으로 지목당했을 뿐인데도 피로트-코크리의 얼굴은 조금 전보다 더욱 일그러졌다.

"크, 크흐흐훗……그 몸으로? 네 한 몸 간수하기 힘들면서, 아직 나에게도 남은 힘이―."

"괜춘. 이제 나는 훈수충임."

"뭐라고?"

이지원은 피로트-코크리를 보며 옅은 미소를 지었다. 그러곤 그대로 손가락을 옮겼다.

이지원의 지목을 받으며 키드는 모자를 고쳐 썼다.

"당신의 훈수는 필요 없습니다."

"무, 친, 판, 단."

이지원은 손을 거뒀다. 최근 들어 키드와 가장 오래 있었던 유저가 바로 이지원이다.

따라서 그는 키드가 '선수先手'를 양보했을 때 그것을 사양 않고 피로트-코크리를 공격했던 것이다.

자신의 스킬은 매우 강력한 게 틀림없지만 피로트-코크리를 죽일 정도는 못 된다.

하지만 자신의 스킬로 극강의 치명상을 입힐 수는 있다.

그렇다면 그 후는?

"무튼 피로트-코크리를 죽이는 건 님임."

키드가 맡아 줄 수 있다.

이지원은 그 누구보다 냉철하게 자신과 키드의 능력을 계산할 수 있었던 유저이므로 이러한 판단을 내릴 수 있었다.

키드는 그의 말을 등지고 앞으로 걸어 나갔다. 주변에는 드레이크와 인어들도 없다.

이미 야수화 몬스터들은 전멸했다고 볼 수 있는 데다, 〈언데드 신성 연합〉도 꽤 많은 타격을 입었을 것이다.

설령 파우스트가 살아 있다고 해도 이 상황을 쉬이 뒤집을 수는 없다.

〈신성 연합〉의 포효와 스킬을 사용하는 함성이 조금 전보다 커졌다는 게 그 방증이었다.

이지원이 검을 한 번 베어 낸 것.

그 행위가 전황을 상당 부분 뒤바꾸었다고 볼 수 있다.

그리고 이제는…… 마무리 차례다.

"피로트-코크리, 당신은 결코 용서받을 수 없는 짓을 했습니다."

"용서어~? 내가 무슨 짓을 했을까? 끼, 끼히힛. 나를 죽일 수 있을 것 같아? 모자 쓴 오빠는 '두뇌'는 될지언정 '힘'은 안 된다고!"

피로트-코크리는 주춤주춤 뒤로 물러섰다.

어디서부터 날아오는지 모를 정도의 뼛가루들이 그녀를 향해 달라붙는 중이었다.

'분신으로 사용하기 위해 곳곳에 뿌려 두었던 뼛조각들을

다시 불러 모을 정도란 말입니까……. 훗.'

피로트-코크리에게 있어선 최후의 한 수나 마찬가지였을 것이다.

죽을 위기에 처하더라도, 언제든 분신 한 기를 만들어 그곳으로 본체를 옮겨 버리면 어쨌든 그녀는 죽지 않는다.

그러나 지금은? 피로트-코크리는 그렇게 비상용으로 숨겨 두었던 뼈까지 전부 불러 모아야 할 정도로 큰 데미지를 입었다는 의미다.

스스로 신체를 '수복'하고 있는 피로트-코크리를 보고 있자니 이지원의 활약은 더욱 놀랍게 와 닿을 수밖에 없었다.

푸른 수염 때와는 다르다.

컬러 드래곤의 장로까지 총출동하여 마왕의 조각을 압박한 게 아니다.

오직 한 유저의 힘만으로 상황을 만들고, 또 한 명의 유저가 피로트-코크리를 물러서게끔 만들고 있다는 것은 얼마나 큰 충격인가.

제1방어 진지에서 피아를 가리지 않고 소멸시켜 버린 에얼쾨니히의 만행을 벌써 몇몇 유저는 잊을 정도였다.

그리고 바로 그 유저가, 자신을 인정했다.

피로트-코크리를 죽일 수 있는 능력이 있고 또한 자격이 있음을.

"당신은 내가 이 게임 — 아니, 비단 미들 어스가 아니라 현실을 고려하더라도, 내가 존경해 마지않는 하나의 인격체를 모욕했습니다."

키드는 〈크림슨 게코즈〉를 조용히 들어 올렸다.

호흡을 가다듬는 키드를 보며 피로트-코크리의 표정이 일그러졌다.

"인격— 아하아아아~? 아하! 아하! 아하! 아하!"

그러나 그것은 두려움이나 공포에 의해 일그러진 게 아니었다.

얼굴을 찌그러뜨리며 웃는 마왕의 조각, 모든 네크로맨서들의 여왕에게서는 마치 광기와 같은 웃음이 터져 나왔다.

"안 그래도! 내가 보여 줄 게 바로 그거였거드웅!"

"음?"

"에얼퀴니히 님께서 나에게 주신 힘이, 뭐였을 것 같아!? 나는 더 이상 시체 따위는 필요 없어! 아니, 그놈들이 뭘 갖고 있었던 건지 상관없어! 나만의 힘으로, 내가 만들었던 적이 있다면! 그 모든 것들을 다시 한 번 만들 수 있게 되었단 말이다 아아아아아아아아!"

피로트-코크리의 목소리는 점차 톤이 올라가 마침내 돌고래처럼 고주파와 비슷한 것을 쏘아 내기 시작했다.

소리의 파동만으로 코트가 흩날려, 키드는 그것을 여미며 곧장 피로트-코크리에게 달려들고자 했다.

"무슨……."

피로트-코크리의 몸이 모조리 가루가 되어 흩날리지 않았다면 분명 그러했으리라.

출처를 알 수 없이 마구잡이로 모여들던 뼛가루를 포함하여, 피로트-코크리의 본체가 폭발하듯 터져 버렸다.

"어디로 간 겁니까. 끝까지 '선택'을 하게끔 만들겠다는 거라면— 나도 그에 응해 줄 용의가 있습니다. 어차피 피로트-코크리, 당신은 나를 피할 수— 핫!?"

키드는 갑작스레 느껴진 불안감에 몸을 날렸다.

콰아아아아———————————ㅇ!

그곳에서 거대한 폭발이 일었다.

여전히 몸을 기대고 앉아 있던 이지원이 팔을 올려 그 후폭풍을 막아 냈다.

"이건 머임!?"

"큭— 무슨—."

겨우 착지를 하기 무섭게, 키드는 다시금 도약해야 했다.

공격이 한 번으로 끝날 리 없다는 걸 알고 있기 때문이었으나 잠시 후 들려온 타격음에는 조금 당황할 수밖에 없었다.

따아아악—!

그저 무언가가 강하게 지면을 강타하는 소음.

공격의 소음은 들리지 않았다. 오직 그 공격의 결과가 일으키는 충돌음만이 일었을 뿐이다.

아직 키드는 적의 모습을 발견하지 못했다. 그러나 무언가가 자신을 급속도로 따라오고 있다는 건 알 수 있었다.

"치잇— 이제 와서 이딴 언데드를 만들어 봐야 소용없습니다. 어차피 당신은—……."

자신의 뒤를 잡은 언데드를 향해 〈크림슨 게코즈〉를 들이밀려 했으나 그곳에는 아무도 없었다.

"무슨!?"

하물며 다시금 등 뒤에서 느껴지는 서늘한 감각은 무엇인가. 키드는 다시 몸을 돌렸다.

역시나 그곳에는 적이 보이지 않았다.

들려오는 건 핏— 하는 발소리와 자신의 등 뒤까지 바람을 가르는 소리뿐.

결과는 명백했다.

키드 자신의 속도와 엇비슷하거나 상회하는 무언가가, 자신의 '주위'를 돌고 있다는 뜻이었다.

"술래잡기 따위를 하자는 겁니까. 이까짓 걸로 시간을 죽일 순 없을 겁니다!"

키드는 〈크림슨 게코즈〉의 방아쇠를 당겼다.

등 뒤를 돌면서 장난을 친다고? 상관없다.

키드는 양손에 모두 〈크림슨 게코즈〉를 들고 있으며 왼손과 오른손으로 서로 다른 방향을 겨누고도 쏠 수 있으니까.

타다앙————————……!

빠르게 이어진 총성이 하나의 음처럼 들릴 때, 키드는 자리에서 멈췄다.

자신의 공격이 통했기 때문이 아니었다.

"……왜…… 20발 이상의 총성이……."

자신이 쏜 것보다 많은 총성이 울렸다.

자신이 방아쇠를 당기는 것과 같은 타이밍, 같은 속도로 일을 처리했을 때만 가능한 일이다.

바람 소리는 더 이상 들리지 않았다. 키드는 두리번거리며 주변을 둘러보았다.

이지원 외에는 자신밖에 없는 크라벤의 부두, 그 인근의 건물 옥상에는 네 개의 인영이 있었다.

"말도…… 말도 안 돼. 이럴 수는 없습니다. 아니, 이래서는 안 됩니다. 이건……."

아직 저녁이 되지 않았으나 어스름이 깔리는 하늘을 배경으로도 충분히 그들의 모습은 알아볼 수 있었다.

따라서 키드는 말을 이을 수 없었다.

"끼히히히힛! 왜! 안! 돼! 이게 바로 내가 에얼쾨니히 님께 받은 힘이야! 어때, 모자 쓴 오빠!? 나에 대한 존경심이 마구 마구 끓어오르는 고야? 자~ 내가 누구를 모욕했었을까나~? 이 남자야? 아니면 이 여자? 끼히힛, 그것도 아니면…… 이 남자?"

완전히 수복을 끝마친 피로트-코크리가 자신의 곁에 있는 세 사람을 번갈아 짚었다.

키드는 부들부들 떨고 있었다.

그것은 대형 홀로그램을 바라보고 있는 유저도 마찬가지였다.

"이런 식이라면—."

"젠장! 어쩐지 이지원에게 쉽게 쉽게 당한다 했더니 아직도 저런 수를— 빨리! 구원군을 급파해야 해요! 루거 씨! 할 수 있겠습니까!?"

라르크는 재빨리 고개를 돌려 루거를 보았다.

아직도 이동식 지휘 본부에 있던 루거는 키드와 똑같은 얼굴이었다.

"루거 씨!"

"……나 혼자서는 힘들지도 모른다. 그 당시, 얼마나 많은 병력이 투입됐는지 기억나지 않나?"

"하지만 당신이 가지 않으면—."

"하물며 곁에는 둘이 더 있다."

루거의 얼굴이 서서히 일그러졌다.

적어도 로페 대륙의 일을 직접적으로 겪고 그 피해를 본 사람이라면 이런 표정을 지을 수밖에 없었다.

라르크가 조바심을 내는 것 또한 같은 이유에서였다.

그는 가장 피해를 많이 본 국가라고 할 수 있는 미니스 소속으로 해당 사건을 지휘한 적이 있었으니까.

"이제 와서 저것들을 다시 만들어 내면 어쩌자는 거야!"

콰아아아앙—! 라르크는 테이블을 내리쳤다.

피로트-코크리의 곁에는 〈언데드 삼총사〉가 다시금 생성되어 있었다.

심지어 외형은 전보다 더욱 발전한 상태였다. 브라운까지 인간의 모습을 지니고 있었으니까.

거기에 '성능'은?

"키드, 오랜만이군."

언데드 브로우리스가 입을 열었다.

키드는 〈크림슨 게코즈〉를 놓칠 뻔했다.

키드는 손에 힘을 꽉 주고 모자챙을 올려, '다시 한 번' 언데드가 된 스승을 바라보았다.

"당신은 소장이 아닙니다. 나는 당신에게서 일어난 모든 불미스러운 일을 정리했고 또한 당신의 명예를 지키기 위해 노력했습니다. 이제 와서 이렇게— 아니, 그러니까……."

마음을 다잡기 위해 노력한 키드였으나 삼총사의 '두뇌'로도 이 순간만큼은 혀가 꼬일 수밖에 없었다.

무슨 말을 해야 하지?

지금 눈앞에 보이는 언데드 브로우리스는 어떤 능력이 있지?

예전과 같은 것일까?

말이 통하나?

자신의 눈앞에서 자살했던 브로우리스와 같은 걸까?

'그렇다면 다시 한 번 〈홀덤〉을……?'

머릿속은 복잡해졌다.

아직 이지원은 원래의 상태로 돌아오지 못하고 있는데다, 옆에는 언데드 브라운과 언데드 엘리자베스가 있다.

하물며 저 모든 것들을 만들어 낸 피로트-코크리는 어떠한가.

지금 이 상태에서 〈홀덤〉을 사용해 없어진다면 이지원은 반드시 죽는다.

키드의 머릿속에 생각이 많아졌다.

―아니야!
―으, 음? 하이하?

그 순간, 키드의 머릿속에 이하의 귓속말이 들려왔다.

모든 상황을 전해 듣던 이하도 선택을 해야만 했다.

키드가 들으면 반드시 상처받을 이야기이므로 굳이 꺼내지 않았으나, 상황이 이렇게 된 이상 꺼내는 것 말고는 방법이 없었으니까.

―아냐, 키드! 아냐! 그 사람은 소장님이 아냐! 브로우리스

소장은, 마탄으로 죽었어! 마탄으로 죽은 자는 절대 살아날 수 없어! 피로트-코크리가 애초에 만들었던 건 브로우리스 소장의 옷가지를 통해 그 기억을 뽑아낸 것뿐이었어!

―무슨…… 무슨 말을―.

―제기랄, 그러니까― 우선 함부로 덤벼들지 말고―.

"당신이 제정신이 아니라고 하던데, 우선 가죠?"

이하가 무슨 말을 하기 전, 프레아가 키드의 뒤에서 나타났다.

"헛― 프레아―."

"이지원 씨? 당신도 같이. 갑시다~."

피로트-코크리조차 움찔거릴 정도로 뜬금없이 등장한 그녀는 더욱 빠른 속도로 퇴장했다.

무지갯빛이 번쩍였을 때, 그 자리엔 프레아와 키드 그리고 이지원 모두가 없어진 상태였다.

"뭐야아아아! 어디 간 거야아아!"

피로트-코크리는 발광하다 말고 제2방어 진지의 '눈' 역할의 유저들을 바라보았다.

이글거리는 마왕의 조각의 눈빛에 한가득 담겨 있는 건 복수심이었다.

"15분 내로 나오지 않으면! 끼히히힛……. 아주 무서운 일이 벌어질 거야."

이지원의 모든 기대를 받고 있는 키드, 그것을 무너뜨리는 것만이 목적이라는 듯 피로트-코크리가 말했다.

"지금 여기 있는 녀석들을 10배. 아니, 30배로 늘려서 소환할 수도 있으니까. 알아들었지, 모자 쓴 오, 빠?"

그것은 대형 홀로그램을 통해 모든 〈신성 연합〉의 방어진지로 전파된 협박이었다.

믿느냐, 믿지 않느냐. 피로트-코크리는 언제나 선택을 강요하고 있었다.

"아…… 더 이상 알 길이 없습니다. 이지원과 키드의 활약으로 피로트-코크리를 처치하려는 찰나—."

"그곳에 등장한 것은 무려 [언데드 삼총사]였습니다. 얼마 전, 퓌비엘과 미니스 그리고 샤즈라시안의 모든 경제 활동을 박살 낼 정도의 위력을 지닌 그들이 다시 생겨났습니다!"

"하물며 지금 귓속말을 통해 전해지는 루머들은 전부 무엇일까요? 피로트-코크리는 [언데드 삼총사]를 중복해서 소환할 수 있다는 의미의 말을 했다고 합니다! 마왕의 조각이 내건 시간은 고작 15분, 15분 안에 키드가 다시 저 자리에 나타나지 않으면……."

취재진은 분주히 상황을 전달했다.

자신들의 카메라를 통해 녹화한 것이 얼마나 큰 파장을 불러올지 모두가 알고 있었다.

그러나 녹화를 하면서도 그들의 눈은 대형 홀로그램을 계속해서 흘끗거릴 수밖에 없었다.

제2방어 진지에서 보인 이 모든 일들이 사실인지, 거짓인지. 그들로서도 확인의 확인을 거듭해야 했기 때문이다.

그것은 이동식 지휘 본부로 옮겨진 키드와 이지원에게도 주어진 임무였다.

"키드, 어땠지? 브라운의 모습은 이전보다 바뀐 것 같았어! 위력도 예전 그 정도는 아닌 것처럼 보였다. 상대할 수 있나?"

"……피로트-코크리의 성격을 알고서도 그런 말을 하는 겁니까. 그녀는 놀고 있습니다. 그저 나를—."

뿌드드득.

람화연은 갑작스레 울린 소음에 흠칫거렸다. 키드의 입에서 한 줄기 피가 흐르고 있었다.

키드가 느끼는 울분과 감정을 람화연과 라르크 등이 모를리는 없었다.

'놀리기 위해서…… 그저 열 받게 만들려고.'

죽은 자를 모욕하고 산 자를 농락한다.

미들 어스에 깊이 관계된 유저일수록 피로트-코크리를 상대하기 까다로운 이유가 바로 그것이지 않은가.

즉, 피로트-코크리는 브라운이나 엘리자베스의 힘으로 키드를 죽일 수 있었음에도 살려 두었다는 의미다.

단순히 키드를 죽이는 게 아니라 그와 관련된 인물을 마주하게 만들어 그 정신이 피폐해지게끔 설계했다는 뜻이기도 하다.

"망할 년! 일부러 네 녀석을 살려 뒀다는 건가! 저 빌어먹을 꼬맹이의 몸뚱이를 〈자계사출포〉로 아주 남김없이—."

"시끄럽습니다, 루거."

"뭣—……. 제엔장."

거기까지 생각이 닿은 루거는 자리에 앉지도 못하고 분노를 표출했으나 지금의 키드에게는 그것마저도 방해가 될 뿐이었다.

만약 루거가 홀로그램을 통해 브로우리스와 마주한 키드의 모습을, 그 덜덜 떨리는 손을 보지 않았더라면 당장 이동식 지휘 본부에서도 한바탕 싸움이 났으리라.

"그래서, 어떻게 할 거죠? 키드 씨, 당신의 이야기는 저도 어느 정도 들었어요. 피로트-코크리를 죽일 수 있나요?"

"저도 당장 묻기는 싫지만 우선 그것부터 확인해야겠군요. 저 짜증 나는 마왕의 조각의 말은 진실인지, 거짓인지 믿을 수가 없으니……. 15분 후부터 [언데드 삼총사]가 늘어나기 시작한다면 아마…… 제2방어 진지는 포기해야 할 겁니다."

제2방어 진지만 문제가 되는 게 아니다.

라르크는 이하와 잡담을 나누며 '언데드 엘리자베스'의 관한 이야기도 들은 적이 있었다.

공격을 해도 투명 상태를 유지할 수 있는 데다, 총성은 울리지 않으며, 탄환을 자유자재로 조종할 수 있는 적.

'여전히 그 말이 사실인지는 믿기 어렵지만— 절반만 믿는다고 쳐도 미친 암살자가 몇백 명이나 생기는 꼴이 된다.'

〈신성 연합〉의 완전한 괴멸. 라르크는 차마 입 밖으로 내지 않았으나 거기까지도 생각하고 있었다.

그러나 람화연, 라르크 등의 물음에도 키드는 함부로 대답을 하지 못하고 있었다.

일어설 힘도 없어 의자에 앉은 채, 모자를 푹 눌러쓰고 부들부들 떨고 있는 그의 모습을 보는 유저들은 더 이상 재촉할 수도 없을 정도였다.

당연히 이 모든 소식은 이하에게도 전달되는 중이었다.

―어떻게 하죠? 일단 데려오긴 했는데…… 근데 정말 하이하 씨, 괜찮겠어요?

프레아는 이하에게 물었다.

당장 그녀가 걱정하는 건 키드나 루거 심지어는 마왕의 조각을 어떻게 상대해야 하는지에 대해서나 에엘쾨니히에 대한 것도 아니었다.

그리고 그럴 수밖에 없었다.

원숭이를 쫓던 이하의 표정도 상당히 어두워진 상태였기 때문이다.

―네…… 이미 지휘 본부로 키드를 데려갔다면 어차피 끝난 일이잖아요.

―아니, 그럴 거였으면 차라리 이쪽으로 데려오는 게 아니라―.

―아뇨. 언데드 삼총사의 이야기를 들을 때부터 각오는 했어요. 그곳에는, 반드시 키드가 있어야 할 겁니다.

―흐으으음……뭐, 저야 하이하 씨에게 가장 도움이 되는 일을 하고자 할 뿐이니까요.

프레아는 간략하게 말하곤 키드와 루거, 두 사람을 번갈아 보았다.

그녀의 시선을 느낀 루거가 날이 선 자세로 말했다.

"뭘 보냐."

"아뇨. 어쨌든 여러분들이 여기 있는 이상…… 반드시 '삼총사'의 몫을 해 줘야 해요. 아니라면 하이하 씨가 불쌍하니까."

"뭐? 무슨 개소리를 하려고?"

프레아는 어깨를 으쓱이곤 입을 다물었다.

루거는 그런 태도가 여전히 마음에 안 들었으나 어쨌든 이곳에서 프레아의 태도에 대한 이야기를 할 분위기가 아니라는 것 정도는 알고 있었다.

―하이하! 네 녀석이 뭐라고 말이라도 해 봐! 이미 다 알고

있지?
　―안 그래도 대화 중이니까 기다려!
　―뭐?

이하는 프레아와 귓속말을 하는 동시에 키드와도 하고 있었다.
애당초 키드에게 말을 하던 도중 끊긴 것이었으므로 당연한 일이었다.

　―그럼…… 그때의 소장님은 소장님이 아니었다는 의미입니까.
　―맞아. 다만 그 기억을 뽑아내서 만들어 낸 새로운 인격체? 차라리 그런 의미라고 봐야겠지. 어쨌든― 키드 당신이 듣기에는 거북함이 들지 몰라도…… 브로우리스 소장님은 당신과 나눈 대화 때문에 그런 행동을 한 게 아니었던 거야.
　―그것을 그저…… 결함으로 봐야 한다는 이야깁니까.

키드의 목소리는 무거웠다. 언데드 삼총사를 처리하는 과정에 있어서 키드만큼 감성적인 접근을 이뤄 낸 사람은 없었다.
그는 언데드 브로우리스와 충분하리만치 대화를 나눴고,

그 대화가 일종의 키워드화되어 브로우리스가 불명예스러운 두 번째 삶을 스스로 마감한 것이라 믿고 있었다.

―믿기 힘들겠지만―.
―믿을 수 없습니다.
―아니, 믿어야 해! 그건 내가 피로트-코크리에게도 들었던 내용이야! 푸른 수염도 마찬가지고―.
―마왕의 조각이 한 말이라면 당연히 함정이라는 가능성도 염두에 두어야 할 겁니다.
―함정이 아니라니까 그러네!

그런 키드가 이하의 말을 쉽게 믿어 줄 리는 없었다.
하물며 키드는 루거나 이하와 달리 논리적인 사고에 가장 강한 유저다.
이하가 알고 있는 정보의 출처가 마왕의 조각이라면?
특히나 '선택'을 강요하고 그것으로 말미암아 유저들에게 고통을 주는 피로트-코크리가 그 원흉이라면?
믿을 수 없다고 생각하는 게 당연한 일이기도 했다.
"잠깐, 원숭이들! 천천히!"
"낏?!"
"천천히 좀 가. 이제…… 밤이 어두워졌으니까."
이하는 키드와의 대화에 집중하기 위해 그리고 혹시 모를 실수를 방지하기 위해 속도를 늦췄다.

뉘엿뉘엿 넘어가던 해는 이제 완전히 떨어지기 직전이었다.

'〈꿰뚫어 보는 눈〉이 있다지만— 방심할 수는 없어. 하물며 치요와 그 곁에 있는 유저들은 뱀파이어다.'

그들만의 새로운 탐지 방법이 있다고 생각한다면 밤에는 특히나 조심해야만 한다.

지친 젤라퐁에게 잠시 휴식을 주며 이하는 다시금 키드와 대화했다.

―괜히 가서 대화하려는 시도는…… 절대 하면 안 돼. 이해했지?

―아니, 하이하 당신은 모릅니다. 내가 소장님과 마지막까지 나눴던 그 대화를 당신에게 말해 주긴 했으나…… 나와 소장님 사이 대화하던 그때의 분위기까지는 결코 알지 못하기 때문입니다.

―그게 아냐! 가면 죽는다고, 키드!

다른 일이라면 상관없다. 그러나 브로우리스가 걸린 이상 키드는 결코 합리적인 판단을 할 수 없을 것이다.

이하는 조바심이 났다. 어떻게 해야 하지?

키드를 제정신으로 돌아오게 만들려면?

'망할, 피로트-코크리! 마왕의 조각 중에 제일 싫어!'

이런 것까지 다 계산한 것일까.

벌써 피로트-코크리가 내걸었던 조건인 15분은 거의 끝나 가고 있었다.

앞으로 5분 내에 피로트-코크리 앞에 키드가 모습을 드러내지 않을 경우, 그녀는 정말 자신의 말을 증명하려 할 것이다.

'게다가 15분밖에 걸지 않았다는 게 교묘한 술수다. 시간에 쫓기는 상황이라면 더욱 올바른 판단을 내릴 수 없어. 아마 그것까지 계산한 걸까? 그렇다고 진짜 기다리기만 하고 있다간…….'

굳이 15분을 내건 이유가 무엇일까.

곳곳의 뼈를 불러 모으며 자신의 신체를 수복하고 있었다는 정보는 이하도 들었다.

프레아가 키드를 데려올 때를 보자면, 외형적으로 데미지를 거의 입지 않은 상태처럼 보인다고 하지 않았던가.

'하지만 100% 회복은 아니었겠지. 일단 겉보기에만 멀쩡해 보이게 만든 후, 추가 회복을 하고 있을 가능성이 높아. 이지원의 공격은…… 대충 전해 들어도 어마어마한 거였으니까.'

그렇다면 피로트-코크리가 내세운 15분은 이지원에 의해 약화된 신체를 회복할 시간일 가능성이 높다.

실제로 [언데드 삼총사]가 몇 팀이나 생겨 버리는 건 크나큰 문제지만 피로트-코크리가 완전 회복해 버리는 것도 〈신성 연합〉에게는 막대한 손실이다.

랭킹 2위의 유저의 필살 카드를 사용한 보람이 없어진다는 셈이니까.

"젠장! 이럴 때 내가 가서 〈하얀 죽음〉으로 그냥 항만까지 싹 다 날려 버렸으면—."

팍—!

[뫙?]

이하는 짜증 나는 마음을 감추지 못하고 바닥을 찼다.

모래가 흩날리자 쉬고 있던 젤라퐁이 이하에게 슬금슬금 다가왔다.

"아니, 젤라퐁 너한테 한 거 아냐. 휴…… 키드 녀석, 브로우리스 소장에게 미련이 많은 거야 알고 있었다지만……."

그의 유품을 에즈웬에 봉인함으로써 그 모든 것을 깨끗하게 지웠다고 생각했다.

그러나 그건 언데드든, 아니든, 브로우리스의 모습이 눈앞에서 사라졌기 때문에 가능한 일일 뿐이었다.

'보자마자 저렇게 이성을 잃을 줄이야. 아니, 차라리 제대로 보고! 제대로 대화라도 했으면 정신을 차릴 가능성이라도 있었는데!'

피로트-코크리는 그 가능성마저 닫아 버리고 말았다.

지금 키드의 마음속은 브로우리스에 관한 것으로 가득할 것이다.

'이럴 때—……아?'

그 순간, 이하의 머릿속에 무언가가 떠올랐다.
이하는 곧장 귓속말을 보냈다.

"이제 5분 남았어요. 어떻게 할 거죠?"
람화연은 다시 한 번 물었다.
에윈의 원거리 지휘는 〈신성 연합〉의 방어선에 힘을 불어넣고 있었지만, 그렇다고 〈언데드 신성 연합〉을 압도하지는 않았다.
적당히 주고받는 힘겨루기는 방어선을 당기지도, 밀지도 않은 채 유지되고 있었다.
운 좋게 살아남았던 파우스트가 자신의 능력을 과시하기 위해 떠벌리고 있다는 이야기는 이미 람화연에게도 들어온 정보였다.
물론 '그쪽'은 딱히 신경 쓸 게 없었다.
당장 중요한 것은 피로트-코크리의 제시를 어떻게 받아들이는지 결정하는 일이니까.
"으으음…… 여러분?"
람화연의 물음에 뜬금없이 자리에서 일어선 건 프레아였다. 그녀는 주위를 둘러보며 가볍게 이목을 집중시켰다.
"네?"

"지금부터 있었던 일은 전부 비밀이에요. 아셨죠?"

"응? 프레아 씨? 그게 무슨—."

"원래는 여기서 쓸 게 아니지만…… 어쩔 수 없어서 쓰는 거니까."

루거와 람화연 그리고 라르크를 비롯하여 〈신성 연합〉의 참모진 NPC들의 눈이 쏠렸다.

하얀 눈의 정령사는 그대로 걸어가 모자를 푹 눌러쓴 키드 앞에 멈춰 섰다.

"키드 씨?"

"무슨 일입니까."

프레아의 말을 들으면서도 키드는 고개를 들어 그녀를 바라보지 않았다.

그 누구와도 눈을 마주치지 않고 있던 키드였으나, 그렇다고 말까지 무시할 정도는 아니었다.

"잘 생각하고 계셔야 해요."

"무엇을 잘 생각한단 말입니까."

"지금까지 키드 씨가 하고 있던, 바로 그 사람에 대한 생각."

그런 키드의 양어깨에 프레아는 손을 짚었다.

키드가 흠칫거리기도 전, 프레아는 스킬을 사용했다.

"무슨—."

"〈소환: 생명의 정령〉."

―――――――――――!

"크웃, 생— 뭐라?"

"무슨, 네?"

빛이 폭발하는 와중에도 라르크와 람화연은 프레아에게 물으려 했으나, 더 이상은 그럴 수 없었다.

다시금 시야가 회복된 이동식 지휘 본부에는 축구공 크기의 정령이 빙글빙글 날아다니고 있었다.

[세―――상에―――! 이거구나!? 아니, 여기 둘 다 있잖아! 프레아! 이게 어떻게 된 일이지? 이런 일이라면 일단 하이하가 하는 게 좋을 텐데, 하이하는 어디에 있고!]

작아진 크기의 알렌 스르나가 호들갑을 떨고 있었다.

프레아를 제외하고 방 안에 있던 모두가 얼어붙어 버렸다.

라르크는 턱이 빠질 정도로 입을 벌리고 있을 정도였다.

그들이 놀란 이유는 당연히 프레아가 사용한 스킬의 이름을 들었기 때문이다.

"무슨…… 엥?"

"생명의 정령……? 그런 정령이— 아니, 알렌 스르나라면 분명 정령사들이 찾아 헤매던 고대의 정령사였을 텐데 어떻게—."

 람화연도 마찬가지였다. 미들 어스에 대한 지식 자체는 풍부하지 않다.

 그러나 그녀는 '사람'에 관한 정보가 많다.

 애당초 〈신성 연합〉의 주축이 되어 줄 유저들을 찾기 위해 온갖 직업군에 있는 온갖 종류의 사람들을 만나 보았다.

 단순히 방어전이나 공격전에 참가하는 유저 외에도, 주요 임무나 '간부급' 역할을 할 수 있는 인물들을 찾기 위해 얼마나 많은 사람들과 면접을 보았던가.

 개중에는 정령사 직업군도 많았고, 그들이 요구했던 공통된 키워드는 바로 〈정령계의 열쇠〉와 〈알렌 스르나와 관련된 정보〉였던 것이다.

 바로 그것을 프레아가 소환해 냈으니 놀라는 게 당연했다.

 "이게— 뭐야! 넌 뭐야!"

 루거는 호들갑을 떠는 알렌 스르나가 다가오자 화들짝 놀라 손을 휘저었다.

 [그렇군! 이게 하이하가 말했던 그거구나! 블랙 베스가 말했던 '나머지 둘'이야! 그치, 프레아!? 히야아아, 대단해. 음, 음, 저쪽은 좀 소란스러웠는데, 이쪽은 말이 매우 느리네. 하핫! 블랙 베스까지 있다면 성격별로 딱딱 떨어졌겠는데!]

 "저리 꺼져라, 제기랄, 백내장! 이거 뭐야, 정령이야!? 이런 정령은 처음 봤는데!"

〈코발트블루 파이톤〉에 관심을 갖는 알렌 스르나를 보며 루거는 어떻게든 피하려 했으나, 〈생명의 정령〉에게서 벗어날 순 없었다.

그는 루거의 방해 동작(?) 따위는 개의치 않는다는 듯 활기차게 웃으며 말했다.

[하핫! 처음 볼 수밖에 없기는 해. 내가 계약자에게 소환되어 현실계로 나오게 된 게 이번이 처음이니까. 게다가 프레아와는 아직 완전한 단계의 계약이 아니기 때문에 나도 이렇게 작은 모습으로 나타날 수밖에 없거든. 그건 아무래도 아쉬운 일인데―.]

"알렌 스르나 님."

물론 지금은 그의 소란스러움을 들어 줄 때가 아니었다.

[아! 응, 응. 말해, 프레아. 나의 계약자여.]

프레아의 말을 들으며 알렌 스르나는 다시금 프레아의 앞으로 날아갔다.

어쨌든 지금의 알렌 스르나는 계약된 정령이고, 프레아의 힘을 빌려 소환된 이상 반드시 프레아의 명령을 들어야만 하는 개체다.

프레아는 키드와 루거를 번갈아 본 후, 알렌 스르나에게 말했다.

"제가 활용할 수 있는 힘은 어느 정도죠?"

[으음, 육신을 만들어 내야 하는 것이라면― 한쪽에 가까스

로 될 것 같은데. 둘 다 만들기는 힘들고, 그나마도 정상적인 상태는 아닐 거야.]

"흐으응…… 역시 자아의 힘이 너무 강해서 그런가?"

[그렇지. 거기에 계약자의 힘을 빌려 사용할 수 있는 나의 힘이 매우 제한적이니까. 으음, 일단은 블랙 베스 정도의 자아를 정령계에서처럼 완벽하게 형성시키는 일은 불가능하다고 보는 게 옳을 것이고—.]

"좋아요! 그럼 그렇게 해 주세요. 시간은 별로 없으니, 가급적 서둘러서요."

마치 콩트처럼 대화를 주고받는 프레아와 알렌 스르나를 보며 여전히 다른 유저들은 명확한 상황을 파악할 수 없었다.

프레아가 키드를 가리킬 때까지도.

"'이쪽'에다가."

[좋았어. 그렇다면—.]

"무, 무슨 짓을 하려는 겁니까. 나에게 함부로 버프를 사용한다 한들—."

"버프가 아녜요."

키드는 알렌 스르나를 쏘려 했다. 〈크림슨 게코즈〉를 빠르게 뽑는 그를 보며 프레아가 더욱 빨리 말했다.

잠시 정적이 흐를 때, 그녀는 키드를 보며 웃었다.

"하이하 씨가 이렇게 하는 게 가장 최선일 거라네요."

"하이하가—."

[그럼 만들겠어. 만들고 나면 나는 다시 돌아가야 하는 게 조금 아쉽구만! 그럼 친구들, 다음번엔 하이하한테 꼭 해 달라고 전달 좀 해 줘! 그 친구가 가진 스킬을 사용하면, 정령계에서처럼 완전한 모습으로, 그리고 오랜 시간—…….]

알렌 스르나가 미처 말을 끝내기도 전, 그의 몸에서 빛이 번쩍였다.

―――――――――――!

이동식 지휘 본부를 가득 메울 정도의 광량이 터져 나오고, 그 빛이 전부 사그라드는 순간…….

"……이건 도대체……."

이번엔 람화연의 턱까지 빠질 정도로 입이 벌어져야만 했다.

루거는 자신도 모르게 〈코발트블루 파이톤〉을 몸 뒤로 숨겼다.

수다스러운 생명의 정령은 사라진 상태였다.

그러나 키드의 눈앞에는 알렌 스르나와 유사한 것들이 둥둥 떠 있었다.

완전한 형태를 갖추고, 공중에 떠 있는 네 개의 인간.

또한 알렌 스르나만큼 '작은' 인간.

"키드."

"키드?"

"키드!"

"게게겟, 킨!"

키드는 그들을 보며 겨우겨우 입을 열었다.

"……설마 〈크림슨 게코즈〉입니까."

손과 허리에 있던 〈크림슨 게코즈〉 네 정이 모두 사라지고 저들이 생겼다.

설령 그의 손과 허리에 집중하지 않는다 하더라도 키드의 눈앞에 있는 게 〈크림슨 게코즈〉라는 건 쉽게 추측할 수 있었다.

"역시 알아보는군."

"하지만 그 한심한 얼굴은 도대체 뭐야?"

"블랙 베스 녀석 이렇게 좋은 걸 먼저 맛보고 왔나 본데. 키드! 복수하러 가자!"

"겟, 게게게겟, 좋!"

허공을 둥둥 떠다니며 제각각의 목소리로, 제각각의 성격으로 말하는 네 명의 인영을 보며 루거는 결국 폭소를 터뜨렸다.

"푸하핫! 뭐냐, 이건! 어째서— 어째서 '미니미 소장'이 네 명이나 있는 거야!"

어처구니없는 상황에 나오는 것은 웃음뿐이었다.

람화연과 라르크마저도 헛웃음이 새어 나올 정도였다.

네 명의 작은 브로우리스를 보며, 유일하게 웃지 않고 있던 건 키드뿐이었다.

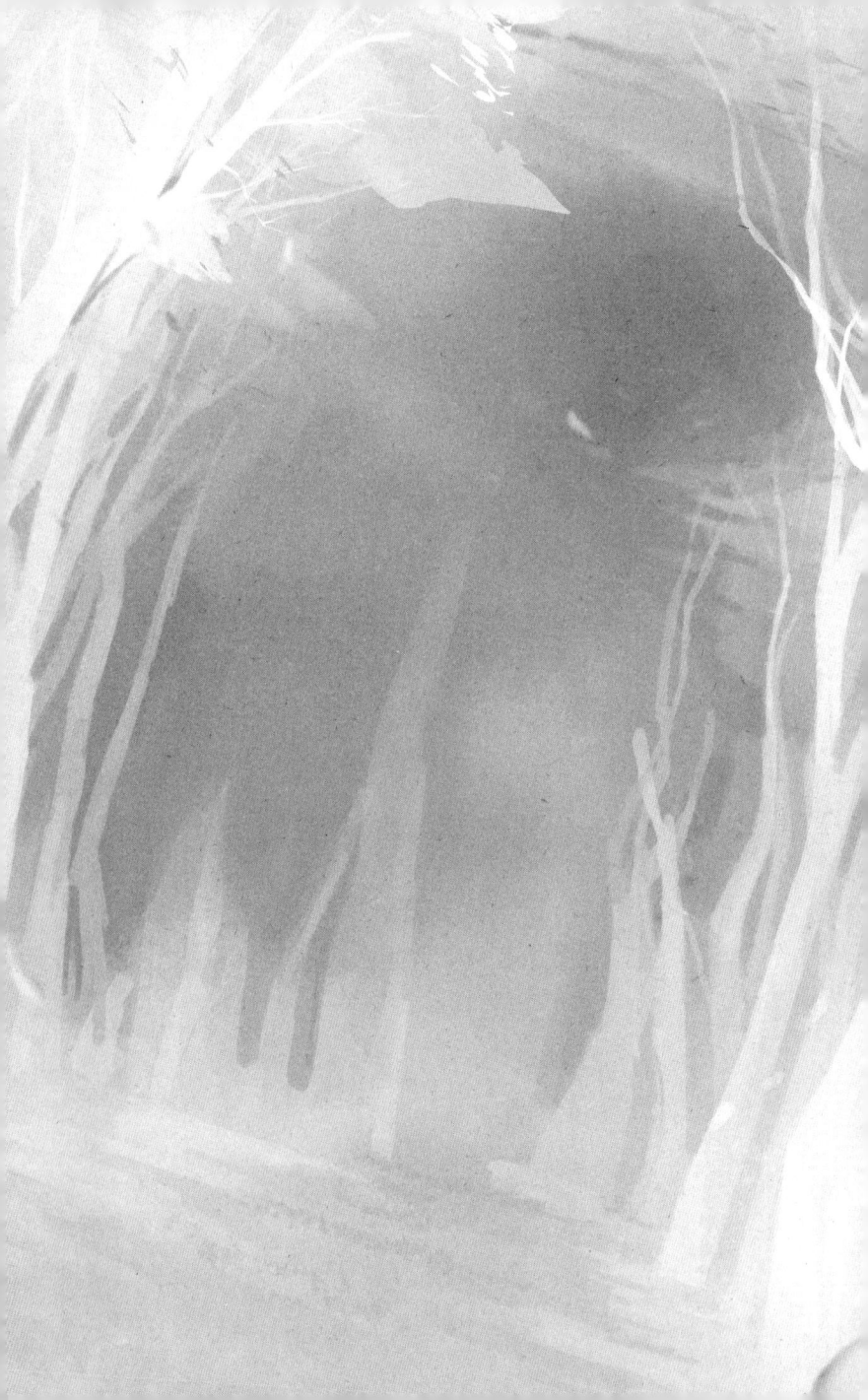

―브로우리스 소장님 모습으로 나왔다는 얘기죠!?
―어…… 네. 으음, 다만 하이하 씨가 만족할지는 의문이네요.
―네? 그게 무슨―.
―크기가 작아요. 그리고 목소리도 뭔가, 끄응, 아무래도 알렌 스르나와 계약한 힘이 부족해서 이렇게 된 것 같은데…….

프레아는 민망함에 말을 끝까지 이을 수 없었다. 그녀가 이하에게 들은 조언은 하나였다.
'알렌 스르나의 힘을 활용해서 〈크림슨 게코즈〉를 형상화시켜 달라.'
이하 자신이 〈블랙 베스〉를 형상화해 보았으므로 할 수 있는 발상이었다.

정령계에서 〈블랙 베스〉는 전체적으로 람화연의 모습을 띠고 있었으나, 그중에는 분명 엘리자베스의 모습도 있었기 때문이다.

그렇다면 그것을 키드에게 적용했을 때는 어떻게 될까.

〈크림슨 게코즈〉는 브로우리스의 모습을 갖추게 될 가능성이 높다는 게 이하의 생각이었고, 실제로 그 추측은 어느 정도 적중한 셈이었다.

문제는 〈크림슨 게코즈〉의 자아의 수가 하나가 아니었다는 점.

또한 '정령왕' 알렌 스르나의 힘을 고스란히 사용할 수 없었기에, 그 카리스마가 매우 부족한 브로우리스가 탄생했다는 점이 아쉬울 뿐이었다.

"다, 당신들은— 아니, 분명 〈크림슨 게코즈〉이겠지만 어떻게—."

"키드, 네가 날 사용할 때 항상 떠올렸던 모습이지 않나."

"마음에 안 든다는 거냐!? 우리도 마찬가지야! 기왕이면 좀 멋진 모습을 상상했어야지!"

"나는 마음에 드는데?"

"게겟, 게게게겟!"

—푸하하하핫! 빌어먹을! 하이하 이 자식, 아이디어는 좋

앉지만 이게 뭐야! 네 번째의 브로우리스— 아니, 크림슨 게코즈는 말도 못 하지 않나!

 루거는 결국 뒤로 돌아 앉아 버렸다.
 도저히 〈크림슨 게코즈〉를 보고 있을 수가 없는 데다, 심지어 그들을 보고 감격한 표정의 키드의 표정까지 어우러지면 웃음을 참기가 너무나 힘들었으니까.
 이하는 루거의 귓속말과 프레아의 귓속말을 들으며 당황했으나, 적어도 루거가 지적한 한 가지만큼은 확실했다.
 "내가…… 〈크림슨 게코즈〉를 사용하며 소장님 생각을……?"
 키드는 브로우리스로 변한 〈크림슨 게코즈〉와의 대화에 완전히 몰입해 버렸다는 점이다.
 "그래, 키드. 엄밀히 말하면 전대의 각인자를 떠올린 건 아니지."
 "하지만 자신이 잘 하고 있는지 항상 의심하지 않았나. 그 비교 대상이 되는 건 결국 '전대의 각인자'밖에 없단 말이야."
 "한참이나 부족한 실력을 자책하기 위해서, 압도적인 대상을 설정한 건 좋은 일이긴 하지. 게게겟!"
 "제기랄, 압도적이긴 뭐가 압도적이야! 그저 네 마음속에서 부풀어 커졌던 것뿐이야! 실력은 키드, 네 녀석이 더 낫다! 보여 주러 갈까? 복수하러 가?"
 "아니! 아직 멀었지!"

"뭐!? 안 멀었다니까 그러네!"

"그건 우리가 함께하니까 그런 거고! 우리가 없으면 놈은 아무것도 아냐!"

"겟, 게겟! 낫!"

브로우리스들은 서로 싸우기 시작했다.

허공에서 티격태격하는 20cm 전후의 브로우리스들을 보고 있자니 람화연과 라르크는 이게 미들 어스의 '미니 게임'인지, 아니면 다른 무엇인지 알아볼 수도 없을 정도였다.

그 목소리를 들으면서도 루거는 여전히 킥킥거리며 발을 굴렸으나, 정작 그들과 마주한 키드만큼은 달랐다.

"내가…… 비교를……."

키드는 조용히 읊조렸다.

〈크림슨 게코즈〉를 깨운 이후로 많은 대화를 했었다.

사냥을 할 때에도, 퀘스트를 클리어할 때에도 키드는 언제나 〈크림슨 게코즈〉와 대화를 나눴다.

자신이 잘 하고 있는지, 앞으로 무엇을 해야 하는지.

그 대화와 질문 중 대부분은 비교 대상이 있어야만 답할 수 있는 것이었다. 〈크림슨 게코즈〉의 답변은 당연히 '전대의 각인자'인 브로우리스와 키드 자신을 비교한 후 답해 주었다고 봐야 할 것이다.

그들에게서 키워드를 구하고, 그 키워드를 기반으로 클리어해 나가던 일상.

결국 브로우리스에게서 〈크림슨 게코즈〉를 물려받은 이후, 계속해서 대화를 나누고 성장했던 나날들은, 브로우리스와 언제나 함께했다고 봐도 좋은 게 아닌가.

'확실히— 조금 전에도 이들은 나에게 이야기를 하고 있었습니다. 다시…… 다시 형성된 소장님과 마주한 그때에도, 이들은 나에게 말을 걸고 있었습니다…….'

〈크림슨 게코즈〉가 뭐라고 말했던가.

키드는 다시금 떠올리려 했으나 기억나는 말은 없었다.

언데드 브로우리스에게 모든 신경을 빼앗겨 버린 상태였으니까.

"훗…… 과연."

전장에서 정신을 팔다니.

전장에서 자신을 믿지 못하다니.

브로우리스가 다시 태어났다? 언데드?

키드의 표정이 변하고 있었다.

겨우 웃음을 다 토해 내고 키드를 바라보던 루거가 자리에서 일어서며 말했다.

"쳇, 무슨 말을 하려고? [소장님은 내 마음속에 있습니다, 그러니 나는 이제 쓰러지지 않습니다~] 같은 소리나 하면서

엥엥 거릴 거면 당장 귀빵맹이를 날려 주마."

 루거의 폭언에 람화연이 움찔거리며 놀랄 정도였으나 정작 대상이 된 키드는 아무렇지도 않았다.

 루거가 어떤 마음으로 자신에게 그런 이야기를 하는지 전부 이해하고 있었으니까.

 "걱정을 시킨 겁니까. 뭐, 빚졌다고는 생각하지 않겠습니다. 내가 당신을 구한 적이 4번이고 당신이 날 구한 건 지금을 포함해도— 아니, 이것도 하이하의 짓이라고 봐야 하니 당신이 날 구한 건 2번뿐이기 때문입니다."

 "뭐, 뭣!? 무슨 개소리를! 처음부터 따져 볼까? 누가 누굴 더 많이 구했는지—."

 "훗, 그리고 '마음속에'는 소장님이 없습니다."

 "—음?"

 키드는 허공에서 아직도 티격태격하는 브로우리스들에게 다가갔다.

 브로우리스들은 싸움을 멈추고 모두 키드를 바라보고 있었다.

 자신과 눈이 마주치자 모자를 스윽, 눌러 쓰는 개체.

 등을 돌리며 괜히 민망한 짓 하지 말라고 말하는 개체.

 오히려 모자챙을 들어 올리며 웃어 주는 개체.

 그리고 정체 모를(?) 개체까지.

 키드는 이제 알 수 있었다.

"소장님은…… 이미 나에게 모든 것을 전한 거였습니다."

브로우리스와 함께했던 기억들, 그가 알려 준 몇몇 기술은 미들 어스만이 아니라 현실에서도 통용 가능한 것이었다.

브로우리스에게 갖는 스승 이상의 감정, 사실상 부친에 가까운 감정들이 있었다는 걸 키드는 자각하고 있었다.

다만 그 감정들이 자신의 발목을 잡고 있다는 걸 인정하지 않으려 했을 뿐이다.

실제로 나누었던 기억들 그리고 키드 자신이 브로우리스를 생각하며 그렸던 상상들.

그 모든 것이 〈크림슨 게코즈〉에 있다.

"돌아오십시오, 〈크림슨 게코즈〉."

브로우리스는 처음부터 그곳에 있었다.

키드는 손을 내밀었다.

"……이제 다 떨쳐 버린 거겠지?"

"말했잖아. 키드, 넌 처음부터 '전대의 각인자'는 이미 뛰어넘은 상태였다고."

"그 말에는 완벽히 동의하기 어렵지만— 뭐, 우리가 함께한다면 적어도 그 상태가 될 수는 있겠지."

"겟, 겟겟, 될!"

브로우리스들이 한마디씩 내뱉었다. 키드의 손이 닿는 타이밍에 맞춰 프레아는 스킬을 해제했다.

피로트-코크리가 말했던 15분의 제한은 이제 1분여밖에 남지 않은 순간, 〈크림슨 게코즈〉 네 정은 키드의 허리와 손에서 모두 자리를 잡은 상태였다.

"크흠."

키드는 괜스레 민망하여 모자를 만지고 코트를 여몄다.

루거는 여전히 웃고 있었다.

"못 할 것 같으면 미리 말해라. 형님이 같이 가 줄 테니까."

키드의 입꼬리가 올라갔다. 그는 루거를 바라보지도 않고 프레아를 향해 말했다.

"프레아, 갑시다."

"오케~이~!"

"자, 잠깐만요! 키드 씨 혼자서 피로트-코크리를 잡을 수 있어요?"

람화연은 무지개의 정령을 사용하려는 프레아를 황급히 붙잡았다.

비슷한 동작을 취하던 라르크도 같은 물음을 하려 했다.

키드는 두 사람을 보았다.

그가 양손에 〈크림슨 게코즈〉를 쥐는 순간, 이동식 지휘 본부에서 무지갯빛이 번쩍였다.

대형 홀로그램에서 무지개가 반짝거리자 취재진의 시선은

다시금 그곳으로 집중되었다.

"아, 아아아앗!? 키, 키드가! 키드가 돌아왔습니다! 그러나 이지원의 모습은 보이지 않습니다!"

"어떤 대응책을 마련해 낸 것일까요? 키드 홀로 피로트-코크리와 '언데드 삼총사'를 상대하기란 요원해 보입니다만……."

"이지원의 회복을 위해 시간이라도 끌겠다 또는 언데드 삼총사가 더 불어나지 않도록 만들기 위하여 자신의 목숨을 제물로 바치려 할지도 모릅니다! 그러나 피로트-코크리가 키드만 죽이고 약속을 지킬지는 아직까지 미지수로 남는—."

"그게 아니오."

"—어, 네? 알렉……산더 씨?"

키드의 등장과 함께 신이 나 떠들어 대는 취재진이었으나 그들은 더 이상 말을 할 수 없었다.

제1방어 진지가 사실상 전멸해 버린 지금, 대형 홀로그램을 보며 떠드는 건 제2, 제3방어 진지의 취재진이었다.

특히 전투가 소강상태에 접어들어 더 이상 '오늘'의 싸움은 없다고 확정이 난 분위기의 제3방어 진지가 가장 가열한 분위기를 띠고 있었다.

바꿔 말하면, 그곳에서 키드를 알고 있는 랭커급 유저들의 심기를 거스르기에 충분했다는 의미다.

"키드가 아무런 준비 없이 저곳으로 갔을 거라 생각한단 말이오."

"그, 그거야— 그럼! 알렉산더 씨는? 어떻게 생각하십니까? 카메라를 보며 한 말씀 해 주시죠!"

알렉산더의 중저음에 취재진은 뜨끔했으나 그렇다고 겁을 먹을 그들이 아니었다.

오히려 알렉산더가 자신을 한 대 후려갈긴다면, 그 모습을 담아 더욱 큰 특종으로 내보낼 생각들을 하기에 바쁜 인종이니까.

알렉산더는 아무런 말도 하지 않고 카메라를 노려보았다.

그의 곁에서 또 한 사람이 다가왔다.

"키드 소협은 자신이 있을 겁니다. 우리는 실제로 키드 소협의 동료들이 어떤 일을 해내는지 보지 않았습니까."

"페이우 씨? 그럼 페이우 씨가 보시기에 승률은 어느 정도—."

"승률은 제가 말씀드릴 수 없겠군요. 그러나 루거 소협과 하이하 대협이 믿고 맡길 수 있는 유일한 동료, 키드 소협이라면 분명 해낼 겁니다."

"해낸……다는 말의 구체적 의미는, 그러니까 피로트-코크리를 죽인다는 뜻입니까?"

페이우는 취재진들의 물음에 답하지 않고 알렉산더의 양쪽 어깨를 잡아 빙그르르 돌렸다.

그랜빌이 있는 지휘 본부로 그를 밀고 가는 와중, 페이우는 카메라를 돌아보았다.

"이제부터 보게 될 겁니다. 그럼, 이만."

가볍게 포권을 하는 그를 보며 취재진은 잠시 어안이 벙벙했다.

키드의 등장에 대해 줄곧 악의적인 해석만 내뱉던 취재진들은 각자 목청을 가다듬으며 다시금 대형 홀로그램에 집중했다.

황룡의 실질적 길드 마스터인 페이우는 사람들의 입을 다물게 할 줄 알았다.

"망할 자식, 왜 하이하만 대협이고 우린 소협이야!? 저 표현도 뭔가 잘못됐잖아!"

단 한 명, 루거만이 이동식 지휘 본부에서 방방 뛰고 있었을 뿐이다.

피로트-코크리의 미소는 더욱 짙어졌다.

"끼히히힛! 진짜 왔어!? 진짜 왔다고~? 여기서 그런 선택을 했어!?"

"그렇습니다. 나는 당신을―."

"당~연히 그럴 줄 알았다고! 끼히히힛, 오빠라면 와야지! 꼭 와야지!"

그녀는 좋아서 어쩔 줄 모르겠다는 듯 몸까지 부르르 떨며 키드를 바라보고 있었다.

자신이 예측한 대로 모든 일이 흘러가고 있다는 자신감의 표현과도 같은 그 행동이었으나, 키드는 당황하지도 기분 나빠 하지도 않았다.

"당신의 알고리즘이 어떻게 짜여 있는지는 알 수 없습니다. 그러나 내가 무슨 선택을 했어도 당신은 '내 예상대로 되었다'라고 말했을 겁니다. 안 그렇습니까."

"뭐?"

피로트-코크리는 갑작스러운 키드의 말에 답하지 않았다.

어차피 키드 또한 답변을 바라고 한 말은 아니었다.

대형 홀로그램을 보는 대다수의 유저들은 마른침을 삼키며 둘을 바라보고 있었다.

서로가 서로를 마주 보고 있는 대치 상황만으로도 긴장감을 일으키기엔 충분했다.

소리가 들리든, 들리지 않든 마찬가지였다.

'눈'의 유저를 통해 키드와 피로트-코크리 간 모든 대화를 듣고 있던 유저들도 키드의 말을 이해하지 못한 건 마찬가지였기 때문이다.

"자신감을 보이는 건 좋지만—."

"그렇다고 굳이 피로트-코크리를 자극할 필요가 있을까 싶기도 하고…… 쩝, 이제부터 내가 무슨 전략으로 기물을 움직이겠다고 말하는 체스랑 다를 바가 없잖아요."

람화연과 라르크는 키드의 행동이나 말의 의미를 정확히 파악하지 못하고 있었다.

지금 이 장소에서 키드의 말을 이해하는 건 역시나 루거뿐이었다.

"큭큭, 둘 다 역시 모르는군. 저거면 되는 거다."

자신만만한 루거의 표정을 보며 람화연과 라르크는 한숨을 내쉬었다.

"음? 루거 씨는 이해했습니까?"

"또 그 [냄새] 이런 소리나 하려고? 이해할 수 없는 표현으로 할 거면 그냥 조용히 구경이나 하세요."

어차피 자신들에게 설명할 수 없을 테니까.

그러나 이번은 아니었다.

"이, 이 자식들이! 그게 아냐! 키드가 하는 말의 의미를 모르겠나? 저건 객관화다, 객관화!"

진심으로 당황한 루거가 벌떡 일어나 두 사람을 향해 소리쳤다.

람화연과 라르크는 물론 프레아를 비롯한 NPC들마저도 놀란 눈으로 루거를 바라보았다.

"객관화…… 과연."

"루거 씨가 그런 단어를 쓸 줄은 몰랐—."

"뭣! 나를 어디 바보 원시인으로 알고 그딴 소리를—."

"아니, 하지만 날카로운 건 역시 인정할 수밖에 없겠네요. 객관화라……. 확실히 저런 단계에서 미들 어스를 인식하고 있다면, 더 이상 브로우리스의 망령에 휘둘리지는 않겠군요."

라르크는 여전히 방방 뛰는 루거를 무시하고 말했다. 람화연도 그의 말에 동의했다.

미들 어스는 몰입감이 매우 심한 게임이다.

감각의 동화율까지도 조정할 수 있으므로, 게임 속 자신이 실제의 자기 자신과 동일시되는 게 당연할 정도의 게임이다.

그런 미들 어스를 플레이하며 자신을 객관화하고 있다는 게 어떤 의미인가.

키드는 피로트-코크리에 대해 '자신이 존경했던 스승을 죽인 마왕의 조각'으로 파악하고 있지 않다.

지금 그에게 있어 피로트-코크리는 그저 '미들 어스라는 게임 속 몬스터' 중 하나이고, 자신은 그저 '게임을 플레이하는 게이머'일 뿐이다.

NPC와의 관계에 가장 깊게 몰입했던 키드는, 반대로 그 몰입에서 완전히 빠져나옴으로써 자신의 상태를 파악하고 있다.

"준비는 됐습니까, 피로트-코크리."

그렇다면 키드는 흔들리지 않는다.

피로트-코크리 또한 키드의 말을 완전히 인식할 수는 없었다.

그러나 마왕의 조각 정도의 AI는 자신이 무시당하고 있다는 걸 확실히 알고 있었다.

"이기익…… 준비? 내가 물어볼 거야! 내가 질문할 거야! 나에게 선택을 강요하지 마!"

그녀는 언제나 질문하는 마왕의 조각이다.

타깃을 흔들어 놓는 것을 목표로 하는 특징이 있다.

즉, 지금 피로트-코크리의 모든 언행은 키드에게 무효하다.

부들부들 떨며 자신의 '상태'를 표출할 정도로, 피로트-코크리의 모습이 급변하기 시작했다.

그녀의 곁으로 뼛가루와 새카만 알갱이들이 무수히 모여드는 모습을 보면서도 키드는 서두르지 않았다.

주변의 유저들이 텔레포트로 도우러 오는 것도 아니었다.

오히려 에윈은 〈신성 연합〉의 방어선을 물리고 있었다. 파우스트가 이끄는 〈언데드 신성 연합〉의 추격을 뿌리치며, 에윈은 더 이상의 충돌을 거부했다.

이지원에게 많은 피해를 입은 〈언데드 신성 연합〉을 〈신성 연합〉이 제압하지 않고 있었던 이유는 간단했다.

―그렇게 되면 파우스트와 〈언데드 신성 연합〉이 전부 키드 씨한테 갈 거예요.

―바로 그걸 원하는 겁니다.

―하지만…… 알았어요. 에윈 총사령관의 입장에서도 정비 시간이 생긴다면 좋긴 하겠지만― 너무 무리하지는 말아요.

키드의 요청에 의해 람화연과 라르크 등은 일부러 방어선을 유지시키는 정도의 힘만 사용해 달라 부탁했기 때문이다.

〈신성 연합〉으로서도 힘을 적절히 아끼고 정비 시간을 벌 수 있었으므로 에윈 또한 그 제안을 받아들였던 것이다.

키드는 귓속말을 마치고 마왕의 조각을 바라보았다.

피로트-코크리의 몸에 더 이상 어떠한 것도 모여들지 않게 될 무렵.

"선택을 하는 건 내가 아니라……."

그녀는 손을 뻗었다.

"바로 너야아아아아아아!"

파앗————————————!

피로트-코크리의 몸에서 검은 안개가 뭉게뭉게 피어올랐다.

언데드 삼총사와 함께 서 있던 건물의 옥상에서부터, 지상으로 내리깔리는 검은 안개는 보기만 해도 불길한 기운을 머금고 있을 정도였다.

그러나 더욱 무서운 건 단순한 기운 따위가 아니었다.

지상으로 점차 넓게 퍼지는 검은 안개에서, 눈 깜짝할 사이에 인영들이 튀어나오기 시작했기 때문이다.

하물며 그 모든 것들은 피로트-코크리의 곁에 있는 언데드와 비슷한 모습을 하고 있었다.

"쯧…… 15분의 약속을 지켰음에도 이렇게 행동한다는 겁니까."

키드는 주변을 둘러보며 혀를 찼다.

피로트-코크리와 언데드 삼총사가 있던 건물의 주변에서, 또 다른 언데드 삼총사들이 계속해서 생성되고 있었다.

검은 안개를 육체로 삼겠다는 듯, 불쑥불쑥 튀어나오던 개체의 수는 어느덧 백 단위를 넘어가고 있었다.

"왜에~? 15분 안에 나오지 않으면 '무서운 행동'을 하지 않겠다고 한 거였는걸?! 끼히히히힛! 내가 언제 얘네들을 더 소환하지 않겠다고 말한 적 있니?"

얼토당토않은 말장난에도 키드는 코웃음조차 치지 않았다.

그는 삼총사의 '머리'다. 이런 순간에도 당황하거나 놀라지 않는다.

'무작정 소환은 불가능……. 거기에 최초 소환할 당시를 생각해 보자면— 결국 '언데드 삼총사'급을 소환하기 위해서는 자신의 분신으로 활용할 뼈를 사용해야 한다는 의미라는 겁니까. 이 정도라면 결국 자신이 지닌 모든 힘을 쏟아부었을 터.'

오히려 피로트-코크리가 사용하는 힘의 본질에 대해 파악할 뿐.

피로트-코크리가 더 이상 뒤를 남기지 않고 모든 것을 쏟아붓는다는 결론을 내리고도 그는 웃었다.

피로트-코크리는 키드의 모습을 보며 울분을 가라앉히지 못하고 있었다.

"끼히히힛, 이제 모자 쓴 오빠가 선택할 수 있는 건 두 개야. 하나! 얘네한테 죽거나! 아니면……."

피로트-코크리는 뒤를 돌아보았다. 키드도 그녀의 시선을 쫓았다.

제2방어 진지의 골목길 사이사이에서는 〈언데드 신성 연합〉과 파우스트가 포위진을 만들어 놓은 상태였다.

"쟤네한테 죽거나! 끼힛, 끼히히힛! 당신의 선택은~?"

완전한 몰이사냥을 성공시킨 피로트-코크리는 웃고 있었다.

키드는 주변을 쭉 둘러보았다. 그러곤 고개를 끄덕였다.

"다행입니다, 당신이 상대라서."

"……음?"

"애당초 푸른 수염을 상대해 보고 싶었지만…… 아쉽게도 상성에는 잘 맞지 않는 것 같습니다. 그쪽은 아무래도 '야수 몬스터'들이 대부분이기 때문입니다."

"무슨— 무슨 소리를 하는 거야?"

"듣지 않으셔도 됩니다, 피로트-코크리 님! 이제부터 제가 맡겠습니다!"

파우스트가 새하얀 꼬리를 흔들며 소리쳤으나 피로트-코크리는 파우스트를 바라보지 않았다.

키드는 코트를 벗고 있었다.

그것을 가지런히 개어 바닥에 둔 후, 그 위에 모자마저 벗어 올렸다.

"하지만 당신들이 만들어 낸 건 '인간'입니다. 그 차이를 알고 있습니까."

"인간? 이것들은 언데드야. 더 이상 인간이 아니야. 끼힛! 심지어 네가 '존경하는' 사람은 더 이상 언데드조차도 아니거등!? 오롯한 내 소환물이자 소유물이지. 이건 물건이라고."

"인간은 앞을 향해 걸어갑니다. 비록 언데드가 됐을지언정, 당신의 소환물이자 소유물이 됐을지언정, 그들은 생각할 수 있습니다. 그것이 바로 야수와의 차이점입니다. 그래서 다행이라는 이야기입니다."

"무, 무슨 헛소리야! 이제 그만 죽―."

"그들이 인간이기 때문에 나는 당신들을 상대할 수 있습니다."

키드는 호흡을 가다듬었다.

피로트-코크리와 파우스트 그리고 이동식 지휘 본부의 모든 유저들까지도 키드의 말을 알아들을 수 없었다.

지금 그 말이 무슨 의미가 있을까. 하지만 대형 홀로그램을 통해 보고 있던 페르낭과 이지원은 옅은 미소를 띠울 수 있었다.

인간은 앞을 향해 걸어간다. 생각과 목적을 갖고.

본능만을 따르는 짐승과는 다르다.

그렇게 앞을 향해 걸어가는 인간을, 키드는 상대할 수 있다.

"보여 줘요, 키드 씨. 언데드형 몬스터라면 이미 이지원의

'암흑 분신'을 통해 몇 번이나 겪어 봤었으니까."

"리얼루다가, 그걸 다 죽일 정도였으면 어차피 저건 상대도 안 댐."

키드는 그들을 이길 수 있다.

"나는 〈인간을 앞서는 속사〉니까."

키드의 몸이 사라졌다. 그리고 다시 생겨났다.

다만 그 수가 다를 뿐이었다.

대형 홀로그램에는 모든 언데드 삼총사와 모든 〈언데드 신성 연합〉의 수만큼 많은 키드의 모습이 비춰지고 있었다.

1언데드에 1키드.

〈언데드 신성 연합〉은 〈신성 연합〉과 싸우며 그 수가 많이 줄었다지만 여전히 만 단위가 넘는다.

하물며 주변에 생긴 수백 명의 '언데드 삼총사'는 또 어떠한가.

그들 하나하나의 곁에는 키드가 있었다. 심지어 그들 곁에 있는 키드의 행동은 조금씩 달랐다.

"뭣—!? 무슨—."

"뭐야!? 없— 없애! 진짜를 찾아내!"

[파우스트에게 죽을 것인지 당신에게 죽을 것인지, 나에게

선택하라고 했습니까. 아니, 이제는 내가 선택을 강요할 겁니다. 내가 어디에 있는지 알 수 있겠습니까.]

파우스트는 물론 피로트-코크리도 당황하여 소리를 지르는 게 고작이었다.

허공에서부터 키드의 목소리가 울려 퍼졌다.

피로트-코크리는 자신의 바로 곁에 있는 세 명의 키드, 즉, 세 명의 언데드 삼총사에게 배치된 키드들을 향해 지팡이를 휘둘렀다.

뼈로 만들어진 채찍이 순식간에 허공을 갈랐다.

키드의 모습은 일렁거리기만 했을 뿐, 사라지지 않았다.

"끼히힛, 좋아! 좋아! 이렇게 나와야지……. 그럼 나도 선택하지 않겠어!"

피로트-코크리는 광분하고 있었다.

그녀의 계략은 지금까지 높은 승률을 자랑했다. 두 가지의 선택지를 내밀고 세 번째의 선택지에 정답을 만들어 놓는 트릭은 뭇 미들 어스 유저들을 괴롭히기에 충분했다.

그녀는 선택하는 입장에 선 적이 거의 없다. 언제나 모든 것을 주도하고 이끌어 가며 농락하는 주체였다.

하나, 지금은 아니다.

피로트-코크리는 키드와 마주한 그 순간부터 벌써 몇 번이나 선택을 무시당했고 선택을 강요받았다.

그것은 피로트-코크리에게 있어 참을 수 없는 굴욕이었다.

그리고 굴욕은 언제나 발악을 가져올 뿐이었다.

"어차피 전부 다 죽이면 그만이니까……. 파우스트! 〈카타콤: 인사이드 아웃〉."

무덤을 뒤집어 버리는 피로트-코크리의 스킬은, 언제 죽었는지조차 알 수 없는 NPC들의 사체를 지면으로 끄집어냈다.

물론 생전의 모습 따위가 아니라 최소 듀라한 이상의 고급 언데드 몬스터로 강화된 상태였다.

"네, 넵! 눈앞에 있는 모든 키드를 죽인다! 어차피 미들 어스에 무적 스킬은 없어! 반드시 죽게끔 되어 있다! 〈본 익스플로젼〉!"

콰아아아아——————ㅇ!

파우스트의 광역 폭발 스킬 또한 압도적이었다. 빠르게 날아간 〈조립식 언데드〉는 모조리 유탄처럼 폭발하는 중이었다.

그들의 공격은 확실히 '다수'를 상대하기에 좋은 것이었다.

상대할 수 있는 아군을 늘리고, 광역 기술로 뭉친 적을 상대하는 건 유효한 전술이니까.

문제는 그들의 적이 다수이자 다수가 아니라는 점이었다.

공격을 받았던 위치 근처 키드의 모습이 일렁거렸다. 그리고 곧 수는 더욱 늘어났다.

피로트-코크리가 다시금 만들어 낸 언데드 몬스터의 수와 똑같은 숫자였다.

듀라한이나 데스 나이트로 모습이 바뀌었을 뿐. 그래 봐야,

그것은 모두 '인간'을 기반으로 한 개체들이다.

[나는 당신들의 움직임에 앞섭니다.]

언데드 삼총사의 하나인 브로우리스가 움직였다.

옆에 서 있던 키드의 뒤를 잡아 쏘려는 움직임을 보였으나 그가 손을 뻗었을 때, 이미 키드의 모습은 그곳에 없었다.

[또한 당신들의 실력을 앞섭니다.]

철컥. 〈크림슨 게코즈〉의 실린더가 돌아가는 소리가 났다.

그 총구는 당연히 브로우리스의 관자놀이에 닿아 있는 상태였다.

[인간이었으나 더 이상 인간이지 않은 당신들에게, 나는 지지 않습니다.]

타아아앙————————……!

그것은 신호와도 같았다.

모든 키드들의 움직임을 일깨워 주는 출발 신호가 떨어지기 무섭게, 제2방어 진지의 모든 키드들이 모든 언데드를 상대로 전투를 시작했다.

미들 어스에 로그인하여 대형 홀로그램을 바라보고 있는 유저 중, 입을 여는 사람은 단 한 명도 없었다.

취재진들도 모두 멍한 얼굴이었다. 상식과 정도를 벗어난 장면을 마주했을 때 보이는 반응이라면, 그들은 전부 정상인 인 셈이다.

혼란에 빠지지 않는 인간은 없다.

다만 그곳에서부터 얼마나 빨리 회복되느냐의 차이일 뿐이다.

"키…… 키드의 수는— 현재 셀 수 없을 지경입니다. 〈언데드 신성 연합〉의 수만큼 형성된 저것을 과연 분신이라 부를 수 있을까요. AI가 조종하는 분신의 수는 반드시 제한되어 있기 마련일 터……."

"하, 하지만— 한 사람이 통제한다고 보기에는 너무나 많은 숫자입니다. 어떻게 이럴 수가 있을까요. 어떻게 이런 일이 가능한 걸까요. 전투 방식 또한 모조리 다릅니다! 듀라한을, 데스 나이트를, 네크로맨서를, 심지어 〈언데드 신성 연합〉의 원직업이었던 모든 직업군을 상대하는 게 다르다니요!"

몇몇 취재진들이 마침내 입을 열어 떠들기 시작했다.

물론 그들로서도 속 시원한 중계를 하는 것은 불가능했다. 애당초 키드의 움직임을 이해조차 할 수 없었기 때문이다.

그렇다면?

정보의 전달인 해설이 아니라, 캐스터가 되면 된다.

엔터테이너가 되면 된다.

"보십시오, 보십시오! 언데드 브라운이 포를 쏘기 위해 모습을 변형, 마치 거대 슬라임처럼 만들어 보지만 소용없습니다! 키드가— 콜록, 콜록, 그 내부에서부터— 언데드 브라운의 내부를 찢으며 나오고 있습니다!"

"실제로 삼총사 중 가장 강한 모습이 아닐까 싶습니다! 키드는 브라운을 이겼습니다, 엘리자베스를 잡았습니다, 브로우리스를 죽였습니다! 언젠가 미들 어스를 공포에 떨게 만들었던 〈언데드 삼총사〉 수백 명이— 키드에게 모조리 사살당하고 있습니다!"

당초 그들은 미들 어스의 몰락을, 자극적인 모습을 녹화하고 방영하기 위해 접속했던 사람들이다.

그러나 지금 눈앞에 보이는 게 무엇인가.

설령 미들 어스를 전혀 모르는 사람이라 할지라도, 이렇게나 박진감 넘치는 전투를 홀로 치르고 있는 사람의 이야기에는 가슴이 뜨거워질 수밖에 없다.

더욱 자극적인 먹거리를 앞에 두고 그것을 거부할 인간은 없다.

"이럴 수가 있는 것일까요! 이 움직임은 가히 치트키라고 봐도 과언이 아닙니다! 지금 제2방어 진지를 지키는 건, 제 13년 방송 생활을 모두 걸고 단언컨대, 키드! 단 한 사람의 힘으로 이루어지고 있습니다!"

"이것은 이미 [피한다]의 개념이 아닙니다! 그는 공격을 보고 피하는 게 아닙니다! 오히려 저희가 보기에는—."

"모, 몬스터들이 키드의 손에 [죽기 위해서] 움직이고 있다고 느껴질 정도입니다! 이렇게나 일방적인, 이렇게나 확실한 1인 학살극은 미들 어스가 서비스된 이래로 본 적이 없습니다!"

"와악! 시이이이이바아아아알!"

"키드, 힘내라! 저런— 저런 개미친 활약이 어디 있냐고 도대체에!"

취재진이 띄워 놓은 열기는 삽시간에 일반 유저들에게로 퍼졌다.

흥분에 도취되어 참지 못하고 내지르는 욕설들이 미들 어스 전역에서 난무하고 있었다.

그것은 이동식 지휘 본부에서도 마찬가지였다.

"저 미친 새끼!"

"이런 미친놈이!"

"그래! 이런 젠장, 미친! 죽여! 터뜨려! 키드 이 새끼!"

모든 욕설이 루거의 입에서 나오고 있다는 게 다른 장소와의 차이였다. 프레아는 놀란 눈을 감추지 못하고 있었다.

"어떻게 저럴 수가 있죠? 제가 '모든 힘'을 다해 정령을 소환해도…… 지금 키드가 만들어 내는 분신의 숫자만큼은 못 만들 것 같은데."

"분명— 언데드 브로우리스가 퓌비엘의 왕궁을 습격했을 때…… 키드 씨가 브로우리스와 거의 같은 속도로 움직이는 건 본 적이 있지만……."

람화연은 〈오버 클럭〉 상태의 키드를 알고 있지만, 그때와 지금을 비교할 수는 없었다.

브로우리스와의 1:1 대결인데다, 지속 시간도 짧고 부작용까지 강했던 〈오버 클럭〉에 비하면 지금의 키드들은 표정에서도 여유가 보였다.

게다가 계속해서 눈에 보이지 않을 정도로 빠르게 움직이는 게 아니다.

움직이는 것은 적이 공격하기 직전의 한순간뿐이다.

마치 100% 확률로 즉사를 노릴 수 있는 반격기 스킬을 사용한다면 저런 느낌일까.

비슷한 생각을 라르크도 하고 있었으나 그는 스스로 고개를 저었다.

"만약 그러려면 키드 씨는 미들 어스에 존재하는 거의 모든 암 속성 직업군의, 모든 스킬을 전부 파악하고 그 패턴을 외우고 있어야 한다는 뜻인데. 그건 불가능하죠. 생각하긴 싫지만 저게 가능한 이유라면 아마도……."

"아마도?"

"취재진과 연관이 있을 겁니다."

"취재진? 그게 무슨 소리지?"

한참 동안 흥분해서 키드에게 욕과 응원을 같이 내뱉던 루거가 헉헉거리며 라르크의 곁으로 와 물었다.

라르크는 머리를 벅벅 긁으며 답했다.

"우리의 5일이 현실의 하루. 미들 어스에서는 시간을 조절

할 수 있죠. 취재진이 현재 녹화하고 있는 건 미들 어스와 현실의 기본 시간 비율과 다르게 적용되어 와이튜브에 송출됩니다. 미들 어스 운영진이 개입해서 바꿀 수 있을 정도라면, 미들 어스 자체 시스템에서 조절하는 건 문제도 아니겠죠."

람화연의 눈이 휘둥그레졌다.

루거의 미간도 움찔거렸다.

"……설마! 그럼 키드 씨가 현재 사용한 스킬이—."

"아까 인간 어쩌고 한 것은, 으음, 유저를 대상으로도 쓸 수 있다는 건가? 아니, 그건 너무 사기일 테니까 아닐 것 같고…… 아마 인간형 몬스터 또는 인간형 NPC를 기반으로 생성된 몬스터에게 쓸 수 있는? 뭐, 그런 조건이 붙을 거예요……. 어쨌든 중요한 건—."

라르크는 키드가 사용했다는 스킬 명과 키드에게 붙은 별칭을 기억해 냈다.

"그는 [앞서고] 있습니다. 시간과 공간 그리고 스킬의 대상이 된 자의 수준마저도."

그 모든 것을 엮어서 추론해 낸 그의 가설은 거의 정답에 가까운 상태였다.

루거는 고개를 끄덕였다.

"미친 스킬이로군. 그런데 틀리지 않았나."

"음? 틀리다뇨, 루거 씨?"

"정확히 따지려면 〈인간을 앞서는 속사〉가 아니라 〈인간으로 인정받지 못하는 것들을 앞서는 속사〉라고 해야 하지 않나 싶은데. 몬스터들에게만 사용한다는 것도 그런 의미일 거고. 역시 놈은 아직도 제대로 된 삼총사가 아닌 거야. 혼자 그지 같은 별칭을 부여받고—."

루거는 심각한 얼굴로 계속 말했다.

람화연과 라르크를 비롯하여 이동식 지휘 본부의 모든 유저와 NPC들은 이미 고개를 돌려 홀로그램을 바라보고 있었다.

벌써 〈언데드 신성 연합〉은 모조리 가루가 되어 흩날리고 있었다.

살아남은 개체는 양손으로 꼽을 수 있을 정도였으나, 그마저도 눈 한 번 깜빡할 시간이면 이미 절반 이상이 사라진 다음이었다.

순서대로 상대하는 게 아니라 '한 번에' 모두를 상대할 수 있으므로 오랜 시간이 걸리지 않는 것이다.

Geschoss 3.

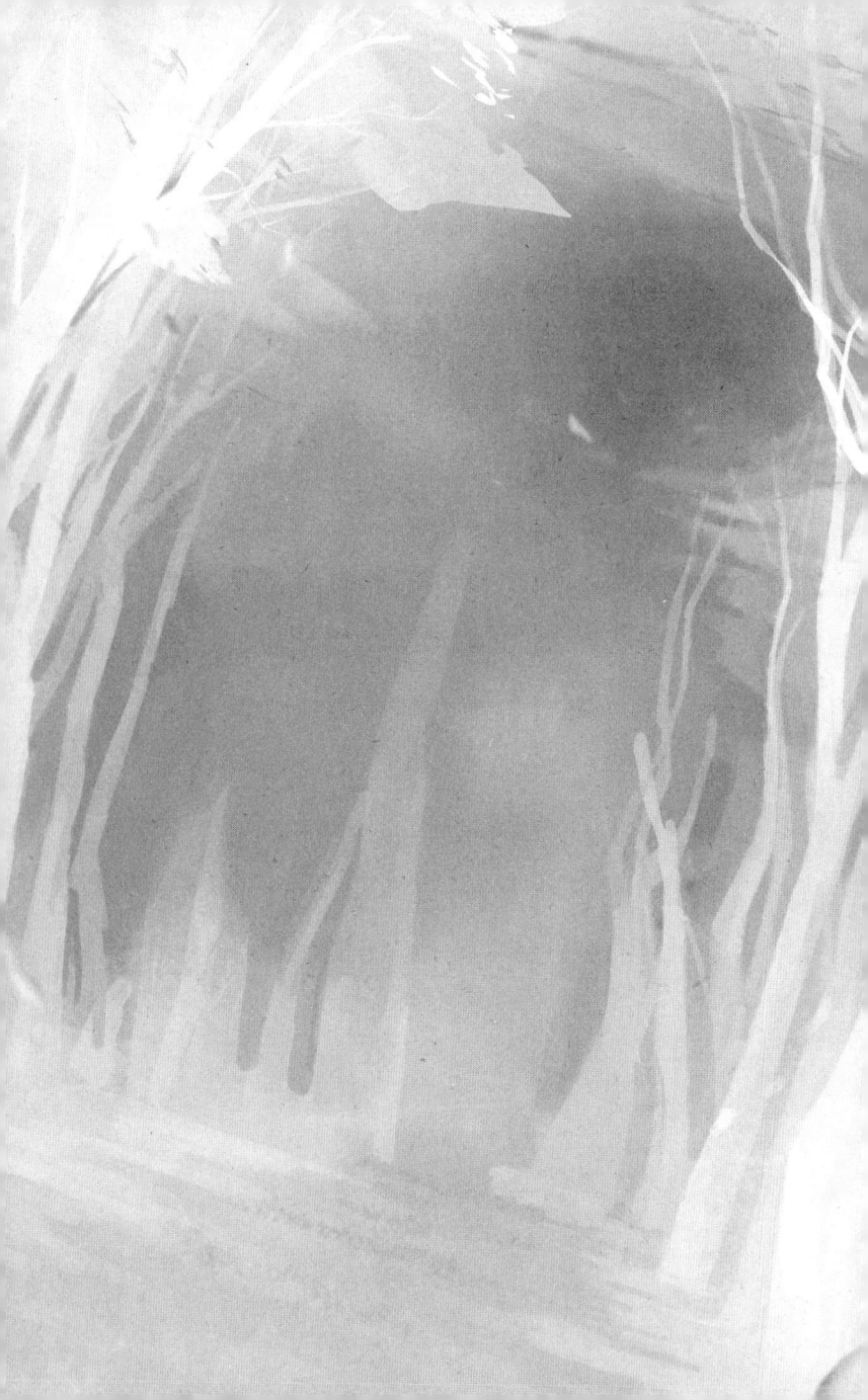

"아, 안 돼! 안 된다, 키드! 이 빌어먹을 자식! 피로트-코크리 님과 내가 어떻게 모은 건데에에에에! 〈재조립—〉."

"당신이 어떻게 모았는지는 관심 없습니다."

〈조립식 언데드〉는 대규모의 적에게 더욱 큰 효과를 발휘한다. 그러나 조립 시간조차 주지 않는 키드를 상대하기에는 어림도 없다.

스킬 명을 전부 말하기도 전, 키드는 이미 파우스트의 뒤통수에 〈크림슨 게코즈〉를 겨누고 있었다.

파우스트는 인간형 몬스터가 아니라 유저다.

그러나 〈신성 연합〉과 〈마왕군〉 유저는 상호 PK가 성립되지 않는다.

그들은 서로를 '몬스터'로 취급하니까.

타아아앙——————————……!

화약 연기가 희미하게 흩날릴 때, 제2방어 진지에 있는 마왕군은 이제 피로트-코크리, 오직 한 개체뿐이었다.

"너, 너— 아무리 그런다 한들 날 죽일 순 없어! 나는 에얼쾨니히 님의 힘을 받아— 이미 모든 장소에서 〈시티 페클로〉처럼 움직일 수 있다고!"

피로트-코크리는 뒷걸음질 쳤다.

그녀가 지금까지 죽지 않고 살 수 있었던 이유 또한 그것이었다.

공격을 하려 하면 그것을 이미 읽은 키드가 그녀의 뒤에 있다.

그것을 피할 수는 없다.

모든 걸 앞선 키드는 피로트-코크리의 머리에 구멍을 뚫는다.

순간, 뼛가루가 흩날리며 피로트-코크리의 본체는 인근의 다른 뼛조각으로 이동한다.

"알고 있습니다. 이미 당신의 머리를 445번 깨부수며 그 정도도 몰랐을 것 같습니까."

그리고 그 모든 피로트-코크리를 키드는 죽였다.

지금까지 피로트-코크리가 사용했던 스킬의 수가 몇 개인가.

대형 홀로그램에서 쉴 새 없이 번쩍거리며 작렬했던 네크로맨서의 스킬은 도대체 얼마나 되는가.

그 어떤 것도 통하지 않았다. 그 어떤 트릭도 먹히지 않는다.

피로트-코크리는 떨고 있었다.

"언데드는 공포에 대해 자동 면역이라고 들었습니다……만, 지금 당신은 언데드가 아니게 되었나 봅니다."

"무, 무슨―……. 크읏, 아냐! 아니라고!"

키드는 그녀를 향해 다가갔다. 피로트-코크리는 더욱 뒷걸음질 쳤다.

키드의 눈매가 날카로워졌다.

그것은 먹이를 앞에 둔 포식자의 눈이었다.

"당신은 텔레포트도 쓸 수 없습니다. 최초의 당신에게 쏜 한 발의 지속 시간은 아직도 적용 중입니다."

단순히 움직이기만 하는 게 아니다. 키드는 피로트-코크리가 도망갈 상황을 대비하여 이미 〈공간 결계〉와 유사한 효력을 내는 스킬을 발동시켜 놓은 상태였다.

"하물며 당신은 도망갈 수도 없습니다. 당신이 곳곳에 뿌려 놓은 모든 뼛가루는 이미 전부 모아 두지 않았습니까."

"아, 아냐! 그, 그럴 리 없어. 나는― 윽!"

"선택할 수 없습니다. 나는 당신에게 선택지를 주지 않을 겁니다. 이것은 질문이 아니라 명령입니다."

키드는 숨찬 기색 하나 없이, 얼룩 하나 묻지 않은 깨끗한 의복 그대로 그는 피로트-코크리에게 다가갔다.

오히려 이리저리 본체를 옮기며 바닥을 굴렀던 피로트-코크리의 옷이 더러워진 상태였다.

심지어 뒷걸음질을 치다 넘어져 엉덩방아까지 찧은 그녀

는, 이제 네 발로 기어가며 뒤로 이동 중이었다.

"나는 단순한 물리적인 공격으로 죽지 않아! 이미 알고 있을걸!? 아무리 잘게 빻아도! 나는 죽지 않는다고!"

"내가 그걸 모를 거라 생각했습니까."

"뭐?"

"루거는 전자기력을 사용하여 〈자계사출포〉를 사용합니다. 나는 무엇을 쓸 수 있을 것 같습니까."

키드는 오른손에 쥔 〈크림슨 게코즈〉로 피로트-코크리를 겨눴다.

곧 그의 허리에서 세 정의 〈크림슨 게코즈〉가 공중으로 떠올랐다.

그것들은 피로트-코크리를 감싸듯 자리하여 그 총구의 방향을 잡아 두었다.

피로트-코크리는 더 이상 아무런 말도 하지 못하고 있었다.

"더러운 장난에 대한 대가를 치르십시오, 피로트-코크리."

덜덜 떨리는 턱을 보이고 있는 마왕의 조각을 보며, 〈인간을 앞서는 속사〉는 조용히 읊조렸다.

"〈붉은 탄환Crimson Bullet〉."

루거만 속성의 힘을 사용하는 게 아니다. 키드도 사용할 수 있다.

그리고 그것은 당연히 '색상'에 어울리는 스킬일 수밖에 없었다.

도망칠 기회를 노리지도 못하고 반격의 의지조차 꺾여 버린 마왕의 조각을 향해, 새빨간 탄환 네 발이 날아갔다.

타아아앙————————……!

"꺄아아아아아아아악—!"

피로트-코크리의 몸이 불타기 시작했다.

마구잡이로 발광하며 무어라 외치고 있었으나, 마왕의 조각의 본체가 다른 곳으로 옮겨져 가는 일은 없었다.

길게 울리던 총성이 끝나고 그녀의 몸에 붙은 불길이 사그라들 즈음.

유저들은 대형 홀로그램의 앞에 뜬 새로운 홀로그램 창을 보았다.

[마왕의 조각, 피로트-코크리가 처형되었습니다.]
[기여율 산정 이후, 〈신성 연합〉의 이름으로 보상이 주어집니다.]

그것은 완벽한 일격의 증거였다.

피로트-코크리는 재가 되었다.

뼛가루조차 남지 않고 흩날리는 그녀의 재와 함께, 제2방어진지에 있던 모든 뼛가루가 하늘로 솟구쳐 날아올랐다.

키드는 그녀에게 겨눴던 〈크림슨 게코즈〉를 치우지 않고 있었다.

눈앞에 수없이 많이 뜬 시스템 홀로그램 창 때문이 아니었다.

레벨 업과 업적, 칭호까지 엄청난 수의 홀로그램 창은 이미 진작 지워 버린 상태였다.

그럼에도 굳어 버린 그를 보며 다른 유저들은 아직도 환호를 터뜨리지 못했다.

키드가 움직이지 않고 있었으니까.

그의 싸움을 처음부터 끝까지 지켜보았으므로 그의 여운에 완전히 매몰되어 버린 상태였다.

키드의 표정이 말해 주듯, 길고 길었던 피로트-코크리와의 악연을 끊어 내기 위해 실제로 그가 희생할 것도 있었다.

'네 번의 기회 중 세 번째……. 이제 남은 건 한 번뿐입니까.'

키드는 입맛을 다셨다. 〈인간을 앞서는 속사〉는 모든 것을 총괄하는 정도의 스킬이다.

그것을 처음 썼을 때 눈치챘어야 했건만, 미련하게도 두 번째까지 사용하고 나서야 스킬의 효력을 완벽하게 이해할 수 있었다.

4번의 기회 중 2번의 기회를 소진하고서야 키드는 얻어 낸 것이다.

키드는 자신의 스킬이 피로트-코크리를 죽일 수 있음을, 그녀와 그녀의 언데드 군세를 모조리 제압할 수 있다는 확신을.

'강력한 스킬에는 강력한 페널티가 부여될 수밖에 없다지

만…… 훗, 횟수 제한은 역시 아쉽습니다.'

그리고 이번이 세 번째 스킬 활용이었다.

루거의 페널티가 엄청나게 긴 시전 시간이라지만 차라리 그쪽이 더 낫지 않은가.

피로트-코크리까지 죽일 수 있었다지만 〈인간을 앞서는 속사〉의 각성 스킬은 이제 한 번밖에 더 쓸 수 없다.

키드는 자신의 성격을 아주 잘 알고 있다.

"후우우우우······."

―게게게겟, 할 수 있다고 했지? 믿으라고 했지?

―그래, 키드! 게겟! 쫄아 가지고 아무런 말도 못 하는 건가?

―게게겟! 우리와 함께하며 너는 이미 전대의 각인자를 뛰어 넘었다니까!

―게게게······. 넘!

키드는 긴 숨을 내뱉었다. 머릿속에서부터 들려오는 〈크림슨 게코즈〉의 말을 들으며 그는 옅은 미소를 지었다.

그것은 〈크림슨 게코즈〉의 자아가 하는 말이다.

그러나 키드에게는 브로우리스가 자신에게 하는 말처럼 들려왔다.

그가 직접 사용했고 직접 물려주었던 네 정의 리볼버.

그들의 힘을 극한까지 이끌어 냈을 때 사용 가능한 미들 어스 시스템에 대한 간섭.

"비록 조건을 갖추기 어렵다지만 마왕의 조각까지도 한 번에 죽일 수 있을 정도의 힘이라……. 봉인하기 아쉬운 건 사실입니다. 그러나—."

자신은 마지막 한 번 남은 스킬을 사용하지 않을 것이며, 그것으로써 영원히 〈속사〉로 남으리라.

키드는 뒤를 돌아 걸었다.

더 이상 뼛가루조차 없는 크라벤의 항만을 가로지른 그는 자신이 벗어 둔 옷가지를 챙겼다.

코트가 크게 펄럭이도록 만들어 단숨에 입고는 그는 모자를 머리에 얹었다.

꾸욱, 누르는 바로 그 동작이 대형 홀로그램에 비춰질 때, 마침내 〈신성 연합〉의 유저들은 마비에서 풀려났다.

"해냈다아아아아아아아아!?"

"죽었— 죽었습니다! 피로트-코크리의 사망 확정 판정!"

"마왕의 조각이— 세상에나, 마왕의 조각이 이토록 쉽게 죽었습니다! 여러분, 믿어지십니까? 기브리드를 잡을 때 모든 유저들이 동원되었던 것과는 다릅니다! 키드! 우리는 이제부터 이 영웅의 이름을 반드시 기억해야 할 것입니다!"

실제로 제2방어 진지의 유저들이 없었다면 불가능했다.

이지원이 피로트-코크리의 힘을 어느 정도 빼놓지 않았다면, 그녀의 뼛가루들을 이곳으로 불러 모으게끔 만들지 않았다면 일거에 처리하는 건 불가능했다.

키드 혼자만의 힘으로 해냈다고 할 수는 없다. 그것을 유저들도 알고 있었다.

"키드! 키드! 키드!"

"무쳤다! 완전히 뒤집어 놓으셨다!"

"이제 마왕군에서 남은 건 마왕 당사자와— 푸른 수염! 주요 몬스터는 겨우 둘뿐입니다!"

"모두가 패배를 점쳤던 〈제3차 인마대전〉의 끝이 보이고 있습니다! 이토록이나 이른 시점임에도! 저는 감히 샴페인을 터뜨려도 될 것이라 자신 있게 말할 수 있습니다!"

그럼에도 그들은 키드의 이름을 더욱 연호했다.

영웅이 재조명받는 것은 반드시 필요한 일이었으므로 이동식 지휘 본부의 람화연과 라르크도 키드의 모습을 더욱 확대하여 잡아 달라 요청하고 있었다.

"그래야……."

"제1방어 진지에서 일어났던 일을 잊을 수 있겠죠. 마스터 케이 씨는 괜찮답니까?"

"정말로 모든 아이템이 증발했대요. 내구도가 다 되어 부서지듯, 그 아이템들이 다 없어졌다네요."

마왕의 조각은 죽었다. 〈언데드 신성 연합〉은 끝장났고 피로트-코크리에게 많은 힘을 받았던 파우스트도 죽었다.

그럼에도 제1방어 진지가 입은 피해에 비한다면, 이것은 그리 큰 성과라 부를 수 없을지도 몰랐다.

"하나 죽이고, 한쪽 잃고…… 나머지가 무승부 판정이라고 본다면, 겨우 본전치기는 한 건가."

"글쎄요. 우리는 지금도 계속해서 방어해야 하지만— 저쪽의 야수들은 밤에 더욱 흉포해진다는 걸 생각한다면 우리가 손해 보고 있는 셈이라고 봐야겠죠."

밤이라고 안심할 수는 없다. 어두운 곳에서 강해지는 게 바로 마왕군이니까.

마왕군과 〈신성 연합〉이 맞붙은 첫 번째 날의 해가 지고 있었다.

—……동시에 상대했다는 게 무슨 의미인지 잘 이해가 안 되는데.

—라르크 씨의 말을 빌리자면, 일종의 [선택]으로 인식해도 될 거라던데. 몇백 개의 분신을 만들고, 공격당할 것 같다는 알람이 울리거나 하면 해당하는 신체를 선택해서 그것만 움직여 적을 상대할 수 있다는 느낌일 것 같대.

이하는 여러 사람들에게서 키드와 피로트-코크리의 전투 이야기를 전해 들었다.

피로트-코크리에게 마지막으로 사용한 〈붉은 탄환〉의 능력도 궁금했으나, 지금 당장 이해가 가지 않는 것은 역시나 각성 스킬 〈인간을 앞서는 속사〉였다.

―……그러니까. 그 말이 지금 이해가 안 간다는 얘기야. 무슨― 어떻게?
―글쎄? 유닛 하나하나를 선택해서 움직인다는 개념으로 받아들이면 될 거라고…….
―자, 잠깐. 유닛 하나씩. 오케이. 전략 시뮬레이션 게임으로 보자면 그렇게 할 수 있지. 음, 근데 거기서 어떻게 공격을 예측하고? 아니, 말하자면 적이 공격할 것을 미리 알고 '일시정지Pause' 기능을 사용해서, 그 유닛, 바꿔 말하면 키드가 자신의 몸을 선택하고 그걸 움직인다는 거야?

문제는 여러 사람에게 이야기를 들어도 도저히 그 해석이 쉽지 않다는 점이었다.
최대한 게임에 대입하여 이야기를 받아들이는 이하였으나, 정작 그 비유를 람화연이 이해하기에 어려웠다.
전략 시뮬레이션 게임이라는 것을 해 본 적이 없기 때문이다.

―나도 몰라. 하이하 당신이 키드랑 더 친하지 않아? 지금 옆에서 루거도 씩씩대고 있는데 당신이 직접 물어보던가.

'쩝, 키드한테 물어본다고 쉽게 알려 줄 리도 없고…… 하여튼 대단한 스킬이라고만 알고 있으면 되겠군. 근데 페널티는 당연히 있겠지? 횟수 제한이라도 있어야지! 만약 그게 아니면 개사기라고.'

지금도 키드에게 귓속말이 오지 않는 이유는 무엇인가.

루거가 툴툴거리지 않는 이유가 무엇인가.

루거와 이하는 키드의 스킬에 강한 페널티 또는 횟수 제한이 있음을 눈치채고 있기 때문이고, 키드는 같은 이유로 두 사람에게 별로 자랑할 이유가 없다고 생각하기 때문이다.

충분히 생각할 수 있었음에도 이하는 람화연을 물고 늘어졌다.

―그렇게 냉정하게…….
―여기도 바쁘다고! 지금은 밤이야. 그리고 〈제2차 인마대전〉의 경험으로 비추어 보자면…… 알지?
―크으, 하긴. 알았어. 내가 알아서 생각해 볼게.

한마디라도 더 나누고 싶었던 그의 마음을 그녀라고 모를 리는 없었다.

하지만 지금은 그럴 때가 아니었다.

〈제2차 인마대전〉에서 가장 큰 문제가 되었던 것은 역시나 주요 지휘자의 암살이었고 〈신성 연합〉 측은 이제부터 그 일을 막아야 하는 처지에 놓였기 때문이다.

"전투다운 전투도 아니고…… 골치가 아프겠지. 그나마 다행이라면 피로트-코크리가 죽었다는 점인가."

과거 삼총사의 기록을 쫓으며 당시 전투에 대한 기록을 '왕실 기록원'에서 열람했던 이하도 알고 있는 사실이었다.

그때 암살로 가장 악명이 높았던 마왕의 조각은 피로트-코크리다.

지금처럼 '예고된 전투'가 아니라 갑작스러운 기습에 의해 발발한 전쟁이었으므로, 당시의 인류 연합은 공동 전선을 빠르게 펼치지 못했다.

자유롭게 돌아다닐 수 있던 피로트-코크리는 성채에 몰래 잠입하여 그곳에서부터 언데드를 일으켜 세운 적이 있다.

'도시 내부의 무덤과 능에서 언데드를 만들고, 그것들을 막으러 치안군이 나선 사이―.'

피로트-코크리는 성주를 비롯하여 주요 지휘관들을 죽이고 사라진다.

대혼란이 일어난 도시 내부에서 방어에 급급한 전투가 펼쳐질 때, 그 소란과 야음을 틈타 기브리드의 검은 키메라들이 성문을 녹여 버리지 않았던가.

'그리고 그 끝은 괴수 군단의 진격이다. 완전히 똑같은 패턴으로, 고작 하룻밤 사이 공략당한 성채가 몇십 개나―.'

"우낏!"

"어우, 씨! 깜짝이야!"

이하는 갑작스러운 원숭이 소리에 화들짝 놀랐다. 원숭이는 죄인처럼 이하에게 고개를 조아렸다.

"이상한 소리 내지 말고. 특별한 일 없으면 나한테 올 필요 없이 주변 경계만 잘 해. 최대한 자연스럽게. 알았어?"

"끼— 끼잇!"

"괜히 경계하는 느낌으로 잔뜩 겁먹은 상태로 보였다간 분명 치요 측이 눈치챌 테니까. 가 봐."

이하의 말에 원숭이는 몇 번이나 절을 하곤 그대로 사라졌다.

완전히 밤이 된 신대륙의 서부에서 이하는 다시금 숨을 죽였다.

〈꿰뚫어 보는 눈〉에는 주변 곳곳에 배치된 원숭이를 비롯한 짐승들이 보였다.

이하의 명령에 의해 '자연스럽게' 행동하는 녀석들은 잠도 자지 못하고 주변을 경계 중이었다.

'몬스터가 되었다지만 평소 패턴과 바뀌어선 안 될 거야.'

한밤중에 무리지어 이동하는 원숭이 떼가 느껴진다?

치요는 평소와 조금이라도 다른 정보가 입수된다면 계속해서 의심할 것이다. 이하가 현재 신대륙에 와 있다는 것은 어쨌든 마왕군 측에도 아직 확실하게 전해지지 않은 정보다.

절대로 들켜서는 안 된다.

'최대한 자연스럽게…… 어차피 이 부근에 있을 테니까.'

원숭이들이 알려 주었던 시간은 이미 지났다.

그들도 움직였을 테니 당장 이하의 눈에 보일 리는 없었으나 이하는 그들이 자신에게서 그리 멀리 떨어져 있지 않음을 느낄 수 있었다.

―크크크…… 그들을 기다리는 것인가, 각인자여.―

"그들? 아, 〈크림슨 게코즈〉랑 〈코발트블루 파이톤〉? 글쎄, 기다린다고 해야 하나……."

―그렇다면 어째서 이곳에 있는 것이지. 나는 당장이라도 자미엘의 피를 원한다.―

블랙 베스의 노리쇠가 반딧불처럼 반짝거렸다.

이하는 씁쓸한 미소를 지으며 한숨을 내쉴 수밖에 없었다.

"기다리긴 기다려 보는 건데, 에휴……."

이하는 삼총사의 텔레포트 창을 열어 보았다. 어차피 이동은 할 수 없다.

키드와 루거는 당연히 접속 중이다. 아마도 키드는 무수히 많은 사람들에게서 귓속말을 받고 있을 것이다.

이하는 잠시 고민하다 키드와 루거에게 귓속말을 보냈다.

―대체 피로트-코크리는 어떻게 잡은 거야?

―훗, 이미 다 들었으면서 굳이 내 입으로 듣고 싶은 겁니까.

―캬하하핫! 하이하 네 녀석만 아무것도 못한 거 알지!? 나는 기브리드를, 키드는 피로트-코크리를 잡았다. 하지만 네 실력으로 푸른 수염은 요원할 것이고, 흐으으음…… 삼총사 딱지 반납하는 게 어때? 앙?!

이하는 헛웃음이 나왔다. 입은 제일 거칠지만 역시 이럴 때 가장 기뻐해 주는 것은 루거뿐인 것일까.

키드의 일을 제 일처럼 기뻐하는 루거를 보며 이하는 지금 귓속말을 보내길 잘했다는 생각이 들었다.

─뭐, 하지만 당신들이 거기서 열흘을 버티지 못하면─ 아마 신대륙 쪽은 구경도 못할 거야.
─……무슨 소리입니까.

키드의 귓속말이 먼저 왔다. 루거는 키드보다 조금 느렸으나 역시 그는 어느 정도 예상하고 있었다.

루거는 제1방어 진지에 있었다. 그곳에서 살아남은 몇 안 되는 유저다.

살아난 방법은?

─빌어먹을…… 프레아? 그 스킬인가.
─나를 구했던─ 그거 말입니까?

키드도 마찬가지다.

피로트-코크리가 소환한 언데드 삼총사를 보며 넋이 나가 버린 그와, 대형 스킬 이후 무력화된 이지원을 구하기 위해 프레아가 나선 바 있다.

당시 사용한 스킬은?

—응. 프레아의 '그림자' 스킬은……. 프레아 자신을 제외하고는 재사용 텀이 길어. 많이.

프레아는 그들을 구해 냈다.
그들의 좌표를 특정할 수 없었기에 〈그림자〉 스킬을 사용했고, 이미 안전한 곳이자 위치를 알고 있던 곳으로 되돌아오기 위해 〈무지개의 정령〉 스킬을 사용했다.
즉, 현재 키드와 루거는 모두 프레아의 그림자 스킬의 적용 제한 대상이 되어 버린 상태라는 뜻이다.

—열흘이라고 말하는 것은 설마 현실 기준으로—.
—48시간!? 이런 미친놈이! 그럴 거였으면 나한테 물어보고 스킬을 썼어야지! 이 자식이! 지 혼자 마탄의 사수가 되고 싶어서 아주 별의 별 꼼수를—.
—두 사람 다, 그 스킬이 없었으면 죽었어. 사망 페널티와 같은 시간제한만 받게 된 걸 고맙게 여기는 건 어떨까?

이하는 한마디로 두 사람의 입을 닫게 만들었다.
루거는 프레아가 구해 주지 않았다면 에엘쾨니히의 파를 맞고 죽었다.

키드는 멍하니 있다가 피로트-코크리의 장난감이 되어 버렸을 것이다.

'젠장, 나라고 그걸 원한 게 아니었다고…….'

이하는 프레아에게 이미 스킬의 쿨타임 제한을 알고 있었다. 〈속삭이는 그림자〉로 전직해 버린 프레아 자신을 제외하고, 특정 대상에게 사용할 경우 그 텀은 무려 미들 어스 시간으로 열흘에 한 번!

절대적인 위기에서 탈출하게끔 도와주는 스킬이므로 사망 판정의 접속 페널티인 현실의 48시간을 그대로 적용받는다고 했다.

―……그래서 프레아가…… '여기에 있으면서 삼총사의 역할을 해 달라'라고 말한 겁니까.

―엥? 그런 말도 했어?

―빌어먹을, 그 백내장 여자가 네 편을 죽어라고 들 때부터 눈치를 챘어야 했는데.

―죽는 것보다 낫지. 안 그래?

고맙다는 말도 못하고 투덜거림으로써 고마움을 표현하는 둘을 떠올리며 이하는 옅은 미소를 지었다.

'루거의 경우는 프레아가 자의적으로 구한 거였지만…… 킥.'

키드가 패닉에 빠졌을 때는 이하가 프레아에게 직접 부탁했다. 피로트-코크리의 손에 죽어 새로운 언데드가 되느니 당장이라도 옮기는 게 나을 테니까.

 그러나 에얼쾨니히의 공격 당시는 프레아의 자의적인 판단이었다.

 '뭐, 신대륙에는 못 가도, 로페 대륙에서 방어하게끔 두는 게 낫지 않겠냐고 말했을 때는 나도 할 말이 없었지만……'

 그 판단이 틀리지 않았음을 알고 있기에 이하도 프레아에게는 별다른 말도 못했던 것이다.

 ―그래도 열흘이면 가망성이 있지 않습니까. 우리가 이곳에서 에얼쾨니히를 막아 내고, 그곳으로 가면 되는 겁니다.
 ―하! 그렇지. 그까짓 마왕……. 크흠, 할 수 있다.
 ―흐흐, 그래. 일단 나도 최대한 기다려 볼 테니까……. 때가 맞거든 한번 보자고.

 우울한 상황을 전달하는 귓속말을 끝내며 이하는 웃었다.
 루거가 다소 활력이 떨어졌음을 이하는 알고 있었지만 굳이 꼬집지 않았다. 누구라도 에얼쾨니히를 겪었다면 그런 식으로 나올 수밖에 없기 때문이다.
 '그건…… 이미 또 한 사람을 통해서 알고 있는 사실이니까.'
 에얼쾨니히는 제1방어 진지의 대부분을 죽였다.
 마왕군의 야수화 몬스터와 해양 생명체는 전멸했다. 〈신성 연합〉 측에서도 거의 모든 방어 세력이 사망했다.

그중 살아남은 몇 안 되는 사람, 이하는 기정에게 귓속말을 보냈다.

―괜찮냐.

기정은 모든 장비를 잃었다. 카렐린을 살리기 위해 본능적으로 뛰어든 탱커는 문자 그대로 자신이 지닌 모든 걸 희생했다.
물론 별초의 세이프 하우스에 저장해 둔 아이템이 있고, 그간 돈도 적잖이 모았으므로 경매장에서 다시금 구입할 수는 있다.
그러나 그곳에서 어떤 아이템을 구할 수 있을까. 기껏해야 예비용 또는 보조 장비 역할밖에 되지 않을 게 뻔하여 이하는 기정을 쉽게 위로할 수 없었다.
그리고 이하의 이런 추측이야말로 기정을 무시하는 행위였다.

―캬아아아아, 형! 작살난다, 작살나.
―으, 응? 뭐가?
―으흐흐…… 샤즈라시안 대통령 궁에서 보물 창고 열어 줬어! 그리고 교황 성하께도 연락이 왔다고! 에즈웬의 보물 옮긴 것 중에서 〈홀리 나이트〉에게 필요한 장비가 있으면 3개까지 꺼내도 좋대!
―뭣!? 진짜로?
―게다가 칭호도 하나 땄어! 업적 말고! 칭호로 R급이라

고! '마의 파도를 막아 세운' 마스터케이라고 불러 주쎄요!

기정이 살린 사람은 제1방어 진지의 지휘관이자 현 샤즈라시안 연방에서 가장 이름을 떨치고 있는 유저다.
하물며 살아남은 대다수의 유저가 회피였던 것과 달리, 기정은 에얼쾨니히의 공격을 정면에서 막아섰다.
'칭호가 훨씬 희귀해. R급 칭호라면……'
사실상 R+급 업적이라고 봐도 좋을 것이다.
마왕의 공격을 막고 살아남은 자.
비록 헐벗은 몸을 대형 홀로그램에 비추었다지만 기정의 공은 결코 작지 않았던 것이다.

―여윽시 사람은 착하게 살고 볼 일이다, 이 말이지. 으히힛! 아참, 엉아가 준 토온의 방패를 날린 건 진짜 진짜 아쉽긴 하지만…… 그래도 고마워! 생각해 보니 그 방패가 없었으면 애초에 나도 죽었을 텐데. 형 거 뭐 챙겨다 줄까?
―야이…… 됐어, 인마! 너 거 많이 챙겨! 하여튼 잘됐다. 아휴, 이제야 마음이 좀 놓이네.
―형이 마음 쓸 게 뭐 있다고. 우히히히, 내일 동트는 대로 난 순방 돌아야 하니까 내 걱정 말고 형이나 잘하셔!
―그래, 인마.

기정이 모든 아이템을 이전과 동등하거나 그 이상으로 보완될 수 있다면 〈신성 연합〉은 더욱 막강한 탱커를 얻게 되리라.

'하지만 불안 요소라면……'

지금은 고작 저녁 8시를 막 지났다는 점. '막강한 탱커'는 내일 오후나 되어야 만들어진다는 뜻이다.

오늘 밤이라도 〈신성 연합〉의 누군가가 암살당할 가능성을 염두에 두어야 한다.

"준비는 됐죠?"

"일단 각 랭커들이랑 주요 길드들 모아서 배치해 뒀고…… '눈' 분들도 멀리 떨어져서 준비 중이고. 방어 쪽은 오케이에요. 이제 남은 건—."

당연히 람화연과 라르크도 그 사실은 알고 있었다. 하물며 그들은 이하의 생각보다도 한 발짝 더 나아갔다.

"여러분들의 차례입니다."

"기왕이면 캠프를, 아니, 녀석들의 진격 루트를 비롯해— 최대한 많은 정보를 긁어 오세요."

람화연과 라르크는 자신들의 곁에 선 사람들을 보았다.

"부히히히힛…… 물론."

"이번 일은 우리 미니스 쪽 요원들에게 맡겨 두길."

〈미드나잇 서커스〉와 미니스의 비밀경찰이 어둠 속으로 몸을 숨겼다.

Geschoss 4.

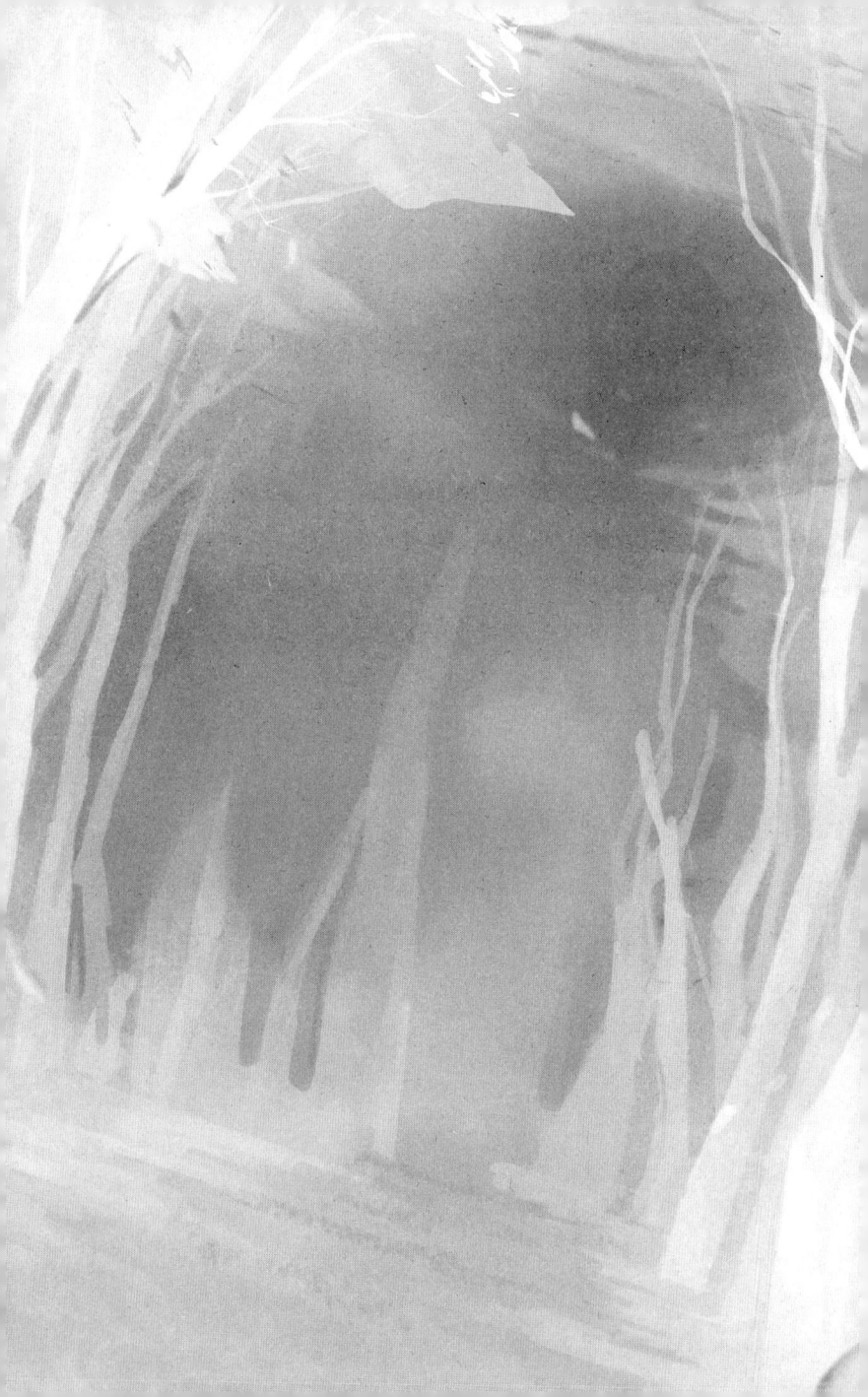

체카는 옆을 슬쩍 보았다. 이동식 지휘 본부에서 출발하기 무섭게 〈미드나잇 서커스〉의 유저와 NPC들은 달려 나가기 시작했다.

그들이 훌륭한 암살자라는 것은 알고 있지만 당장 해야 할 일은 암살이 아니다.

그 대상이 어디에 자리하고 있는지, 그들의 위치를 파악하는 게 우선이다.

"어디인지 알고 가는 건가. 무작정 움직이는 건 추적이라고 할 수 없을 텐데."

그리고 누군가를 추적하는 일이야말로 체카 자신의 장기였기에, 그는 옆에서 달려가는 미야우 종족들에게 한마디 걸어 볼 수밖에 없었다.

"낄낄, 지금 우리 단장님 앞에서 그런 소리를!?"

"우리의 그랑 샤피토Grand Chapiteau 안에서 서커스 구경 좀 해야 되겠는걸! 우햐햐햣!"

대답을 한 것은 〈미드나잇 서커스〉의 암살자 두 명이었다.

〈미드나잇 서커스〉에서 삐뜨르의 뒤를 따르는 것은 총 9명.

두 사람의 말에 다른 7명의 단원이 아무런 반응도 하지 않는다는 것이 〈미드나잇 서커스〉 내의 지위를 보여 주는 셈이었다.

삐뜨르를 제외하고는 모두가 가면을 쓰고 있었기에, 체카는 그들의 얼굴을 알아볼 수 없었으나 어차피 체카에게는 얼굴을 확인할 필요도 없었다.

모두가 가면을 써도 그들 고유의 무구는 변함이 없었기 때문이다.

"너희들의 텐트 따위는 관심도 없을뿐더러, 나는 너희들 따위에게 물은 게 아니다."

무광으로 처리되어 그 포인트 색상이 거의 드러나지 않았으나 붉은 단검과 푸른 클로Claw를 각기 지닌 유저들이라는 걸 알아보곤, 체카는 코웃음을 쳤다.

가면에는 표정이 드러나지 않지만 체카는 그들의 얼굴까지도 기억해 낼 수 있을 정도였다.

"우캬캭! 설마 나한테 한 말은 아닐 것 같고—."

"네 몸을 15등분 해서 뱅퀸Banquine이라도 보여 줄까~? 아참! 이미 넌 죽었을 테니 네 몸으로 쌓은 피라미드는 볼 수도 없겠구만!"

"카쇼, 오쇼, 내가 너희 형제들을 연행하지 않고 두는 이유는 단 하나, 왕가의 명령이 있었기 때문이다. 더 이상 지껄인다면 〈제3차 인마대전〉은 감옥에서 즐기게 될 거야."

〈미드나잇 서커스〉 서열로는 다섯 손가락 안에 드는 형제, 카쇼와 오쇼.

만약 레벨만 부족하지 않았다면 그들도 이미 랭커의 반열에 들어섰다고 봐도 좋은, 암살자 아웃사이더.

핏—!

그들은 아무런 말도 없이 체카를 향해 몸을 날렸다.

그들에게 도발을 할 때부터 각오하고 있었다는 듯, 체카 또한 거침없이 무기를 장착했다.

카쇼가 있던 자리에서 어둠이 일렁거렸다.

게임에서나 표현 가능한 검은색 불꽃이 화르륵 타올랐을 때, 이미 카쇼는 그곳에 없었다.

아주 잠깐 시선을 빼앗긴 그 순간 이미 연체동물과 같은 몸짓으로 오쇼가 다가와 클로를 휘두르기 시작했다.

'현업 마술사라는 이야기는 들었지만 확실히—.'

마술사들의 특기는 관객의 눈을 빼앗는 것이다.

관객의 시선을 고정시켜 놓는 기술에 능하다면, 미들 어스에서 '암살자' 노릇을 하기에는 더없이 좋으리라.

그러한 특기를 알고 있었음에도 체카는 시선을 빼앗겼다.

다행스럽게도 허둥대며 당장 클로를 막기 위해 움직이진 않았다. 시선을 빼앗는 데 정평이 나 있다면, 눈에 보이는 공격은 높은 확률로 허수일 테니까.

따라서 체카는 뒤를 돌며 왼손에 쥔 톤파를 들어 올렸다.

카가가각—!

거친 쇳소리가 거의 동시에 울렸다.

카쇼의 붉은 단검이 체카의 소매 속 톤파를 긁어 내리고 있었다.

체카는 앞 차기로 카쇼를 떼어 내며 거리를 벌리기 무섭게 다시금 뒤를 돌았다. 오쇼의 클로가 벌써 귓가의 바람 소리를 들리게 만들 정도로 가깝다는 걸 알았기에, 그는 곧장 오른손의 단봉을 휘둘렀다.

킹—!

오쇼는 클로의 날 사이로 그 단봉을 받아 내었다. 체카가 단봉을 빼내기도 전, 오쇼는 곧장 클로를 비틀었다.

가로축에서부터 가해지는 힘은 훨씬 효율적이다. 단봉을 빼앗기게 된 체카는 일부러 그 손잡이를 놓고 왼손의 톤파를 돌려 잡아 오쇼를 내리치려 했다.

머리 위에서 들려온 바람 소리만 아니었다면 오쇼의 목을 후려쳐 버렸을 것이다.

푹, 푹, 푹…….

물론 그 대가로 체카의 머리에는 새빨간 장미꽃 세 송이가 자라났으리라.

그들의 특수한 무기 사용법과 형제의 연계기, 그리고 삐뜨르에 버금가는 트릭 쇼는 소문 이상이었다.

'이미 체포 대상으로 인식되어 모습이 보였던 나와 달리……'

그들은 이 모든 것을 어둠 속에서, 단 하나의 빛도 없는 곳에서, 심지어 앞으로 달려 나가는 와중에 행한 것이다.

체카 자신이 사용했던 〈실루엣 차단 스크롤〉 때문에 단순한 어둠 속 시야 확보 따위로는 모습도 보이지 않았을 텐데.

잠깐의 소강상태 후 다시금 카쇼와 오쇼는 체카를 향해 달려들고자 했다.

일부러 낸 듯한 바스락거리는 소리가 들려온 것은 그때였다.

"부히히힛…… 링 마스터의 허락 없이 곡예를 부려도 되나."

"단장."

"단장!"

카쇼와 오쇼는 삐뜨르의 등장에 곧장 멈췄다. 주변을 달리던 다른 〈미드나잇 서커스〉의 단원들도 움직임을 멈췄다.

단순히 미들 어스의 유명 길드 마스터가 아니라, 순수하게 삐뜨르를 향한 존경이 묻어나는 목소리였다.

"다시 한 번 묻지. 우리의 정확한 목적과 목표를 확인하고 있는 건가."

체카는 뻬뜨르를 향해 물었다. 그가 유독 확인행위를 하려는 이유 또한 간단했다.

그들에게 있어 〈신성 연합〉의 작전 따위는 전혀 중요한 게 아니었다.

그들이 미들 어스를 플레이함에 있어 중요한 건 즐거움밖에 없다. 미야우라는 종족의 보정치를 받아 플레이할 때의 쾌감만큼 짜릿한 게 없으니까.

"부히히, 걱정하지 않아도 돼."

"우리만 움직이는 게 아니다. 샤즈라시안에서 〈거인의 발자국〉, 크라벤에서 〈대항해 시대〉도 움직이고 있다. 하물며…… 퓌비엘의 정보 길드인 〈성스러운 그릴〉도 강력한 라이벌이지. 우리의 정보가 가장 유효해야만 한다."

"'미니스의 국익'을 위해서 말이지? 부흐흐, 〈신성 연합〉이 해체된 이후의 헤게모니를 쥐기 위해서?"

〈미드나잇 서커스〉 중 유일하게 가면을 쓰지 않은 뻬뜨르가 말했다.

체카는 별다른 반응을 보이지 않았다.

자신이 정한 콘셉트에 푹 빠져 플레이하는 것은, 그들이나 자신이나 다름이 없다고 비꼬는 의미를 정확히 이해했으니까.

뻬뜨르는 답하지 않는 체카를 보며 씨익 웃고는 등을 돌렸다.

"걱정 마. 우리가 찾을 건 에얼쾨니히나 푸른 수염이 아니니까."

"음? 그럼—."

"마왕군에 소속된 유저들……. 예컨대 파우스트 같은 녀석들을 찾으면 돼. 길드 시날로아와 로스 세타스의 대부분이 마왕군에 들어간 건 알고 있지? 무기의 반사광조차 지울 줄 모르는 애들이야."

"……과연. 그들의 이름이라면 나도 알고 있는 게 있지."

악명 높은 길드들이다. 비밀경찰인 체카가 그들의 리스트를 보유하지 않을 리 없었다.

그들 중 한 사람을 골라 〈수사〉 스킬을 사용, 추적하려던 체카는 신이 나 춤을 추는 뻬뜨르를 보며 고개를 갸웃거렸다.

"부히히히힛! 늦군, 체카. 늦어, 늦어!"

"무슨—."

"그들은 이미 로페 대륙으로 왔다고. 모르겠나? 내가 왜 뛰는지?"

뻬뜨르는 어째서 체카와 아무런 논의도 없이 이동했을까.

지금은 마왕군과 〈신성 연합〉의 첫 번째 전투가 전부 끝난 밤이다.

체카는 잠시 눈을 부릅떴으나 얼른 표정을 감췄다.

카쇼와 오쇼는 분명 훌륭한 유저들임에 틀림없다. 그러나 그들은 두 사람은 함께 묶어 네 번째 또는 다섯 번째 순위라고 봐야 한다.

부단장으로 승급한 NPC가 뻬뜨르의 빈자리를 지휘하는

중이라고 생각한다면?

"운이 좋아서 단장이 된 건 아니군."

다섯 손가락 중 나머지 둘은 마왕군 속으로 침입해 있다는 뜻이다.

"Yay, Yay, '그리고 아무도 없었다'라는 이야기지."

"추리 소설?"

"아니. Ten Little Indian Boys를 그렇게 부르거든."

"영어로 숫자 세기를 배울 때 쓰는 그 동요……."

뻬뜨르가 콧노래를 흥얼거리기 시작하자 체카는 불길해졌다. 뻬뜨르의 성향에 대해서라면 이미 알 만한 사람들은 다 안다.

그가 동요를 흥얼거릴 때는 무언가를 준비하고 있다는 의미이기도 하다.

〈미드나잇 서커스〉에서 행할 만한 '무언가'는 어차피 하나뿐이다.

"우리의 목적은 정보의 수집이다. 함부로 나섰다간 오히려 위험해지지. 네가 정말 그 생각이라면 나는 당장 〈신성 연합〉에—."

"부흐흐흐…… 네 능력도 필요하니, 도와줄 거라면 가만히 있고 아니라면—."

뻬뜨르는 손가락을 튕겼다.

딱—! 하는 경쾌한 소리가 울렸을 때, 체카는 이미 〈미드나잇 서커스〉 전원이 자신을 포위하고 있다는 걸 깨달았다.

"에얼쾨니히를 암살하는 건 불가능하다, 뻬뜨르. 그것은 그렇게 죽일 수 있는 게 아니야."

체카는 빠르게 말했다. 뻬뜨르는 그 이야기를 들으며 고개를 끄덕였다.

동요는 암살의 예고와 같다.

체카는 그 특징을 알고 있었으나, 대상은 잘못 짚었다.

"에얼쾨니히가 아니야, 체카."

"……설마."

"페이우가 상대하고 알렉산더가 상대했다. 에인션트 드래곤이 힘을 빼놨어. 못 할 것 같나."

뻬뜨르도 랭커다.

대형 홀로그램을 통해 제3방어 진지에서 일어난 전투를 모두 지켜보았던 그에게 호승심과 경쟁심이 일지 않을 리 없다.

이미 잠입한 〈미드나잇 서커스〉의 실력자. 그리고 직접 카쇼와 오쇼를 이끌고 가는 뻬뜨르.

무엇보다, 체카 자신.

"……흥미롭군."

마왕군이 사망한 이후를 생각한다면 미니스의 이름으로 확실한 성과를 올릴 필요가 있다.

알렉산더와 컬러 드래곤이 나섰다. 거기에 〈미드나잇 서커스〉까지 나서 [푸른 수염]을 처형할 수 있다면, 이미 피로트-

코크리와 기브리드를 죽인 '퓌비엘 측 인원'들에게 대항할 수 있다.

"우햐햐핫! 그렇겠지. 우리 단장님께서 이미 전~부 생각하신 거라고."

"낄낄, 〈미니스를 위해서〉 협조하지 않을 수 없겠지."

"그래서 일부러······?"

카쇼와 오쇼가 과잉 대응을 하듯 체카에게 덤볐던 것도 모두 테스트였다는 뜻인가.

체카는 다시 한 번 느꼈다.

뻬뜨르는 그저 '서프라이즈' 하나로 〈미드나잇 서커스〉의 단장 자리에 오른 인물이 아니다.

'과거 구엔과의 내기도 있었지. 현 별초의 비예미····· 캐릭터 삭제를 내기로 한 경쟁에서도 당당하게 이겼던 자다.'

나름대로 지능형인 비예미도 속여 넘기고 플레이할 수 있을 정도로 육체와 지능 양방으로 뛰어난 자.

"더 이상은 시간 낭비겠군. 가면서 듣지."

체카는 먼저 몸을 돌렸다. 뻬뜨르의 의견에 동조한다 해도 그는 언제나 자신의 힘을 우선시한다.

〈수사〉 스킬을 사용하여 로스 세타스의 길드원 하나를 찾아낸 그가 달리기 시작하자 뻬뜨르는 더욱 크게 웃었다.

"부히히힛! 그 와중에도 통제하려고 드는 건 역시 마음에 든단 말이지. 그럼 쇼를 시작해 보자고!"

뻬뜨르의 말을 끝으로, 〈미드나잇 서커스〉 전원의 모습이 사라졌다.

어두운 숲속에서 바람만이 불었다.

[자신 있다고 말하지 않았던가, 레.]

"……면목 없습니다, 에얼쾨니히 님. 코크리 녀석이 그렇게 쉽게 당하리라고는—."

[생각하지 못했다는 건 아니겠지. 네가 그럴 리 없다.]

에얼쾨니히의 목소리에는 고저와 강약이 없다. 기계처럼 건조한 목소리는 성별조차 제대로 가늠하기 힘들었다.

물론 패장 취급을 받는 푸른 수염에게 그런 건 아무런 의미도 없었다. 한쪽 무릎을 꿇고 고개를 숙이고 있던 레는 더욱 자세를 낮췄다.

"코크리의 언데드들이 사라진 만큼 제가 더 열심히 하겠나이다."

[방법은.]

에얼쾨니히의 물음에 푸른 수염은 옅은 미소를 지었다.

"아직 이 땅에는…… 20년 전의 전쟁을 잊지 못하고 있는 제 부하들이 많습니다."

긴 설명은 필요 없다. 아직 푸른 수염에게도 감춰 둔 수가 있었다.

[부하들이 남아 있었던가.]

"그렇습니다. 비록…… 한 놈은 죽었지만, 그 외의 녀석들에게는 모두 신호를 해 두었습니다."

[언제쯤 움직이게 만들 수 있지.]

"에얼쾨니히 님의 마기를 사용할 수 있다면 지금 당장이라도."

푸른 수염은 아무렇지도 않게 말했다. 정작 그 이야기를 들으며 놀란 것은 메데인이었다.

푸른 수염에게 부하가 있었나?

부하라고는 신대륙에서 괴수로 만든 야수화 몬스터들과 자신들이 아니었던가?

'칼리 그 병신이 겨우 죽었는데— 이제 와서 또? 빌어먹을, 더 이상 부하는 안 받는 거 아니었나?'

자신의 자리를 위협할 만한 누군가가 있는 걸까.

메데인은 에얼쾨니히가 움직이는 것을 보고 다시금 고개를 숙였다.

[좋다. 레. 당장 그들을 움직여라.]

─────────────……!!!!

에얼쾨니히는 가볍게 손을 저었다.

메데인은 자신의 몸을 가로질러 레에게 향하는 검은 안개들을 보았다.

레는 잠시 놀란 눈으로 자신의 몸을 살폈다.

기습을 당해도, 함정에 빠져도 당황하지 않던 푸른 수염을 생각한다면 그것은 매우 특이한 반응이었다.

당연히 그럴 수밖에 없었다.

푸른 수염의 왼팔 부분은 비어 있었다.

에얼쾨니히의 부정형 마기가 활약했던 것은 〈신성 연합〉과 싸우던 당시뿐이었고, 그 직후부터는 팔 자체가 완전히 사라진 상태였다.

그런데 지금은?

새하얀 뼈를 드러낸 모습으로 그의 왼팔이 완전하게 자라나 있었다.

"이건……."

레는 새롭게 자라난 왼팔까지 땅에 짚으며 곧장 에얼쾨니히를 향해 고개를 숙였다.

쿵, 소리가 날 정도로 바닥에 이마를 찧는 푸른 수염에게도 이유는 충분했다.

[너에게 언데드의 힘을 사용하는 걸 허락하겠다. 나에게 다시는 굴욕을 느끼게 하지 말라.]

그것은 단순히 보기에만 흉한 팔이 아니었기 때문이다.

"송구스러울 따름입니다. 다시는 에얼쾨니히 님께서 신경

쓰시지 않도록, 몸이 부서져라 보은하겠나이다."

언데드의 힘.

메데인은 그 말이 무엇을 의미하는지 충분히 알 수 있었다.

푸른 수염의 새로운 팔이 '네크로맨서의 기능'을 지녔다면?

'……하. 피로트-코크리가 죽었든 살았든 중요한 게 아니라는 거군.'

메데인은 헛웃음이 나올 뻔한 것을 가까스로 참았다.

'스스로 모든 힘을 사용할 수 있다. 피로트-코크리의 능력과 100% 같지는 않겠지만— 적어도 그 비슷한 정도의 수준을 푸른 수염에게 접목시킬 수 있을 정도야. 그럼 도대체 마왕군이 무슨 소용이지?'

그저 〈신성 연합〉에게 두려움을 심어 주기 위한 '트로피'일 뿐일까?

애당초 마왕은 곧장 남하하여 에즈웬 교국에 도착할 수 있었다.

그럼에도 굳이 텔레포트를 사용하여 이곳으로 합류한 이유는?

에얼쾨니히 스스로 정한 특정 목표를 100% 완벽하게 달성하지 못한 것에 대한 짜증과 함께, 향후 완벽한 임무 수행을 독려하기 위함일까?

메데인은 하마터면 고개를 저을 뻔했다. 아니다, 그것이 아니다.

그 답이야말로 조금 전 에얼퀴니히가 말한 셈이나 마찬가지다.

'그걸 굴욕이라고 생각하고 있던 거다……. 자신이 모습을 드러냈다는 게 마음에 안 드는 거야. 벌레 수준에도 미치지 못하는 〈신성 연합〉에게 방해를 받았다는—.'

생각이 거기까지 닿고 나서야 메데인은 마왕의 말을 전부 이해할 수 있었다.

그가 푸른 수염에게 능력을 준 이유는 간단했다.

'그 사실에 대한 짜증……. 겨우 그것 때문인가.'

메데인도 들어서 알고 있었다.

이지원의 강력한 공격이 피로트-코크리를 포함한 제2방어 진지의 전원에게 데미지를 입혔다고 했다.

'그때, 마왕의 조각에게 가해졌던 피해가 마왕에게도 전달된 거겠지. 아마 모습이 드러난 건 그것 때문일 거야. 그래서…….'

눈치 빠른 몇몇 유저와, 충분한 방어 자세를 갖출 수 있었던 마스터케이 등이 살아남았다.

실제로 그가 제1방어 진지에서 에너지를 내뿜을 당시, 〈신성 연합〉은 물론이고 〈마왕군〉에서도 그 공격을 미리 알고 있던 자는 없었다.

만약 방해를 받지 않았더라면?

제1방어 진지는 전투가 있었다는 흔적조차 남지 않고 모조리 사라졌을 것이다.

메데인은 씁쓸한 기분이 들었다.

'칼리가 그곳에 있다는 건 당연히 알고 있었을 터. 그럼에도 날려 버렸다는 거지. 쯔쯔, 불쌍한 칼리 녀석……. 처음부터 마왕의 눈에는 들지도 못했었군. 바꿔 말하자면 나도 마찬가지겠지만.'

파우스트는 또 어떠한가.

피로트-코크리에게 콩고물이라도 얻기 위해, 또는 피로트-코크리 유사시 에얼쾨니히에게 힘을 받아 보기 위해 그토록 열심히 돌아다녔건만 지금 그가 원했던 '네크로맨시'는 모두 푸른 수염이 갖게 되었다.

메데인은 잠시 의문이 들었다.

피로트-코크리와 파우스트가 살아남고, 자신과 푸른 수염이 죽었다면 어떻게 됐을까?

'같다. 바뀌는 건 없어.'

푸른 수염의 야수화 능력이 피로트-코크리에게 전해졌겠지.

마왕은 처음부터 유저 '따위'인 자신들은 안중에도 없었을 것이다.

마왕이 어떤 방식으로 생각하고 행동하는지, 그 알고리즘을 깨닫게 되면 누군가는 반드시 힘이 빠지게 될 것이다.

적어도 미들 어스 내에서 자신이 믿고 따라야 하는 보스가 자신을 언제든 갈아 치울 수 있는 장기짝 정도로 여긴다면 기분 좋을 유저는 없을 테니까.

그러나 메데인은 달랐다.

'기회야. 칼리와 파우스트가 뒈져 버린 지금……. 유일하게 간부 취급을 받는 건 나다.'

악명 높은 길드를 오랫동안 유지해 왔던 그답게, 그는 이것을 기회로 삼을 줄 알았다.

이제 그가 견제해야 할 대상은 이제 푸른 수염이 이 땅에 남겨 두었다는 부하들, 그것뿐이다.

메데인이 생각을 마칠 무렵, 에얼쾨니히는 공중으로 날아올랐다.

[레.]

"예, 에얼쾨니히 님."

[내일 일몰에는 대리인 녀석의 육체를 소멸시킨다. 놈들 스스로 혀를 깨물고 죽어 버리도록 만들어 줘라.]

"막힘없이 준비하겠습니다."

레는 예를 갖추고 자리에서 일어섰다. 메데인도 허겁지겁 일어나 그의 뒤를 따랐다.

〈신성 연합〉이 물러선 퓌비엘의 항구 도시, 제3방어 진지는 이제 마왕군의 새로운 기지가 되어 있었다.

푸른 수염은 줄곧 자신의 왼팔을 만지작거렸다. 메데인은 그의 곁에서 슬그머니 물었다.

"불편하신 점이 있으십니까."

"음? 끌끌……. 내가 불편해 보이나."

"아, 아뇨. 하지만— 그, 아무래도 팔의 형태가……."

"아. 그렇군. 이런 모습을 함부로 보였다간 〈신성 연합〉 녀석들이 눈치를 챌 수도 있지. 고맙네."

레는 오른손으로 왼손을 훑었다.

새하얀 뼈로 된 팔 위로 그의 턱시도 소매가 뒤덮여 나가고 있었다.

이전의 팔과 차이점이라면 왼손에 하얀 면장갑 하나를 끼고 있다는 점.

이제 메데인에게는 놀랄 것도 없는 그의 능력이었지만, 그는 놀라고 있었다.

푸른 수염의 능력 때문이 아니었다.

'고맙다……? 나한테?'

단 한 번이라도 푸른 수염이 부하를 칭찬한 적이 있었던가.

다짜고짜 목을 베어 버렸던 예전을 떠올린다면, 에얼쾨니히가 불만을 가질 정도의 성과밖에 내지 못한 지금은 더욱 불같이 화를 내야 마땅하지 않은가.

'적어도 이번 한마디로 저 팔의 능력은 가늠할 수 있겠군.'

메데인조차도 피로트-코크리의 능력 100%가 푸른 수염에게 고스란히 전달된 게 아니라는 건 충분히 생각할 수 있는 일이다.

그러나 푸른 수염이 기뻐할 정도라면?

아무리 적게 잡아도 피로트-코크리의 능력 중 80% 이상은 푸른 수염이 갖췄다고 봐야 할 것이다.

"파우스트가 이끌던 언데드는 모조리 소멸했고……. 그들을 보조하러 갔던 야수화 몬스터들도 모두 죽었습니다. 그리고 크흠, 칼리 쪽도 아무래도, 그렇게 되었으니 이제 남은 건 저뿐인데……."

에얼쾨니히가 칼리를 비롯하여 상당수의 야수화 몬스터들을 소멸시켰다는 이야기를 우회적으로 언급하며, 메데인은 푸른 수염에게 앞으로의 행동 지침을 물었다.

물론 어디를 공략하라, 어디를 함락해라 따위의 지시를 듣기 위한 것은 아니었다.

"혹 백작님께서 준비하셨다던— 로페 대륙의 부하들은 어떻게 되는 것인지…… 여쭤봐도 되겠습니까."

메데인 자신의 라이벌이 될 가능성이 있는 것들을 찾아야 하지 않겠는가.

푸른 수염은 메데인을 보며 웃어 주었다.

가당치도 않다는 비웃음 따위가 아니라 정말 기뻐서 웃는 것 같은 그의 얼굴에 메데인은 다시 한 번 놀랐다.

푸른 수염은 그대로 주변을 살폈다.

마왕군으로 전향하기 전부터 메데인을 따르던 마왕군 유저들은 물론, 가장 많은 야수화 몬스터와 괴조들이 투입되었던 전장 주변으로는 아직도 셀 수 없을 정도의 몬스터들이 진을 치고 있었다.

"이것으로는 부족하지. 에얼쾨니히 님께서는 그저 오롯하게 권좌에 앉으실 분이네. 사실 에얼쾨니히 님께서 직접 나선다는 것 자체가 나로서도 탐탁지 않아."

"그, 그렇습니다."

"그렇다고 이제 와서 자네가 부하들을 길러 내기는 어렵지 않겠나. 안 그런가?"

자신 없다. 괴조와 야수화 몬스터를 이끌고 가더라도 〈신성 연합〉이 생각보다 만만치 않다는 걸 이미 메데인도 느꼈다.

로페 대륙의 짐승들을 몬스터로 만들기 위해 함부로 돌아다니다가는 자신이 큰코다칠지도 모른다.

"말씀만 하신다면 언제든 준비할 수 있습니다."

그럼에도 메데인은 고개를 숙이며 답했다.

푸른 수염은 그런 그를 보다 먼 곳으로 시선을 던졌다.

"끌끌, 무리하지 않아도 돼. 에얼쾨니히 님께 괜한 말씀을 드린 게 아니야."

"그럼— 정말 로페 대륙에 아직 저희와 동조할 세력이 있다는 말씀이십니까? 백작님의 부하들이라면— 분명 파우스트와 유사하게 들어왔던 이고르 등이 있다지만……."

메데인이 푸른 수염의 말을 들으며 가장 먼저 떠올린 것은 역시나 이고르였다.

이고르를 비롯하여 짜르 그리고 치요와 기타 세력 순으로 마왕군에 발을 들이지 않았던가.

지금은 치요에게서 벗어난 이고르 등이 다시금 마왕군이 된다면?

'분명 칼리가 공략했던 해안가에 있었지만— 최초의 활약 이후로 몸을 빼냈을 가능성도 있으니까.'

이고르의 행방을 정확하게 파악할 수 없다는 것도 메데인에게는 걱정스러운 점이었다.

정작 푸른 수염은 그게 무슨 소리냐는 표정으로 메데인을 바라보는 중이었다.

"그렇군. 이고르, 그 녀석도 있었지. 하지만 이제는 필요 없어."

"네?"

"20년 전에 무슨 일이 있었는지 모르나?"

"〈제2차 인마대전—."

"인마?"

"아, 아닙니다. 로페 대륙의 인류를 말살하기 위한 전쟁이—. 실언했습니다. 죄송합니다."

메데인은 허겁지겁 말을 바꿨다.

푸른 수염은 살벌한 눈빛으로 메데인을 바라보았다. 그의 몸에서 곧 검은 기운이 스멀스멀 새어 나왔다.

보기만 해도 몸을 움츠러들게 만드는 기운이었으나 그 기운은 멀리 퍼지지 않고 그대로 증발하고 있었다.

"코크리와 기브리드의 키메라들이 하룻밤에도 몇십 개의 성을 넘었어. 그 비명, 그 공포, 그 절망…… 술 한 잔과 함께 즐길 수 있는 최고의 것들이었지."

메데인은 알지 못했다.

애당초 미들 어스를 돈벌이의 수단쯤으로 이용했으므로, 과거의 세계관에 대해 철저히 찾아보는 일은 필요도 없었기 때문이다.

그러나 주변의 마왕군 유저들 중 게임 내 세계관에 심취했던 몇몇 유저는 벌써 몸을 움찔거리고 있었다.

하룻밤 사이에 어떻게 수십 개의 성을 탈취할 수 있었는가.

"그때의 축제를 이끌었던 녀석들 중 아직 몸을 숨기고 있는 놈들이 있네."

그 부분에서 메데인도 깨달았다.

푸른 수염은 처음부터 유저를 말한 게 아니었다.

〈제2차 인마대전〉 당시 푸른 수염을 따랐던 몬스터들!

"쩝, 토온도 없으니 내가 일일이 지시하기가 귀찮군."

"모, 몬스터— 중형급 이상의 몬스터들을……."

아무리 악명 높은 길드를 운영했어도 레벨 업을 위해 사냥은 해야 한다.

일반적인 트롤이나 오우거가 아니라, 필드 보스에 가까운 상위 개체들은 메데인으로서도 당연히 상대해 봐야만 했던 몬스터다.

하물며 트롤이나 오우거만 있는 게 아니다.

"그래. 끌끌, 자네, 트롤로 만들어진 말馬 타 본 적 있나? 내 신호에 응답한 놈들이 도합 예순여섯. 놈들에게 에얼쾨니히 님의 힘을 지금 막…… 뿌렸네."

그 순간, 푸른 수염에게서 새어 나오던 검은 기운이 사라졌다.

그는 메데인을 바라보지 않았다. 멀리 뿌렸던 시선을 거두며, 푸른 수염은 조용히 고개를 돌렸다.

"그런데 말이야, 메데인."

"예, 백작님."

"내가 이 이야기를 할 때…… 왜 움찔거리며 놀란 녀석들이 있는 거지?"

마왕군 유저들은 곳곳에서 정비를 하고 있었다.

몬스터들의 명령어를 따로 묶어 매크로로 설정하는 등, 실전에서 느낀 것을 최대한 효율적으로 보완하기 위한 일을 하는 중이었다.

"네?"

메데인은 고개를 갸웃거렸다. 자신의 길드 말고도 이곳에는 마왕군이 많다.

그들 하나하나를 다 기억할 수 없었으므로 당연한 일이었다.

그러나 푸른 수염은 아니다.

"끌끌……."

그는 모자를 벗었다.

머리를 넣는 공간에 오른팔을 집어넣어 지팡이를 스윽, 꺼내는 순간.

허공에 사람의 거죽이 나부꼈다.

"무, 무슨―."

튀어나올 듯한 눈으로 그곳에 시선을 빼앗겼을 때, 이미 메데인과 푸른 수염의 곁으로는 열한 명의 유저들이 모여든 상태였다.

"부히히히힛, 서프라――――이즈!"

삐뜨르는 곧장 손톱을 내질렀다. 그러나 기습을 감행하는 삐뜨르의 표정도 결코 밝지만은 않았다.

―자, 잠깐만요! 전투가 시작됐다니! 그게 무슨 소리죠? 작전이랑 다르잖아요!

―그렇게 됐소.

―그렇게 됐다고? 내가 듣고 싶은 말은 그게 아니라―.

―푸른 수염은 아마도 에얼쾨니히에게 새롭게 팔을 부여받은 것 같은데……. 피부나 근육도 없이 뼈로만 이루어진 팔

의 외형으로 보아 분명 그 힘을 전부 회복하지 못했을 것이오. 우리가 푸른 수염을 처리하겠소. 그럼.

체카의 귓속말이 끊어지기 무섭게 람화연은 라르크를 불렀다.

"어떻게 된 거예요!? 체카가 함께 있으니 통제가 될 거라면서―."

"그, 그게― 너무 화내지 말아요. 저도 지금 연락 중이니까. 으음, 어쨌든 정보를 알아내긴 알아냈잖아요? 푸른 수염이 새롭게 팔을 받았다든가……."

"아니. 지금 우리에게 필요한 건 푸른 수염이 힘을 나눠 주었다던 66기의 몬스터예요. 몰라요? 그들이 어디에 숨어 있었는지 빨리 찾아서 각개격파 해야 해요! 〈제2차 인마대전〉과 같은 흐름이라면―."

로페 대륙 곳곳에 폭탄을 심어 둔 것과 마찬가지다.

흩어져 있는 상태의 그들이 큰 힘을 발휘하기는 어려울 거라는 판단이 들었으나 방심해선 안 된다.

하물며 그들이 모이기라도 한다면?

'힘을 줬다고 했어. 마왕에게서 푸른 수염에게로, 푸른 수염이 그들에게로…… 그렇다면 보통의 몬스터는 결코 아닐 거야.'

에윈과 그랜빌의 지시하에 방어와 보급의 요충지로 삼을 수 있는 곳에는 이미 충분한 병력과 물자를 가져다 두었다.

그러나 람화연과 라르크의 생각에서 '충분'할 뿐이다.

그들이 일반적인 로페 대륙의 필드 보스급 몬스터와 그 필드 보스가 이끄는 조무래기 몬스터라면 막을 수 있겠지만 그게 아니라면?

〈마왕군〉을 막기 위해 외부로 돌린 방어 병력을 대폭 감하여 로페 대륙 내부의 몬스터 소탕 작전에 사용해야 할 것이다.

그렇게 비효율적인 병력 운용은 결코 허용할 수 없다.

지금 시점에서 할 수 있는 일이 무엇일까.

몬스터만으로도 곤란하건만 푸른 수염에게 새로운 팔이 생겼다는 것은 어떻게 받아들여야 할까.

"66기의 몬스터라— 이거야 원, 이제 와서 〈제2차 인마대전〉을 싹 다 뒤져 봐야 하는 건가? 토온이 도대체 언제 죽은 녀석인데 그걸……."

라르크도 답답하긴 마찬가지였다.

미니스를 위해 나섰다는 체카의 말까지 람화연에게 전달했다면 아마 이 자리에서 싸움이 일어났을 것이다.

그는 람화연의 눈치를 보며 누군가에게 귓속말을 보냈다.

—하이하 씨, 바쁩니까?
—음? 무슨 일 있나요?
—저기 뭐냐, 어…… 람화연 씨한테 들었는지 모르겠는데— 지금 푸른 수염이 새롭게 몬스터들에게 힘을 나눠 줬다

고 하거든요.
　―그래요? 아직 화연이한테 들은 건 없는데.

　람화연은 자신의 길드 정보를 최대한으로 활용하느라 정신이 없었다.
　라르크는 몰래 안도의 한숨을 내쉬곤 곧장 본론을 꺼내어 들었다.

　―으음, 어쨌든 혹시 아는 거 있으면 답해 주세요. 〈제2차 인마대전〉 당시에 활약했던 몬스터라던데. 66기 정도. 토온이 없어서 지시하기에 귀찮다, 라는 말도 했다는 걸 보니 아마 그 아래급 정도의 몬스터 같아서. 아니, 뭐, 하이하 씨가 무조건 알 거라고는 생각하지 않지만……. 혹시나―.
　―아, 크롤랑 같은 놈들인가?

"누구?"
"네? 뭐 알아낸 거 있어요?"
　라르크는 자기도 모르게 육성을 냈다.
　람화연이 재빨리 반응하자 일단 고개부터 젓고는 다시금 이하와의 귓속말에 집중했다.

　―뭐라고요? 트롤랑? 그러고 보니 트롤 말 이야기를 했다

던데 그거—.

—트롤 마馬. 맞아요. 크롤랑이 그것도 타고 있었어요. 북부 트롤 부족이었던가? 예전에 키드랑 루거랑 나랑 셋이 잡으러 간 적이 있었는데. 이고르 그 인간이 방해하러 온 데다가, 푸른 수염까지 난입해서 얼마나 놀랐던—.

—……잡았다고? 언제요?

—언제더라…… 하여튼 신대륙 발견 전이에요.

—신대륙 발견 전에 잡았다?

—네. 토온의 부하였고 중간 관리자급 정도 되는 몬스터. 예전 퀘스트 설명에 뭐 그런 식으로 떠 있었던 것 같은 기억이 있는데. 키드랑 루거한테 한번 물어보시든가.

라르크는 이하의 이야기를 들으며 잠시 아무런 말도 할 수 없었다.

도대체 하이하는 언제 적부터 이런 생활을 해 왔던 것인가.

토온이 죽은 것도 이미 까마득한데, 그것보다도 훨씬 이전부터 푸른 수염과 엮인 일을 처리해 왔다고?

"허, 참."

라르크는 허탈한 마음에 머리를 긁적였다. 람화연이 도끼눈을 하고 그를 노려보았다.

"놀 시간 있으면 빨리 정보나—."

"찾았어요. 아니, 어디서부터 찾아야 할지 알아냈어요."

"어떻게?"

"······람화연 씨 남자친구가 알려 줍디다. 북부 트롤 부족의 크롤랑. 아마 색인이나 목차 기능을 활용할 수 있는 유저들에게 과거 자료들을 키워드로 쭉 찾으면—."

될 것이다.

어쨌든 〈제2차 인마대전〉과 관련된 기록을 봐야만 한다고 말하려던 찰나, 라르크에게 또 하나의 귓속말이 전해졌다.

—아! 아! 아마 화연이한테 말하면 알겠지만, 퓌비엘에 '레판토'라는 아저씨가 있어요. 왼쪽 팔 없는 사람. 그 사람이랑 같이 뭐 체인 쓰고, 단검 쓰고 하는 아저씨들도 있었는데 하여튼 〈제2차 인마대전〉 참전했던 NPC거든요? 완전 일선에서 뛰었던 NPC들이니까 아마 정보가 꽤 많을걸? 크롤랑급의 몬스터 이름이나 출몰 지역 같은 거, 리스트로 만들어 달라고 해 봐요.

당장 라르크와 람화연이 해야 할 일보다 훨씬 시간을 단축할 수 있는 방법.

라르크는 웃어 버렸다.

"하하핫! 그래. 죽으라는 법은 없네."

"무슨 소리에요? 하이하가 당신한테 무슨 말을 했길래—."

"우리가 일일이 찾을 필요가 없다는 뜻입니다. 〈제2차 인마대전〉 당시 활약했던 NPC들 싹 다 긁어모으세요. '크롤랑급 몬스터'에 대해 아는 NPC라면 전부."

람화연은 놀란 눈을 했다.

그리고 잠시 후 더욱 놀란 눈을 했다.

'과연 라르크, 라는 말을 하려고 했는데—.'

라르크의 분위기로 보아, 이 모든 것은 결국 하이하가 말해 주었을 것이다.

어떻게?

람화연은 자신의 남자친구에게, 라르크가 3분 전 느꼈던 감정을 고스란히 느끼고 있었다.

약간의 존경심과 더불어 등골을 짜릿하게 만드는 전율이었다.

그리고 그런 감상은 몇 초면 충분하다.

―자청! 당장 NPC들 수배해요! 그랜빌 장군에게 도움 청하고! 첫 번째는 레판토!

―퐁! 에윈 장군에게 연락해서 〈제2차 인마대전〉 때 토온의 군단을 막았던 NPC들 불러 달라고 전해 줘.

두 사람은 삽시간에 일을 처리해 내기 시작했다.

체카는 잠시 넋을 잃고 그들의 전투를 바라보다 발밑에서 움찔거리는 느낌에 황급히 정신을 차렸다.

"움직여 봤자 풀 수 없다."

"읍, 으으읍—!"

메데인이 그의 발밑에서 온 힘을 다해 발버둥 치고 있었다. 그래 봤자 이미 사지를 결박당한 그가 탈출할 방법은 없었다.

그사이 일부 회복된 메데인의 MP를 모두 동결시키고 스킬과 귓속말, 텔레포트를 포함한 일부 비상 탈출 스크롤을 사용하지 못하도록 다시금 스킬들을 사용한 후, 체카는 〈미드나잇 서커스〉의 전투 양상을 살폈다.

"끌끌, 고양의 목숨은 아홉 개라지? 열 마리가 덤벼들었으니, 한 마리는 살려 주고 싶지만—."

푸른 수염은 오른손에 쥔 지팡이를 그대로 찔렀다.

거리가 한참이나 남았음에도 공격하는 그 행위는 일견 말이 안 되는 동작이었으나, 지팡이 끝에서부터 갑작스레 검은 기운이 폭발해 나갈 때는 이미 한 명의 미야우의 몸을 찢어 놓은 상태였다.

"—이렇게 귀염성이 없어서야 그러고 싶지도 않군!"

찢어진 것은 그저 옷뿐이었다.

사망에 이를 정도의 데미지를 입었을 때, 아이템이 소멸되며 사용자를 자동으로 〈블링크〉 시켜 주는 아이템!

그러나 정작 살아남은 유저도 황당하다는 표정이었다.

아이템이 발동될 정도의 거리도 아니었건만 맞은 것도 당황스러운데, 이미 그의 후속타는 자신의 목을 향해 다가오고 있었으니까.

"우햐햐햣! 뒤로!"

"낄낄, 빠져 있으라고!"

화르르르륵—!

그의 곁에서 파란 불덩이와 붉은 불덩이가 동시에 터져 나왔다.

색색의 폭죽처럼 퍼지는 불똥에 눈길을 빼앗겼다면 푸른 수염은 자신에게 쏟아진 암기에 반드시 적중되었으리라.

"고양이가 불장난을 하면 큰 사고로 이어지는 것도 모르나 보군. 끌끌, 내 단단히 교육해야겠어."

그러나 역시 '원거리 공격'은 통하지 않았다.

카쇼와 오쇼는 자신들의 등 뒤에서부터 목소리가 들려오는 것을 깨달았다.

푸른 수염의 노한 목소리.

"부히히힛! 집사 주제에 주인을 교육하겠다고!"

그리고 그와 동시에 들려오는 뻬뜨르의 목소리.

처음부터 계획한 것은 아니었으나 〈미드나잇 서커스〉의 공격은 완벽한 합을 이루고 있었다.

블링크도 아니면서 정신없이 움직이는 그들의 몸짓에 더해, 기상천외한 아이템과 분신을 활용한 트릭.

그렇다고 공격력이 약한 것도 아니다.

치명타를 터뜨릴 수 있는 부위나 독을 활용한 그들의 공격은 체카의 넋을 빼놓을 정도였으니까.

푸른 수염은 자신의 등 뒤에서 들리는 뻬뜨르를 향해 돌며 말했다.

"나는 오직 에얼쾨니히 님의 집사로 남아 있으면 충분하거든. 네 녀석들의 집사가 되고 싶지는 않네!"

파사사삭······.

그러곤 왼팔을 뻗어 뻬뜨르의 손톱을 그대로 받아 냈다.

하얀 면장갑이 삽시간에 보라색으로 물들어 가는 순간, 〈미드나잇 서커스〉의 단원들은 모두 웃고 있었다.

"낄낄, 맞았어!"

"단장님의 독에 걸린 이상 끝났다고, 푸른 수염! 우햐햐햣!"

"부흐흐흐, 서프라~이즈?! 그린 드래곤과 블랙 드래곤의 '알'을 훔쳐 만든 독이랍니다!"

뻬뜨르는 푸른 수염과 거리를 벌렸다. 자신의 독이 얼마나 큰 피해를 입히는지는 그가 가장 잘 알고 있었다.

이것은 뻬뜨르로 하여금 '솔로 드래곤 레이드'를 가능하게 할 정도의 데미지를 가할 수 있는 것이니까.

푸른 수염은 인상을 찡그리며 지팡이를 모자로 바꿔 쓰곤 황급히 장갑을 벗기 위해 애썼다.

"이미 체내에 침투한 이상 끄읕, 끝! 디— 엔—드! 뿌히히히힛! 드래곤의 마나로도 제거할 수 없었던 독을—……."

공중제비까지 돌며 웃음을 터뜨리던 삐뜨르는 허공에서 레와 눈을 마주쳤다.

면장갑을 벗어 던질 때까지 당황했던 푸른 수염의 표정은 어느새 바뀌어 있었다.

그리고 장갑이 사라진 곳에선 뼈밖에 남지 않은 손가락이 드러난 상태였다.

치이이이이————!

그곳에서 보라색 증기가 뿜어져 나오는 중이었다.

"이런! 미안하군. 이런 일을 하기 전에 '서프라이즈'라고 말했어야 했나?"

푸른 수염은 뼈밖에 없는 왼손을 쥐락펴락했다. 주먹을 쥐는 행위에도 아무런 문제가 없다.

보라색 증기는 계속해서 공중에 퍼졌다.

삐뜨르의 표정이 어두워졌다.

불과 10분도 치르지 않은 전투였으나 삐뜨르 자신이 데려온 〈미드나잇 서커스〉의 주요 스킬들은 전부 퍼부었다고 봐도 과언이 아니다.

주변의 마왕군 유저나 야수화 몬스터들이 이렇게 치열한 전투에 난입하지 못하는 이유 또한 '더미'를 활용한 미끼와,

NPC들로 하여금 시선을 잡아 두게끔 만들어 두어서가 아니었나.

'부흐흐흐…… 이거야말로 서프라이즈로군.'

그 모든 것이 통하지 않는다.

어덜트 드래곤조차 발버둥을 치며 죽어 갈 정도의 강력한 독이라면 푸른 수염에게도 반드시 반응이 나왔어야 한다.

생기다 만 것 같은 왼팔을 보고 승리를 확신했던 것도, 일부러 푸른 수염이 왼팔을 뻗어 막을 위치에서부터 쇄도해 들어간 것도 모두 계산된 행동이었다.

―뿌히힛, 그 왼팔은 회복되다 만 게 아니었어. 뼈만 있었던 건 회복 중이었기 때문이 아니라— 언데드라는 뜻이겠지. 내 독이 통하지 않는 건 오직 언데드뿐이니까.

―언데드? 언데드의 팔이란 말인가? 푸른 수염이?

―피로트-코크리…… 아마 그 능력을 일부 받았을지도 모르겠군. 그렇다면 정말 서프라이즈일 텐데.

체카는 휘둥그런 눈으로 뻬뜨르를 보았다.

만약 피로트-코크리의 능력을 푸른 수염에게 전이했다면 이것은 보통 일이 아니다.

게다가 〈미드나잇 서커스〉만으로 시선을 끄는 것도 사실상 끝났다.

마왕군 유저들과 야수화 몬스터들이 체카 자신을 비롯하여 공격하지 않는 건, 사실상 푸른 수염의 명령이 없기 때문이리라.

 '이렇게 되면…….'

 끝이다. 미니스의 첩보 엘리트들은 모두 이곳에서 죽어야 한다.

 정보는 충분히 전달했다지만 체카에게는 아쉬움이 남을 수밖에 없었다.

 그리고 그것은 뻬뜨르를 몰라서 하는 말이었다.

 ―다섯 세면 그 인간을 데리고 가. 부히히힛. 그렇다면 체면치레는 하겠지. 하나.

 ―이미 공간 결계가 깔려 있다. 메데인을 데리고 탈출하는 건 쉬운 일이 아니다. 푸른 수염이 본격적으로 추적한다면 더더욱―.

 ―그러니까 서프라이즈 아닌가? 뿌ㅎㅎㅎ…….

 체카는 뻬뜨르의 카운터가 시작되자마자 〈미드나잇 서커스〉의 움직임이 바뀌었다는 걸 눈치챘다.

 이미 '단장'의 명령이 나온 이상 그들은 반드시 따를 것이다.

 뻬뜨르를 말리기에도 늦었다면 남은 것은 최선을 다한 돌파일 뿐.

―둘, 아 참, 내가 이곳에 미리 우리 단원을 심어 두었다고 했지.

―음?

―셋, 우리는 지금까지 '열 명'이야. 부히히힛! 넷!

삐뜨르는 푸른 수염이 변장한 〈미드나잇 서커스〉 단원을 알아봤다고 생각했기에 곧장 기습을 감행한 것이었다.

그런데 지금 푸른 수염을 상대하고 있는 건, 체카 자신과 출발했던 열 명의 미야우 유저와 NPC밖에 없다.

미리 잠입시켜 놓았다던 단원은?

'그러고 보니 처음부터― 처음부터 열 명밖에 모습을 드러내지 않았어. 그렇다면 최초에 심어 놓았다던 단원은 아직도―.'

삐뜨르는 이제 단순한 암살자가 아니다.

〈미드나잇 서커스〉라는 미들 어스 최고의 암살자 집단을 이끌어 가는 수장은, 만약의 사태에 대한 준비도 철저하게 끝내 놓은 상태였다.

완벽하게 적발된 게 아니었음에도 그들이 먼저 나섰던 건, 미리 숨겨 두었던 첩자에게 의심의 화살이 돌아가지 않게 만들기 위함이었으리라.

"〈한밤중의 서커스〉."

언젠가 파우스트를 옴짝달싹 못하게 만들었던 스킬이 시전

되었다.

뻬뜨르와 푸른 수염의 모습이 동시에 사라진 순간, 〈미드나잇 서커스〉의 다른 암살자들이 사방팔방으로 뛰기 시작했다.

"〈연행〉!"

체카는 메데인을 향해 스킬을 활용했다. 헬륨 풍선처럼 둥둥 뜬 메데인을 데리고 그는 곧장 도망쳤다.

Geschoss 5.

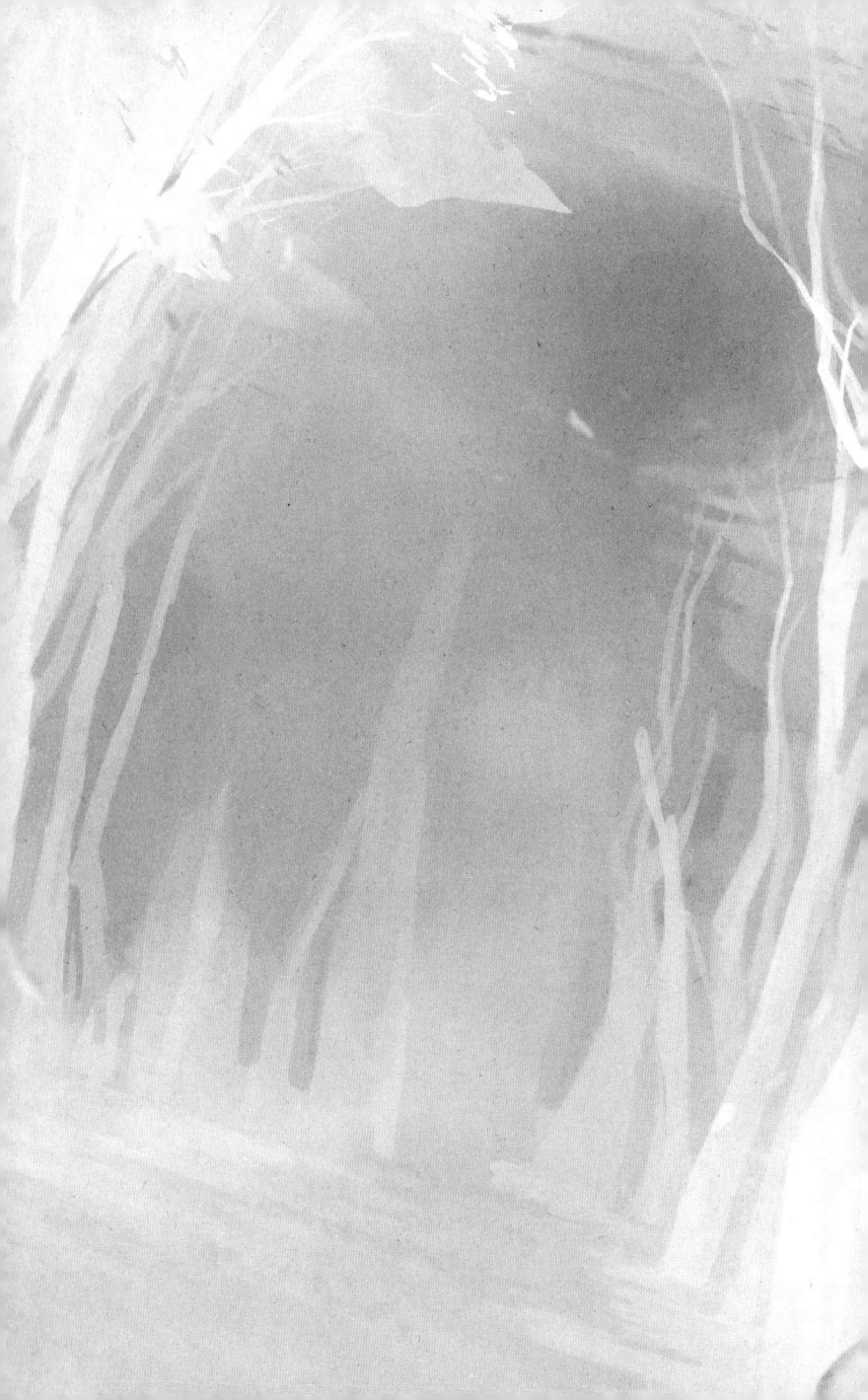

그 시각, 퓌비엘의 수도에 위치한 〈성스러운 그릴〉 2층은 대관이 되어 있었다.

"1층의 저 아줌마가 시티 가즈아의 그 아가씨랑 자매라고? 허, 하나도 안 닮았는데 말이지."

김 반장이 괜스레 머쓱해서 한마디를 던져 보았으나, 나무 탁자의 좌우로 앉은 사람들은 별다른 반응을 보이지 않았다.

"저희의 제안이 크게 불합리하다고 생각진 않으실 겁니다."

먼저 입을 연 쪽은 왼쪽에 있는 사람들이었다.

줄줄이 앉은 여섯 명의 인원은 모두 같은 차림을 하고 있었다.

후드를 하나둘 벗었을 때 드러나는 얼굴은 달랐으나 그들 모두 군인과 같은 인상이었다.

"두 분 다 길드도 없으시고. 고르고 형님이 하이하 님의 스승님 격 되신다면서요? 그럼 하이하 님과 함께 두 분도 저희 〈총사대〉에 오시는 게 합당한 거죠."

"무엇보다…… 여기 계신 찰스 님이 삼총사의 스승님이신데 여러분들께서 거부하실 이유는 없으시겠죠."

그들은 찰스와 〈총사대〉였다.

그들이 바라보고 있는 오른편의 사람은 둘, 당연히 키드와 루거였다.

"무슨 말을 하고 있는지 모르겠습니다."

"당신들은 입이나 닥치고 있어. 우리가 볼 일이 있는 건 네 녀석들이 아니라 여기 노인네니까."

물론 키드와 루거는 〈총사대〉의 가입 권유 따위에는 아무런 관심도 없었다.

그들이 김 반장에게 자리를 주선해 달라고 부탁한 이유는 역시나 찰스에 관한 이야기 때문이었다.

그러나 〈총사대〉의 입장은 달랐다.

"……고르고 형님?"

그들은 키드와 루거가 〈총사대〉에 흥미를 보였다는 김 반장의 말을 믿고 찰스와 함께 이곳으로 온 것이었으니까.

"크흠, 음, 뭐, 하이하의 레어Lair에서 로보와 연습할 때부터 말은 했잖아! 이 친구들이 우리를 완벽하게 인정할 때쯤이나 〈총사대〉에 가입할 거라고."

김 반장은 코밑을 스윽 닦으며 말했다.

이하를 비롯한 삼총사는 처음부터 〈총사대〉에 가입한다는 의사를 밝힌 적이 없다.

키드와 루거는 하이하의 스승이라 거짓말 못 하는 것도 똑같구나, 라는 생각을 했다.

〈총사대〉의 유저들 또한 자신들과 눈을 마주치지 못하는 김 반장을 보며 한숨을 내쉬었다.

"인정이라. 그럼 우리가 푸른 수염과 싸워서 보여 주었던 정도로는 안 된다는 겁니까? 물론— 키드 님은 피로트-코크리를 처형하셨고, 루거 님도 기브리드를 처형하셨다지만……."

"저희가 게임을 조금만 더 빨리 시작했어도 아마 그 자리에 있는 건 우리였을 겁니다."

그들의 어투는 결코 무례한 게 아니었다.

오히려 뒤늦게 미들 어스를 시작한 유저들 치고는 초고속 성장을 이뤄 나가는 엘리트들이라고 본다면, 충분히 예를 갖추고 두 사람을 대하는 것에 가까웠다.

그것은 그들과 줄곧 함께 있었던 김 반장 또한 느낄 수 있을 정도였다.

다만 그들이 그런 태도를 취하는 것과 그런 태도를 받아들여야 하는 키드, 루거의 관점이 조금 다를 뿐이다.

〈총사대〉는 엘리트 유저들이다.

"네 녀석들이 푸른 수염과 싸워서 보여 줬다고? 찰스, 이 노인네가 아니었으면 너흰 다 죽었어. 아니, 오히려 방해만 됐지."

"무슨—."

"찰스라는 이 노인네의 능력과 배경이 어떤지 알아보지도 않았던 건가?"

그러나 지금 삼총사에 위치한 세 사람의 유저는 그들보다 더 뛰어난 유저들이다.

"그— 그거야…… 저희도 알아는 본 겁니다. 전대의 삼총사와 관련이 있다는 것도 이미 알았지만—."

"그 능력적인 면에서는 예측을 못 했다? 백은의 페가수스인가 하는 그것과 말도 안 되는 검술 실력을 못 봤다? 더블 배럴 샷건에 이르러서는 헛웃음이 날 정도였건만……. 그딴 정보력으로 잘도 자신들의 얼굴에 금칠을 하는군."

루거의 말투에 곧장 적응하는 유저는 없다. 〈총사대〉의 인원들의 표정이 일그러지기 시작했다.

그럼에도 그들은 무어라 말할 여유가 없었다.

"루거가 버릇없이 말했지만 일리는 있습니다. 만약 찰스가 일시적이라도 '과거의' 푸른 수염과 유사한 힘을 낸다는 걸 파악할 수 있었다면, 〈신성 연합〉은 이번 작전에서 피로트-코크리와 푸른 수염, 둘 모두를 죽일 수 있었기 때문입니다."

"……네?"

그것은 키드도 이미 깨닫고 있던 사안이었다.

키드는 〈총사대〉의 체면을 고려하여 그 이후는 말하지 않앉으나 루거가 그것을 참을 리 없었다.

"하! 역시 쥐뿔도 모르는 것들이……. 언젠가 바하무트가 푸른 수염과 사생결단을 한 적이 있어. 비록 바하무트는 회복할 수 없을 정도의 피해를 입었지만 푸른 수염 또한 막대한 피해를 입었다. 만약 오늘! 바하무트와 컬러 드래곤의 장로, 그리고 저 노친네와 알렉산더! 당신네들의 쓰잘머리 없는 원거리 공격을 다 치워 버리고 깔끔하게 4:1로 붙었으면 푸른 수염도 죽일 수 있었단 이야기다."

비록 완전히 회복하지 못한 상태의 바하무트인 데다, 전대의 바하무트와는 전투 형태가 다르다지만 루거의 가정대로 4:1이 이루어졌다면 어땠을까.

〈신성 연합〉의 수뇌부가 그런 생각을 하지 않았을 리가 없었다.

그럼에도 그들은 〈총사대〉의 사기를 고려하여 굳이 이야기를 꺼내지 않은 것이다.

총사대의 유저들은 역시 엘리트였다. 키드와 루거의 말 속에 숨은 그 뜻을 알아듣고는 곧장 입을 다물었으니까.

실제로 120%의 효율을 발휘할 수 있는 기회를 70%밖에 사용하지 못하고 잘난 척하는 건 아무런 의미도 없다는 걸 잘 알고 있었다.

키드는 긴 숨을 내뱉으며 여유로운 미소를 지었다.

"당신들의 힘을 폄하하고 싶지는 않습니다. 분명…… 당신들과 우리의 차이는, 하이하의 스승이 말한 것처럼 우리가 게임을 조금 빨리 시작했을 뿐일 수도 있습니다."

"키드! 그딴 개소리를 할 거면—."

"그러나 지금은 우리가 '먼저 시작했다는 점'이 중요한 시기입니다. 그러니 우리에게 협조하는 게 모두에게 좋을 겁니다. 총사대의 가입은, 〈제3차 인마대전〉이 끝난 이후에 생각해도 되지 않겠습니까."

결국 키드와 루거, 자신들이 먼저 시작했고 현시점에서 더 강한 게 맞으니 조용히 따르라는 뜻이다.

딱히 합리적이라고 할 수 없는, 평소의 키드와는 분명히 다른 어투였으나 〈총사대〉에게 거부할 권한은 없었다.

마왕의 조각 중 하나, 피로트-코크리를 죽인 자가 〈크림슨 게코즈〉를 책상에 탁, 탁 내리치며 말하고 있는 것을 어떻게 거부할 수 있을까.

루거가 낄낄거리며 웃음을 참지 못하자 마침내 노인이 입을 열었다.

"성깔은 고놈의 자식을 꼭 닮았군. 브로우리스가 아주 좋은 걸 가르쳤구만, 그래."

멍하니 유저들의 대화에 참가하지 않고 있던 찰스가 군데군데 빈 치아를 자랑하며 웃었다.

"그리고 브라운은…… 끄응, 그 녀석, 별로 남긴 게 없잖아? 그래도 브라운 놈이 우리 중 제일 합리적으로 생각하는 녀석이었는데. 그 제자라는 놈 꼬락서니가, 꼬락서니가……
쯔쯔."

"뭐, 뭣?! 당신 같은 노친네에게 듣고 싶지 않아!"

"게다가 노인을 전혀 공경할 줄 모르니, 원."

"공경은 공경할 마음이 들어야 하는 거지! 도대체 당신의 정체는—."

"브로우리스 소장님은 '스승'에 관한 아무런 언급도 없었습니다."

찰스와 루거가 티격태격하는 것을 참다못한 키드가 결국 입을 열었다.

루거 또한 NPC를 상대로 화를 내던 자신을 잠시 자책하곤, 키드의 옆에서 턱을 괴었다.

삐딱한 그의 자세만큼이나 어투도 삐딱할 수밖에 없었다.

"설령 당신이 스승이라 치자고. 무슨 염치로 이제야 그딴 얘기를 꺼낸 거지? 무엇보다 그들이 20년 전에 신대륙으로 건너갈 때 보고만 있었다는 거 아닌가?"

브라운과 엘리자베스도 스승에 관한 이야기를 한 적은 없었다.

그들에게 들었던 가장 오래된 과거는 전대의 삼총사가 서로의 능력을 입증하기 위해 펼쳤던 '대회' 정도가 전부이지 않은가.

유저들은 필연적으로 미들 어스의 서비스 시작보다 이전

시간대인 〈제2차 인마대전〉에 관여할 수 없지만, NPC라면 다르다.

하물며 삼총사의 스승이라면 반드시 그에 합당한 이유가 있어야만 한다.

가장된 유쾌함을 뒤집어쓰고 있던 노인에게서 처음으로 쓸쓸한 표정이 드러났다.

"내가 조금 늦었지."

"조금? 귀까지 멀어 버린 건 아닐 테고. 〈제2차 인마대전〉이 터졌다는 소식을 못 들었나?"

"그래. 들을 수 없었어. 아니, 이제 와 후회해 봐야 역시나 늦었을 뿐이네."

"무슨 일이 있었습니까."

키드가 물었다.

노인은 긴 숨을 내쉬었다.

삼총사의 스승이라 주장하며 실제로 삼총사의 스승이라 봐도 과언이 아닌 실력을 보인 NPC.

"……마탄의 사수를 쫓지 말았어야 했다는 뜻이지."

그에게는 〈제2차 인마대전〉에 참여할 수 없었던 합당한 이유가 있었다.

키드와 루거는 물론 신대륙에 있던 이하마저 벌떡 일어나게 만드는 발언이었다.

키드와 루거는 무겁게 가라앉은 분위기에 쉽사리 이야기를 꺼낼 수 없었다.

오히려 질문을 던진 건 이하였다. 키드는 이하의 귓속말을 들으며 그의 질문을 그대로 읊었다.

"그 당시에 마탄의 사수를 쫓고 있었다는 겁니까."

"그래. 하지만 로트작…… 그 개자식에게 속았다는 걸 알았을 땐 이미 모든 게 너무 늦어 버렸어."

카즈토르의 가명이 나오자 루거와 키드의 얼굴이 구겨졌다.

역시 그 당시의 계략에는 그자의 이름이 엮여 있을 수밖에 없었다.

"마탄의 사수가 되려고 했던 건가? 우리가 알기론 로트작— 그러니까 카즈토르는 〈제2차 인마대전〉이 일어났을 시점에 마탄의 사수가 될 수 있는 총기를 갖고 있었어. 즉, 그때 마탄의 사수는 존재하지 않았을 텐데."

"으히히힛! 맞아. 내가 퓌비엘을 떠난 것은 그 이전이야. 그런데 돌아올 수가 없더군."

"음? 그게 무슨—."

"내가 누굴 쫓는지, 왜 쫓았던 건지, 어디서 무얼 하려고 했었는지……. 어느 순간부터 아무런 생각도 나지 않게 되었어. 흐흐, 나도 어지간히 몰두했었나 봐. 머릿속이 백지가 되는 순간…… 아무것도 못 하게 되었거든."

찰스는 한참을 웃다 뚝 그치며 말했다.

갑작스런 그의 분위기 변화와 더불어, 마탄의 사수의 성질에 대해 모르는 〈총사대〉 유저들은 어리둥절할 뿐이었다.

—소멸됐군. 마탄의 사수가 어딘가로 향했고, 아마 그 마탄의 사수를 쫓으러 찰스가 갔지만—.

—그가 쫓던 마탄의 사수는 찰스와 만나기 전에 일곱 번째 탄환을 사용했을 겁니다.

—……마탄의 사수가 죽어 버리면서 찰스의 모든 기억이 날아가 버렸다는 건가. 이 인간은 자기가 누굴 쫓고 있었던 건지, 왜 쫓고 있었던 건지조차 까먹어 버렸다는 거군. 쳇.

그러나 이하와 키드 그리고 루거는 알 수 있었다.

《마탄의 사수》로 살아왔던 자는 마지막 일곱 번째 탄환을 사용하며 그 존재에 대한 모든 기록이 사라진다.

마탄의 사수가 소멸된 이후라면 설령 부모라 할지라도 떠올리지 못한다는 걸 이미 역대 마탄의 사수들의 기록에서 확인한 바 있다.

하물며 그 기록을 남기기 위해서도 아주 특별한 방법이 필요하다.

역대 마탄의 사수가 몇 명이었는지는 삼총사도 알 수 없지만, 남아 있던 기록을 통틀어 네 명이 넘지 않는다는 사실만으로도 추측할 수 있는 사실이다.

―카즈토르의 연구실에서 이 미친 노인네의 이름은 보질 못했으니 기록은 없을 것이고…….
―하지만 그 이후에도 돌아오지 않았다는 건 이상하지 않습니까.
―난 알 것 같아. 예전에도 그런 NPC가 있었거든. 아마 다들 만나 봤을걸?
―레판토?

키드는 이하의 말을 들으며 누군가를 떠올렸다.
카즈토르에 의해 기억이 봉인되어 버렸던 외팔이 NPC.
삼총사가 찰스와 유사한 경우를 탐색하고 있을 때, 조용해진 술집에서 김 반장이 먼저 입을 열었다.
"아무것도 못 하게 되었다니? 그래서 줄곧 샤즈라시안에 있었던 거요, 대장?"
"으히힛, 그래. 바보가 된 것 같았어. 내 기억이 돌아온 건 이미 〈제2차 인마대전〉이 끝난 후였지. 내가 사랑했던 전우들은 푸른 수염에게 모조리 당했고, 브로우리스만이 살아남았다지만 나머지 제자들이 전부 다 죽었다는 소식을 접했을 때에는……. 아무 선택도 할 수 없게 되더군."

김 반장과 찰스의 대화를 들으며 삼총사는 확신했다.

카즈토르는 마탄의 사수가 사라진 후, 공허한 기억을 지녀 혼란스러워하는 찰스에게 마법을 걸어 놨을 것이다.

그리고 마탄의 사수의 총기를 들고 다가와, 엘리자베스를 협박했으리라.

'정신적 지주가 되어 줄 스승은 사라지고…… 자신의 배 속 아이에게 저주가 걸렸다는 협박을 들었을 테니…….'

엘리자베스와 브라운이 당시 인류 연합을 떠나 신대륙으로 간 것도 어쩔 수 없던 선택이 아닌가.

루거는 새삼 전대의 삼총사에 대한 동정심이 일었다.

키드도 비슷한 생각은 하고 있었으나 지금 할 말이 아님은 알고 있었다.

"그럼 기억나는 게 아무것도 없는 겁니까."

"있긴 있지. 기억이 돌아온 후, 퓌비엘로 돌아가지도 못하고 있던 나는……. 제자들이 마왕의 조각에게 당했다고 생각했어. 그래서 마왕의 조각을 죽이기 위해 멸종했다던 백은의 페가수스를 찾아 헤맸고—."

"그 독특한 말이 마탄의 사수를 찾아 죽이거나, 상대할 능력은 없나?"

"글쎄? 끄으응, 나는 마탄의 사수가 정확히 어떤 능력인지도 모르는데? 로트작이 그 일에 개입되었다는 걸 안 것도 얼마 되지 않았거든."

루거가 황급히 물었다.

찰스는 몸이 가려운지 옷 속으로 손을 넣어 벅벅 긁으며 답했다.

컬러 드래곤의 장로조차 놀라게 만들었던 생명체는 대마왕의 조각을 위해 훌륭한 도움을 줄지 몰라도, 마탄의 사수에게 대응할 정도가 아니라는 점은 키드와 루거를 울적하게 만들기에 충분했다.

"대장, 거 쪽팔리게 손님들 앞에서 적당히 좀 긁으쇼. 어쨌든 〈총사대〉의 대장을 맡는 사람이……."

"가려운 걸 어떡해! 아무리 포션을 먹어도 등 뒤의 상처가 낫지를 않는다고!"

김 반장은 침체된 분위기를 살리기 위해 일부러 찰스에게 핀잔을 주었다.

찰스는 버럭 화를 내며 김 반장에게 자신의 등을 대었다.

"벼룩! 벼룩 옮는다고! 그러니까 우리 제복 맞춘 걸로 갈아입으시라니까! 왜 그 옷은 안 벗어 가지고는—."

"이놈아! 내 다른 건 몰라도 옷은 절대 안 벗어! 남정네들끼리 속살 보여 줄 일 있냐!? 네 앞에서 옷을 벗었다간—."

그가 옷까지 펄럭거리며 김 반장에게 다가서자 김 반장은 질겁을 하고 뒤로 물러섰다.

〈총사대〉 유저들도 키드와 루거 보기에 창피하다는 듯 시선을 돌렸다.

정작 삼총사의 눈은 찰스에게 완전히 고정되어 있었다.

"아니, 잠시— 포션을 마셔도 낫지 않는 상처란 말입니까."

"그래!"

"힐은? 힐도 받아 봤나, 영감?"

"이 자식이— 그래, 인마! 내가 너보다 몇 년을 더 살았는데— 이렇게 낫지 않는 상처는 처음이라고! 보이지도 않고, 등 뒤에 있는 작은 상처들이—."

키드와 루거는 서로 눈을 마주쳤다.

여기는 현실이 아니다. 미들 어스에서 NPC가 낫지 않는 상처는 없다.

아예 잘려 나가 회복의 의미가 없다면 모를까, 단순 상처나 흉터 정도는 시간을 들여 포션과 힐링을 받으면 자연스레 회복되지 않는가!

"등! 등을 보자!"

루거가 탁자를 밟고 넘으며 찰스에게 달려들었다.

찰스가 그것을 피하려 했으나, 이미 [속사]의 키드가 그의 상의를 잡아 들어 올린 상태였다.

"놔라, 이 자식들아! 이 녀석, 브로우리스는 이런 취향이 아니었—."

"조용히 해, 영감!"

루거는 날뛰는 찰스를 제압했다.

키드는 제압된 찰스의 상의를 완전히 치켜들었다.

"이건……."

"허이고야, 뭐야, 이게?"

"뭐, 뭐야? 대장님의 등에 왜—."

"몸 곳곳에 이런……. 이런 게 있었나?"

키드와 김 반장은 찰스의 등을 보며 경악했다. 그것은 다른 〈총사대〉의 유저들도 마찬가지였다.

루거는 일그러진 얼굴로 찰스의 등을 바라보다 〈총사대〉를 보았다.

"네놈들은 이래서 멀었다는 거다. 기억을 잃고 오랫동안 행방불명되었던 NPC를 조사도 안 하다니. 그러니까 이런 〈문신〉을 놓치지."

찰스의 등에 새겨진 것은 문신이었다.

"이런 영화가 있었지, 아마?"

김 반장이 주위를 보며 물었으나 그것에 답한 유저는 아무도 없었다.

그들은 모두 찰스의 등에 새겨진 문신에 집중하고 있었으니까.

무엇보다 그림이나 문장 또는 도형과도 같은 문신이 아니라는 게 그들에게도 독특하게 다가오는 점이었다.

"단순한 특수문자라기에는……. 으음, 아무래도 수식에서나 쓰이는 것 같은데, 부등호 같은 걸 사용한 문신은 처음 보았습니다. 아직도 치료가 되지 않았다면 분명 이게 어떤 힌트가 될 터…….”

"수식? 크으, 젠장. 이하 셰끼나 나는 아무런 도움도 안 되겠군."

키드는 겨우 그것을 알아보았다. 그러나 그 또한 느낌으로만 언급했을 뿐, 정확한 해석이나 확실한 증거는 없었다.

다른 유저라고 다를 건 없었다.

김 반장이 자조적으로 말한 것처럼 〈총사대〉의 유저들도 눈 뜬 장님처럼 찰스의 등을 바라보고 있는 게 전부였다.

단 한 사람, 루거의 눈빛만이 달랐다.

루거는 자신의 입을 조용히 가리고는 빠르게 찰스의 등을 '읽어' 나갔다.

"음? 루거?"

"……이거—. 응?"

키드가 루거를 부르는 순간, 두 사람이 동시에 허리를 폈다.

곧 이어진 행동 또한 같았다.

두 사람은 곧장 수정구를 꺼내어 들고는 발동시켰다.

"뭐야? 어디들 가는 거지? 해석은 어쩌고—."

"아쉽게도 그럴 시간은 없을 것 같습니다. 그리고 해석은—조금 더 시간이 필요할 겁니다."

키드는 루거를 슬쩍 바라보았다.

혹시나 무슨 말을 하지 않을까 싶어 말한 것이었지만 루거는 여전히 심각한 얼굴로만 있을 뿐, 문신에 대한 언급은 하지 않았다.

어리둥절한 얼굴로 고개를 끄덕이는 김 반장을 보며 키드는 이하에게 귓속말을 보냈다.

―아마도 루거가 알고 있는 눈치입니다.
―수식을? 그 인간이? 수학이라고는 사칙연산밖에 못 할 것 같은 그 인간이?
―홋, 나도 정확한 건 모릅니다. 어쨌든 지금은 다른 일이 더 중요합니다.
―응, 방금 들었어. 쩝…… 아쉽게 됐군. 루거가 알아냈으면 나중에 알려 주지도 않을 것 같은데 말이지.

이하라고 키드와 루거가 어째서 그런 행동을 하는지 모를 리 없었다.

'〈미드나잇 서커스〉의 단장이…… 어쨌든 한 건 해낸 셈이니까.'

뻬뜨르와 함께 잠입했던 체카가 돌아왔다.

뻬뜨르가 사망했다는 우울한 소식과, 구속된 메데인이라는 기쁜 소식을 동시에 지닌 채.

에윈과 그랜빌을 포함한 〈신성 연합〉 수뇌부의 긴급 소집령이 내려졌다.

"〈제2차 인마대전〉의 네임드 몬스터를 이용한다는 건 이미 밝혀진 사실이에요. 그들은 어디에 있죠? 습격 감행 일시는? 모이기로 한 장소는 따로 정했나요?"

람화연은 몰아붙이듯 물었다. 정작 추궁을 받고 있는 메데인은 람화연과 눈도 마주치지 않았다.

그는 자신을 둘러싼 인물들의 면면을 살피고 있었다.

통신 방해 스크롤을 통해 귓속말은 금지된 상태이고, 이곳에서 찍는 스크린 샷에는 유저들의 얼굴이 드러나지 않을 것이다.

그럼에도 〈신성 연합〉을 이끌어 가는 주요 유저와 NPC의 얼굴 하나하나를 똑똑히 기억하겠다는 태도는 사뭇 여유로워 보이기까지 했다.

"역시 듣던 대로군. 다들 잠도 안 자는 건가?"

두터운 그의 목소리가 흘러나올 때 몇몇 NPC는 눈을 피하고야 말았다.

혼자서도 〈신성 연합〉의 수뇌부 유저와 NPC, 도합 15명의 기세를 받아 내는 건 보통 사람이 할 수 있는 일이 아니다.

"메데인, 우리가 묻지 않은 말에 함부로 발언하지 말아요."

"흐, 재미있단 말이지. 나가서 기업 경영이나 할 것이지, 글로벌 기업 총수의 딸이 왜 여기서 소꿉장난이나 하고 있는 거야?"

람화연은 재빨리 그의 입을 봉하려 했지만 역시 메데인은 보통이 아니었다.

전혀 기죽지 않은 그의 태도를 람화연은 눌러 주고 싶었으나, 그녀가 답하기 전 메데인이 먼저 말을 이어 나갔다.

"미들 어스가 돈이 된다지만 대기업까지 이래도 되나? 바닥에 떨어진 이삭 주워 가는 것도 꼴 보기가 싫은가 보지?"

"뭐라고?"

"당신들이 기존 자본을 활용해서 미들 어스의 골드를 본격적으로 채굴하면 말이야, 오히려 미들 어스의 경제만 무너지는 거 몰라? 하긴, 어차피 우리 같은 서민들의 피를 빨아먹는 데에는 익숙하겠지. 당신들 때문에 우리들이 게임을 플레이하는 것도 더 어려워지는 거야. 안 그래?"

메데인은 주변을 둘러보았다.

푸른 수염에 관한 질문에서 뜬금없이 터져 나오는 발언은 어떤 의미인가.

람화연은 메데인의 말에 반박하려 했다.

"아, 뭐, 당신이 똑똑한 유저라는 건 잘 알았습니다. 〈신성연합〉 내부에서 결속을 깰 기미가 없어 보이니까, 그새 생각해 낸 게 현실에서의 계급 격차를 들먹여 보겠다는 전략은 제법 훌륭했어요."

그리고 라르크는 람화연의 말을 막아야 한다는 것을 눈치챘다.

람화연은 정론적으로 반박하겠지만 그것이야말로 메데인이 이 자리를 질질 끌며 〈신성 연합〉의 유저들끼리 반발심을 갖게 하기 좋은 재료가 아닌가.

"무슨— 내가 하고자 하는 말은 그게 아니야. 라르크, 프랑스 출신이라 잘 알 것 같은데?"

메데인은 순식간에 표정을 숨겼으나, 그 찰나에 드러난 기색만으로도 이미 라르크에게 약점을 잡힌 것과 마찬가지였다.

"시끄러워요. 메데인 당신이 남미 쪽에서 제법 유명한 유저라는 건 우리도 이미 파악한 사실이고, 당신들이야말로 마약 재배나 운반 같은 하이 리스크 사업보다 이쪽이 훨씬 나아서 들어온 거 아닌가? 죽은 칼리랑 당신이랑. 듣기로는 당신의 접속 IP조차 언제나 우회되고 있다는 말이 있던데."

라르크는 체카를 흘끗 보았다. 체카는 조용히 고개를 끄덕였다.

이미 당신에 대한 모든 뒷조사가 끝나 있으니 더 이상 말하지 말라, 는 우회적이고도 실용적인 협박에 메데인은 더 이상 말할 수 없었다.

—휴, 협조 고마워요.
—나로서도 그의 정확한 위치는 추적할 수 없소. 이런 행위가 라르크 그대에게 도움이 됐다면 다행이겠군.

뛰는 메데인 위에 나는 라르크가 있다.

간단하게 상황을 정리하고 다시금 기선을 제압한 후, 라르크는 메데인에게 물었다.

"자, 그럼 하던 얘기나 합시다. 일단 우리 측에서 몬스터의 이름은 확보하긴 했거든? 근데 살았는지 죽었는지가 잘 확인이 안 되네. 토온 휘하에 있던 지휘관급 몬스터는 총 108마리⋯⋯. 어떻게, 리스트를 보면 좀 생각이 날라나?"

퓌비엘과 미니스에서 〈제2차 인마대전〉 참전 NPC를 대상으로 한 긴급 조사는 이미 끝난 상태였다.

히췟-카나 크롤랑 등의 네임드 몬스터가 포함된 108마리의 명단은 확보한 상태였으나 그것을 고스란히 사용할 수 없다는 게 문제였다.

그들 중 힘을 받은 66기의 몬스터는 누구이며, 현재 그들의 위치는 어디에 있는가.

〈신성 연합〉이 알아내고자 하는 정보는 바로 이것이었다.

"크크, 이곳까지 오면서도 저 빌어먹을 짭새한테 말했지만! 나는 모른다. 아니, 알아도 알려 줄 수 없고."

"뭐, 메데인 당신이 당신의 상황을 어떻게 파악하고 있는지 모르겠다만. 이 전쟁이 끝나면 당신도 끝이야. 다시 정글에서 '실제 목숨'을 내놓고 돈벌이나 하러 돌아다녀야 할 걸? 그나마도 세력이 크지 않아서 미들 어스의 수익에 비하면 별거 아닐 텐데⋯⋯ 그럴 수 있으려나?"

라르크는 빈정거리듯 말했다.

메데인의 표정이 차갑게 굳었다. 그 얼굴을 보자마자 람화연이 입을 열었다.

"우리에게 협조하세요. 푸른 수염이 힘을 건네주었다던 66기의 몬스터를 확정해 주면, 우리가 그들을 성공적으로 막아 낸 다음, 전후 당신의 처리에 대해 이야기를 나눠 볼 수 있을 거예요. 안 그런가요, 에윈, 그랜빌 장군님?"

"적어도 미니스의 모든 기사단이 쫓아다닐 일은 피할 수 있겠지."

"공으로 과를 지울 순 없지만, 과만으로 공을 무시할 수도 없는 법이니까."

라르크의 채찍에 이어 람화연의 당근.

그녀가 에윈과 그랜빌을 이 자리에 불러들인 것은 메데인을 구슬리기 위해 반드시 필요할 거라는 것을 예측했기 때문이다.

〈신성 연합〉 최고위 NPC들의 보증에 가까운 발언에는 오히려 알렉산더를 비롯한 몇몇 유저들이 불편함을 내비칠 정도였다.

"……크히히히…… 모른다니까. 지금 너희들은 완전히 잘못 짚고 있는 거야."

그럼에도 메데인은 고개를 절레절레 저었다.

라르크가 짜증 난다는 얼굴로 그를 노려보았으나 람화연이 먼저 나서서 부드럽게 물었다.

"뭐를? 어떻게 잘못 짚고 있다는 거죠?"

"왜 나를 믿지 못하지?"

"……진짜 아무것도 모른다?"

"크하핫, 글쎄. 한숨 자고 나면 생각이 날랑 말랑 할지도—."

쿠당탕탕—!

〈신성 연합〉의 회의장에 소란이 일었다.

메데인의 껄렁한 태도를 도저히 참지 못한 알렉산더가 자리를 박차고 일어난 게 첫 번째 이유였고.

"크, 큰일 났습니다! 몬스터가— 몬스터들이 각지에서 날뛰고 있다는 첩보가 입수되었습니다!"

"이런…… 미친……."

푸른 수염이 말했던 66기의 몬스터가 '지금 당장' 움직이기 시작했다는 게 두 번째 이유였다.

"〈강타〉!"

"갸아아악—!"

고블린 한 마리의 팔이 잘려 나갔다. 달빛에 비춰도 또렷하게 알아볼 수 있는 초록색 피가 바닥에 뿌려졌다.

"〈마이너 힐링〉!"

새 것처럼 반짝반짝한 책을 쥔 사제가 기사 유저를 회복시켜 주었다.

2인 파티로 고블린 부락 인근에서 캠핑을 하는 초보 유저들은 서로의 합에 대해 칭찬을 주고받았다.

"언제 레벨 업해서 이벤트 참가하나 모르겠어요."

"그니까요. 아까 와이튜브에서 동영상 봤는데, 와…… 그거 보고 바로 접속한 거잖아요. 저도 폭렙하고 싶어서."

"흐흐, 저돈데. 저도 랭커였으면. 캬~ 양손 검 전사 중에는 아직 활약한 사람이 없으니까 제 이름 빡! 떨치면서 그냥, 푸른 수염 샤샥!"

"저도 성녀님 곁에서 같이 배리어 딱! 쓰면서……. 어? 왜요?"

낄낄거리며 미래를 그리던 중, 사제 유저가 고개를 갸웃거렸다.

양손 검 유저의 표정이 완전히 얼어붙어 있었기 때문이다.

"저, 저거— 저거……."

고블린 부락은 아래가 잘 보이는 산릉선에 있기 마련이다.

작은 크기의 몬스터들이 살아남기 위해서는 대형 몬스터들의 접근을 자연적으로도 최대한 경계해야 했으니까.

따라서 그들은 산 아래의 평지를 또렷하게 볼 수 있는 위치였다.

"음? 뭐지? 기마대?"

"아뇨…… 기마대가 아니야."

"아, 그러네요. 기마대치고는 이 밤중에 순찰을 돌 인원이 아니죠. 치안대인가? 아니, 치안대나 일반 길드가 저렇게 단체로 말을 타고 이동할 리가 없을 텐데. 텔레포트를 두고 굳……이……."

두 사람은 갑작스레 섬뜩한 느낌을 받았다.

일반적인 상황이라면 저렇게 돌아다닐 이유가 없다.

하물며 자신들의 위치와 멀리 보이는 도시의 크기, 그리고 빠른 속도로 달려가는 이들의 뒤편에 일어나는 먼지바람을 비교군으로 삼을 수 있다.

그것으로 보자면, 그들의 크기는 결코 일반적인 인간 형태가 아니다.

"작게 잡아도 자이언트급?"

"자이언트보다도…… 더 크다고 봐야겠죠. 탐색 관련 스킬이 없어서 모르겠지만 저건 분명—."

휘이이이이…….

팡!

그들은 도시의 성벽 위로 올라간 불꽃을 보았다.

조명탄과 같은 역할을 하는 라이트 계열 스킬이 밤하늘을 빛내고 있었다.

그 빛이 드러났을 때, 마침내 성벽 인근까지 달려간 괴 인영들의 모습을 완전히 알아볼 수 있었다.

"……몬스터다."

"포, 포 핸디드 오우거?"

그리고 그들을 태우고 있는 정체를 알 수 없는 짐승까지.

콰드드드득—!

굳게 닫힌 성문이 순식간에 찢겨 나갔다.

성채에서 갑작스레 소란이 일었다.

"모, 몬스터들의 침공이다아아아아아! 기사단 전부 출동!"

"벌써 성문이 뚫렸습니다! 공성 병기도 없는— 일반 몬스터들이 어떻게—."

일반적인 몬스터라면 하염없이 때려도 금 하나 가지 않을 정도의 강화가 되어 있는 데다, 문 앞의 검문소에서도 분명 최소한의 경비 병력이 상주하고 있는 장소다.

"싸, 싸이클롭스?"

"싸이클롭— 근데 팔이……."

그곳은 지금 아무런 역할도 하지 못하고 있었다.

팔이 네 개 달린 오우거 수천 마리를 이끌고 성을 들어서는, 역시나 팔이 네 개 달린 외눈박이 몬스터에 의해서.

"백작—님의— 명령— 전부— 죽인—다. 〈썬더〉."

싸이클롭스는 팔을 두 쌍으로 나눠 각기 다른 방향으로 뻗었다.

성채를 전부 아우를 정도로 거대한 공간 결계가 형성되는 동시에, 곳곳으로 날벼락이 쏟아져 내리기 시작했다.

"끄아아악, 기습! 기습이다!"

"마, 막아! 막아야 한다! 몬스터들이 밀고 들어오도록 두지 마!"

야음을 틈탄 기습 자체만으로도 효과적이건만, 일반 유저나 NPC를 압도하는 몬스터들의 수준은 더욱 큰 패닉을 불러올 수밖에 없었다.

"길마님께! 누가 로그아웃해서 길마님께 연락해! 집사 NPC가 막고 있는 사이에 길마님이 돌아오셔야 지휘라도 제대로— 엇?!"

"꺼……져라."

쫘아아아악…….

치안대를 진두지휘하던 유저의 몸이 양분되었다.

싸이클롭스는 마치 쓰레기를 치우듯 사체를 집어 던져 버렸다.

유저들의 길드가 운영하는 성채는 특히나 약할 수밖에 없었다.

성주의 권한을 일부 위임 받은 집사 NPC, 부길드 마스터 등이 있다지만 결국 모든 것을 책임지고 지휘할 수 있는 성주, 길드 마스터가 로그아웃을 하는 상황이 생기기 때문이다.

"도, 도망가! 도망가!"

"도망도 못 가요! 텔레포트를 못 하는데 어디로?! 어떻게!

몬스터들의 속도가— 상상을 초월한다고!"

일반적으로 성주의 집무실이 있는 내성의 방어선이 무너진 것은 성문이 뚫리고부터 고작 7분이 지난 시점이었다.

레벨 100 전후의 유저라면, 성문부터 한 번도 쉬지 않고 전력 질주해도 닿을 수 없는 시간에 한 개의 성채가 함락된 것이었다.

머리가 없어진 데다 불이 타오르고 있는 내성을 보며 그나마 살아 있던 유저들도 전투 의지를 잃었다.

"왜…… 왜 갑자기 이런—."

"우, 우리 쪽으로 왜 갑자기 이런 일이 생긴 거야!? 퓌비엘에서 제일 인기 없고, 쓸모도 없는 요새 아니었냐고!"

무엇보다 마왕군 병력의 침략 전선에서 상당히 떨어진 위치에서 받은 기습이므로, 이것에 대응할 만한 체계를 갖추지 않은 것도 문제였다.

그곳에 있던 유저들이 마구잡이로 퍼뜨리는 귓속말이 떠돌았으나 구원 병력은 곧장 파견되지 못했다.

이미 공간 결계로 막혀 버린 장소였기에, 주변의 도시로 텔레포트 후 출발해야 한다.

즉, 유저들의 도움 요청을 듣자마자 각국의 기사단이 파견되었다 하더라도 성채의 파괴 속도를 따라갈 수 없다.

"원군은! 원군은 어떻게 됐어!? 우리랑 상호 방위 협조 조약 맺었던 길드들 연락은!?"

"없습니다! 없— 없어요! 못 온대요!"

"야이— 왜! 이 새끼들, 특산품 교역할 때만 동맹이고 이럴 때는 쌩 까는 거야?"

"그, 그게 아니라—……."

"그럼, 왜!"

설령 파견할 수 있다고 해도 주변의 도시에서 원군을 보낼 수는 없었다.

주변 도시뿐만이 아니라 해당 국가의 기사단을 파견하는 일도 할 수 없었다.

"거기도…… 공격받고 있으니까요."

공격을 받는 곳은 단순히 도시 하나, 성채 하나가 아니었으니까.

〈신성 연합〉의 긴급 회의실에서도 망연자실한 분위기는 그대로 이어지고 있었다.

"그래서…… 결과는요?"

"……퓨비엘과 미니스, 샤즈라시안과 크라벤 포함— 공식적으로 파괴 또는 함락이 확정된 성채와 도시는 총합 32곳입니다. '현재 공격 받고 있는 곳'을 제외한…… 수치입니다."

람화연과 라르크는 갑작스레 기울기 시작한 전황에 아찔함을 느꼈다.

〈제2차 인마대전〉은 물론이고 산전수전을 다 겪은 에윈과 그랜빌마저도 인상을 찌푸릴 정도의 상황에서, 알렉산더가 메데인이 앉아 있던 장소를 향해 창을 내질렀다.

의자는 일격에 박살이 났다.

그 자리에 메데인은 없었다.

"……지금 이자를 죽여선 안 됩니다, 알렉산더."

알렉산더의 동향을 살피던 키드가 재빨리 메데인을 구해냈기 때문이다.

"어차피 아무것도 모르는 녀석을 살려 둘 필요는 없지 않나. 이미 일은 벌어졌다."

랭킹 1위의 판단은 역시나 합리적이었다. 필요한 정보는 이미 노출되었다.

아군의 희생으로 인해 정보를 얻을 수 있게 된 이상, 메데인 따위는 필요 없다는 결론이었다.

물론 키드를 비롯한 두뇌파 유저들에게는 메데인의 가치가 그것만으로 책정될 게 아니었다.

"아직 이자에게서 뽑아낼 정보는 많습니다. 푸른 수염에게서 힘을 받은 66기의 지휘관급 몬스터가 아니더라도, 메데인 이자가 마왕군 내부에서 보고 듣고 겪은 일들, 이번 〈제3차 인마대전〉과 관하여 얻게 된 이득이나 실패했을 때의 페널티 등을 알아낼 수 있지 않겠습니까."

키드는 빠르게 말했다.

자신이 정말 죽는 줄 알았던 메데인은 키드의 말을 듣자마자 다시금 표정을 바꿨다.

"흐, 흐흐! 그래, 그래! 나를 죽이면 너희들한테 손해라고?"

"그러니 지금이라도 말한다면 우리는 당신을 정당한 포로로 대우할 수 있습니다."

"낄낄…… 근데 어쩌나? 지금은 말할 기분이 들지 않거든? 우선 귓속말 제한이라도 풀어 주지 그래? 어차피 여기는 에즈웬 교국도 아니지? 내가 장소를 알려 드린다 해도 우리 마왕님께서 '내일 일몰'에 에즈웬 교국을 지워 버리겠다고 하셨으니 오늘은 공격받을 일 없을 거야."

메데인은 키드의 말을 듣자마자 자신이 생각한 사실들을 줄줄 읊었다.

실제로 제1방어 진지의 지형까지 바꾸는 마왕의 힘을 본 이상, 〈신성 연합〉의 회의는 더 이상 에즈웬 교국 한 곳에 고정될 수 없었다.

그러한 사실까지도 완벽하게 잡아낸 메데인에 대해 람화연과 라르크는 역시나 경계심을 가져야만 했다.

"자~ 어쩔 거지? 귓속말 제한을 풀어 주면 우선 마왕군 페널티부터 말해 주고! 그다음은 〈신성 연합〉 여러분들이 하기 나름이지. 낄낄."

메데인은 자신이 완벽하게 주도권을 쥐고 있다고 생각했다.

루거가 〈코발트블루 파이톤〉을 들어 올릴 때, 총성이 먼저 울렸다.

타다앙————……!

"끄아아아아아악—! 무슨—. 젠장! 손, 손바닥! 미친! 무슨 짓이야!"

메데인이 발광했다. 조금 전까지 메데인을 죽이려고 했던 알렉산더도 잠시간 상황을 파악하지 못했다.

그러나 이 시점에서 울릴 만한 총성이라면 당연히 한 사람밖에 없었다.

"어, 어어!? 키드 씨?"

라르크가 허겁지겁 키드에게 다가갔다. 키드는 메데인을 라르크에게 집어 던졌다.

메데인의 오른손과 왼손 바닥에는 각기 구멍이 하나씩 뚫려 있었다.

키드는 라르크에게 기대 허우적대는 메데인에게 다가갔다.

그러곤 포션 두 병을 꺼내어 그의 손에 뿌렸다.

키드는 두뇌파 유저에 속한다. 람화연 또는 라르크처럼 전략과 전술 그리고 지휘에 능하다.

그러나 다른 두뇌파 유저들과 차이가 있다면, 언제나 최전선을 뛰어다녔던 유저라는 점이리라.

"……당장 알고 있는 모든 걸 말하지 않으면, 메데인 당신은 오늘 지옥을 보게 될 겁니다."

키드의 목소리는 그 어느 때보다 음울했다.

황당한 표정의 유저들과 달리 루거만이 겨우겨우 미소를

지어 보였다.

―그래서? 지금은?
―모르……겠어. 키드 씨가 이런 장면은 모두가 볼 필요가 없다면서 어디로 끌고 갔는데―.
―허, 허허허…… 그래, 원래 조용하던 인간이 터지면 그렇게 된다니까. 키드 성격에 실수로라도 메데인을 죽이진 않을 거고―. 아참, 그래서? 습격받은 곳들은?
―호…… '호크 아이'가 파견됐어. 벌써 20군데 이상 확인 끝냈고.

람화연이 부끄럽게 단체명을 말하자 이하는 웃음이 피식 났다.

해가 지고 난 이후로 〈신성 연합〉에게 줄곧 암울한 소식만 들려오던 것에 비하면 쑥스러워하는 그녀의 목소리는 한 줄기 단비와도 같은 셈이었다.

―낄낄, 하여튼 별명 하고는. 페르낭 씨가 그렇게 지었지?
―아니……. 혜인 씨, 마스터케이 씨의 추천이 있었다는데.
―푸핫, 기정이가?

〈신성 연합〉에서 '눈' 역할을 하는 유저 그룹은 많았으나 그 누구도 이견을 내지 않는 조합이 있다.

습격 첩보를 받자마자 람화연과 라르크는 그들을 이동시켰고, 키드가 메데인의 손바닥에 구멍을 내던 시점에 이미 7곳에 대한 조사를, 그리고 불과 몇 분이 더 지난 지금 20곳이 넘는 곳의 조사를 마친 상태였다.

―방어선은?
―에윈과 그랜빌이 다 돌아갔고…… 알렉산더가 드래곤들 지휘하면서 방어선 재구축에 신경을 써야 할 것 같아. 이지원이 일단 1인 요격전을 벌여 본다고 하는데 얼마나 유효할지는 의문이지.
―으음…… 이지원 씨 혼자서도 1개 무리 정도는 별문제가 없긴 할 텐데…….

푸른 수염에게 힘을 받은 66기의 지휘관급 몬스터들은 과연 달랐다.

게다가 유저들의 '귓속말'에 해당하는 〈메신저〉 스킬을 사용하지도 못하는 수준일 터인데, 한 몸처럼 치고 빠지는 시점이나, 파괴나 약탈보다도 '공포심'에 분위기를 맞춘 습격은 어떠했는가.

〈신성 연합〉은 결국 그들에 대한 조사를 실행함과 동시에 방어선을 대폭 축소시켜야만 했다.

각국 수도 인근의 주요 요새를 제외하고, 국경 인근에 있는 대부분의 도시와 성채를 포기해야만 하는 결정.

낮의 대전에서 겨우 무승부를 했다고 본다면, 밤의 대전에서는 확실한 1패를 적립한 〈신성 연합〉이었다.

이것을 뒤집기 위해서라도 이하는 서두를 수밖에 없었다.

―역시 내가 카일을 빨리 잡는 수밖에 없겠지?

마탄의 사수를 잡아야 한다. 하지만 어떻게?

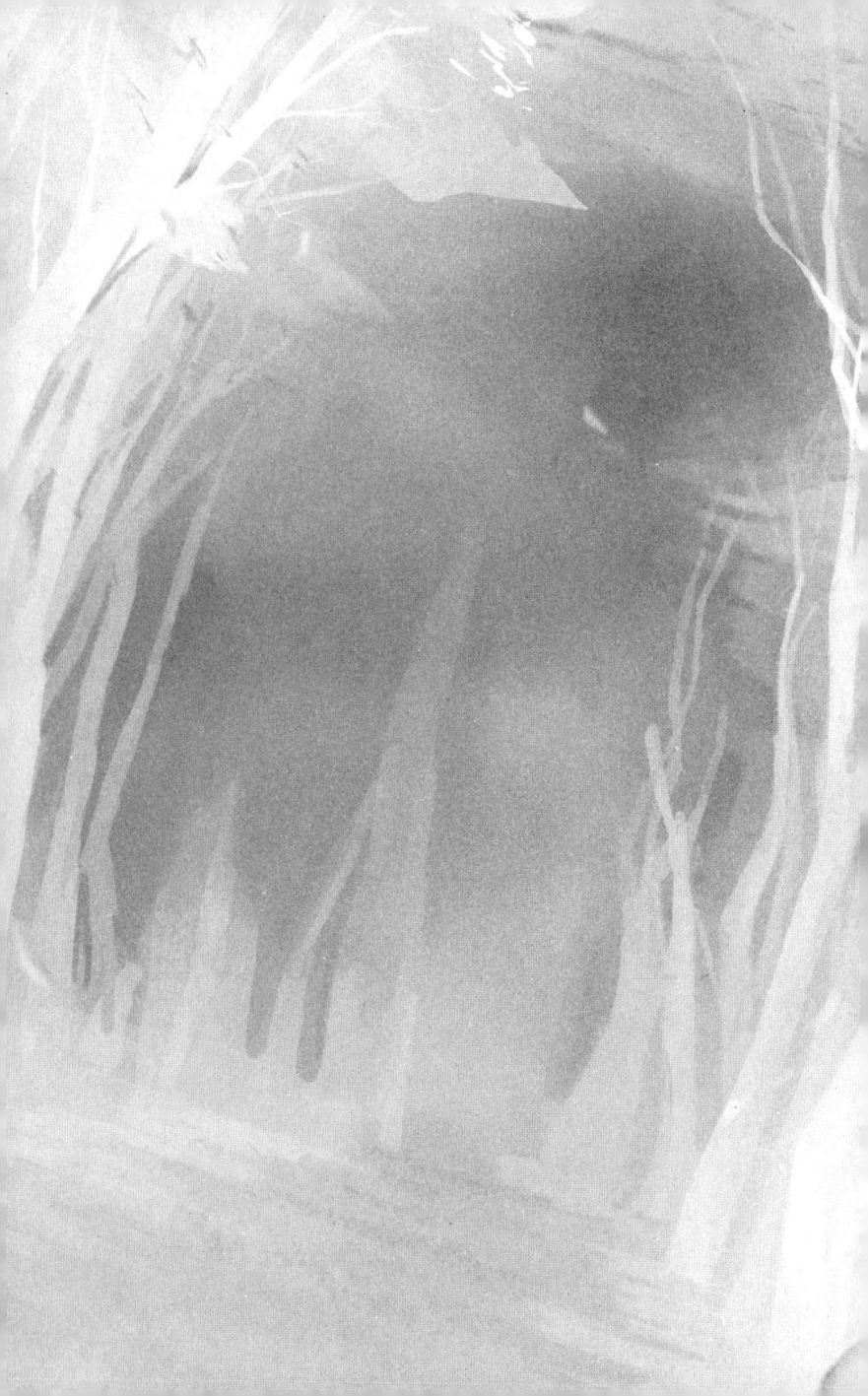

―말해 뭐 하겠어. 뭐, 굳이 마탄의 사수가 아니었다고 해도 하이하 당신이 있었다면― 음…… 모든 걸 해결할 순 없었지만 그래도 꽤 도움이 됐을 텐데.

―우와, 섭섭하네. 그렇게 말하기야?

이하는 톡 쏘는 람화연의 말투에 잠시 당황했다. 그러나 곧 그녀의 의중을 파악할 수 있었다.

한순간도 쉬지 못하고 〈신성 연합〉의 전쟁을 염두에 두고 있는 그녀에게 이하가 필요하지 않을 리 없다.

마탄의 사수가 되었든, 되지 않았든 그저 곁에 있는 것만으로도 그녀에겐 큰 도움이 되리라.

그러나 람화연은 결코 그런 방식으로 말하지 않았다.

―……조심하라는 뜻이야. 서둘러선 될 일도 안 될 테니까. 무엇보다…… 마탄의 사수가 되지 못하고 이쪽으로 돌아온다면, 결국 아무 도움도 되지 않을 거야. 천천히, 확실하게 처리해야 해.

그 누구보다도 신중해야 하는 작전임을 알았기에 오히려 서두르지 말라는 말을 할 수 있으리라.
이하는 한숨을 크게 내쉬었다.
여자 친구를 포함하여 모든 동료들이 고생하고 있음에도 자신은 아무것도 할 수 있는 일이 없는가.

―알았어. 나름대로 또 방법을 찾아봐야지.
―방법?

"후우우…… 아무리 저격수는 대기하는 게 일이라지만, 가만히 있을 순 없지."
움직여야 한다. 하나라도 더 알아내야 한다.
그리고 한시라도 빨리 돌아가야 한다.

―응. 화연이 너는 〈신성 연합〉 지휘에만 신경 써. 이쪽은 내가 알아서 할 테니까. 오빠 믿지?
―어휴, 그렇게 말하는 사람은 절대 믿지 말라던데.

한껏 가벼운 목소리로 분위기를 환기시키는 이하와, 그런 남자 친구의 의도를 파악하고 장난으로 받아치는 람화연.

즐겁게 웃으며 그녀와의 귓속말을 끝내기 무섭게 이하의 표정이 바뀌었다.

자신이 현재 할 수 있는 일? 당연히 그것은 하나뿐이다.

―루거, 아까 키드랑 찰스의 등에 있는 거 봤다면서?

삼총사의 스승, 찰스의 등에 새겨진 문신의 의미는 무엇인가.

적어도 지금 해석해야 할 최신 정보라면 역시나 그것밖에 없었다.

루거의 귓속말은 곧장 들려오지 않았다. 이하는 다시 한 번 묻지 않았다.

그가 못 들었을 리가 없다.

그렇다면 지금의 뜸 들임은 무엇을 뜻하는가.

―그래.
―뭐라고 적혀 있었어? 마탄의 사수와 관련된 거야?
―뭐, 크게 달라질 건 없다. 아마도 내가 읽어 낸 게 맞는다면.

루거는 퉁명스럽게 말했다. 그러나 이하는 그의 목소리 속에 담긴 조바심을 읽어 낼 수 있었다.

 크게 달라질 게 없다?

 ―아니, 그러니까 무슨 뜻이었는데. 문양이 뭐였길래.
 ―수식 기호다! 빌어먹을, 어차피 네 녀석은 봐도 이해 못 해.
 ―나도 여집합, 교집합! 뭐, 부등호! 이런 거 대충 알거든? 이 싸람이, 나를 무시해도 너무 무시하네.
 ―……E를 좌우로 돌려 봐.

이하는 무어라 말하려다 말고 곧장 손가락을 움직였다. 바닥에 그려진 것은 'ㅋ'였다.

 ―이게 뭐?
 ―그다음은 알파벳 A를 상하로 뒤집어서 써 봐라.

이하는 고개를 갸웃거렸다. 바닥에는 '∀'자가 그려졌다.
 생전 처음 보는, 문자인지 무엇인지도 알 수 없는 그것들을 보면서도 이하는 깨닫지 못하고 있었다.

 ―읽을 수 있나?
 ―엥? 뭘? E, A? 에아? 이에이?
 ―멍청이. 수식 기호만 놓고 보자면 첫 번째는 '존재한다'

두 번째는 '모든 것'이다. 즉, 합쳐 읽으면 [모든 것이 존재한다]라는 의미지.

—어, 어어?

키드를 비롯하여 〈총사대〉의 유저들과 김 반장이 이해할 수 없었던 것은, 찰스의 등에 있는 게 단순히 부등호나 괄호 따위를 활용한 문신이 아니었기 때문이다.

—그건 아마 마탄의 사수의 기록이었을 거다. 문장이나 그림으로 기록을 남긴다면— 특수한 처리가 없는 한 그 기록마저도 삭제되겠지? 따라서 그는……. 아마도 카일 '바로 이전의' 마탄의 사수는—.

—……수식으로 남긴 거구나?

—그래. 엄밀히 말하면 수식을 남긴 게 아니라, 수식의 해석 방식을 단순 나열하여 문장화시킨 것이지만…….

—그, 그럼? 또 뭐라고 써 있지?

—소문자 엑스, 느낌표, 느낌표, 같지 않다는 등호, 소문자 아이.

$x!! \neq i$.

루거가 천천히 읽어 주는 것을 바닥에 그려 보지만 역시나 이하로서는 해석할 수 없는 것이었다.

수식으로써 성립하지 않는다는 것은 차치하고서라도, 애당초 느낌표나 i가 무엇을 뜻하는지도 제대로 파악할 수 없었기 때문이다.

―이, 이건…….
―[유일하게 계승된 독립변수는 허수가 아니다] 바꿔 말하면, [그것은 실존한다]는 의미겠지. 자미엘의 정체에 대해 알려 주고 싶었던 게 아닐까.
―어?
―이 마탄의 사수는 자미엘에 관하여 찰스라는 노인네와―후…… 됐다. 내가 해석해 줄 테니 읊어 주는 것만 잘 들어.

수식화된 문장을 읽어 내는 것만이 아니라, 그 문장에 얽힌 배경 이야기까지도 추측해 낼 줄 알아야만 한다.

찰스를 직접 만나 보지도 못했던 이하가 감을 잡기 어려운 것은 당연한 일이었다.

평소와 달리 루거가 툴툴대도 이하가 기분 나빠 하지 않는 이유 또한 이러한 점 때문이었다.

'하여튼…… 막돼먹은 놈 같지만 아는 것도 많고―. 은근히 완벽주의자야.'

루거도 단순한 플레이로 그 위치까지 올라갈 수는 없었을 테니까.

이런 상황에서 루거는 가장 믿을 수 있는 동료나 마찬가지였다.

그 상태로 이하는 루거가 자의적으로 해석했다고 하는 문신의 암호 문장들을 들었다.

마탄의 사수가 된 찰스의 지인이 마탄의 사수가 어떤 존재이고, 그 힘이 어떤 것인지에 대해 남겨 놓은 '수식화 문장'은 해석하기 수월치 않았다.

그러나 루거의 배경 지식과 이하의 배경 지식이 더해지고 토론하며, 그들은 거의 모든 문신들을 해석해 낼 수 있었다.

동이 틀 무렵까지도 계속해서 대화를 나누고서야 이하는 루거의 목소리가 어째서 침울해 있었는지.

그가 왜 곧장 답을 주지 않았는지 대강 이해할 수 있었다.

―그 말은 결국…….
―[두 개 이상의 변수가 필요하다]…… 결국 이 자식이 말하고자 했던 건 결국 [혼자서 싸워서는 안 된다]는 이야기지.

카일을 제외하고 가장 최근에 마탄의 사수였던 자가 직접 남긴 말이다.

[마탄의 사수는 혼자서 상대할 수 있는 게 아니다.]

[반드시 두 개 이상의 변수가 있어야만 마탄의 사수를 제압할 수 있다.]

그 이유나 해석에 관하여 여러 가지 문장이 남아 있었으나 궁극적으로 중요한 건 결국 두 개의 문장뿐이었다.

―뭐야, 그럼? 나는―.
―네가 카일을 쫓는 게 아니다, 하이하. 우리가― 나와 키드가 그곳에 갈 때까지…….

루거는 찰스의 등에서 암호화된 수식을 보며 이 모든 것을 파악했기에 키드에게도 말하지 못한 채 전전긍긍하고 있었으리라.

―카일을 피해 다녀야 한다는 뜻이지.

삼총사가 모두 모일 때까지 이하는 카일과 싸울 수 없다.
바꿔 말하면, 지금 이하가 신대륙에 있는 건 완전히 무의미한 시간을 보내고 있다는 의미이기도 하다.

―자, 잠깐. 그럼 ― 아니, 그렇다고 9일을 기다릴 수는…… 아! 그래, 크라벤에! 크라벤에 연락하면 방법이 있을 거야! 내가 여기에 온 것처럼 하면 되잖아!?

이하는 곧장 크라벤의 잠수정을 생각해 냈다. 자신이 타고 왔던 잠수정과 그것을 운용하는 드레벨은 아직도 로페 대륙을 향해 항행하고 있을 것이다.

그러나 잠수정은 몇 척이나 더 있다.

드레이크에 의해 쾌속정의 수정구를 하나 더 옮겨 부착할 수 있다면, 루거와 키드를 지금 당장이라도 로페 대륙에서 출발시킬 수 있지 않겠느냐는 아이디어였으나 역시나 실현 불가능한 발상이었다.

―네가 신대륙에 가는 데 며칠 걸렸지?
―……6일 반나절.
―결국 그게 그거다.

그것 또한 시간이 걸리니까.

프레아의 〈그림자〉를 활용하기까지 앞으로 9일, 당장 잠수정을 탑승한다 해도 도착까지는 대략 7일이 걸린다.

"그럼 어떻게……."
"우낏?"
이하는 망연자실한 표정으로 중얼거렸다.

―멍청하게 카일에게 들키지 말고 우리가 갈 때까지 기다려.
―이 바보 같은 게, 오히려 내가 할 말이라고!

자신이 카일에게 들키느냐, 안 들키느냐는 문제가 아니다. 숨으려고 들면 얼마든 숨을 수 있다.

비록 귓속말이 통하지 않게 되겠지만 〈녹아드는 숨결〉만 써도 충분하다.

그런데 로페 대륙은?

루거와 찰스의 문신에 대해서만 대화를 나눴던 게 아니다. 중간 중간 람화연, 라르크와도 귓속말을 나눴고 키드와도 귓속말을 나눴다.

거기서 얻은 몇 가지 정보가 다 무엇이었던가.

'에얼쾨니히는 오늘 밤, 에즈웬 교국을 날려 버린다고 했어. 오늘 해가 질 때쯤, 반드시 그곳에 있을 거다.'

그리고 교황을 죽이겠지.

그것을 과연 막을 수 있을까? 키드가 메데인을 '설득'해서 얻어 낸 정보로도 그것은 결코 녹록지 않았다.

'하물며 푸른 수염에게는 피로트-코크리의 힘이 일부 전달되었다고 했으니까……'

새롭게 생긴 팔이 언데드의 그것이며, 단순히 성질뿐만이 아니라 그 능력까지도 포함하고 있다는 정보를 얻지 않았던가.

게다가 로페 대륙 각지에서 활동 중인 지휘관급 몬스터들로 인하여 〈신성 연합〉의 방어선은 대폭 축소된 상태다.

'에즈웬 교국을 구할 병력 파견은 사실상 불가능할 거야.'

퓌비엘의 군사들은 퓌비엘 내부의 일을 처리하기 바쁘다.

그랜빌을 비롯한 〈황룡〉 길드 등, 활약할 만한 대형 길드들은 모두 수도 인근으로 불려 갔다.

그것은 미니스나 크라벤 등도 마찬가지였다.

주요 NPC와 유저들이 해당 국가만을 지킨다면, 에즈웬 교국은 사실상 텅 비어 있게 되리라.

"레……."

피로트-코크리처럼 계략을 꾸밀 필요도 없다.

푸른 수염은 가장 확실한 '힘 싸움'으로 〈신성 연합〉을 스스로 물러나게끔 만들었다.

그렇게 비워진 길을 따라, 그는 마왕을 보필하여 교황청으로 진군할 것이다.

이하가 카일에게 들키기 전, 로페 대륙은 와해될 것이다.

"하지만 혼자선 안 된다……. 혼자선……."

[묘오옹.]

젤라퐁이 이하의 볼을 쓰다듬었다.

"아, 응. 물론 젤라퐁 네가 있지만—. 아마 그런 의미가 아니겠지."

이하는 빛을 받으며 젤라퐁을 만져 주었다.

당장 뾰족한 수는 없다. 카일과 치요를 턱 끝까지 추격했다고 생각한 이 시점에, 오히려 그들을 피해 다녀야 하는 상황에 놓였다고 보는 게 옳다.

자신과 함께 싸워 줄 사람들이 신대륙에 오기까지, 피 말리는 숨바꼭질을 해야만 한다.

"나 혼자……."

최소 7일, 최대 9일을 넋 놓고 기다릴 수는 없다.

"해야만…… 해."

방법이 없다면 찾아야 한다. 처음부터 그럴 각오로 오지 않았던가.

전대의 마탄의 사수조차 혼자선 할 수 없다는 메시지를 남겼다.

"킥, 그렇다고 곧이곧대로 들을 순 없지. 처음부터…… [삼총사]라는 개념을 처음 접했을 때부터―."

브로우리스에게 [명중]의 시험을 받게 된 그날부터.

"나는 불가능한 일들에 도전해 왔으니까."

그리고 그 모든 것들을 성공시켰으니까.

나무에 기대어 앉아 있던 이하는 무릎을 당겨 모았다.

허벅지에 놓여 있던 블랙 베스와 함께, 이하는 무릎을 감싸 안았다.

그의 눈빛이 변하고 있었다.

빽빽한 이파리 사이로 햇빛이 비추기 시작했다.

체카가 라르크에게 말했다. 라르크는 곧장 〈신성 연합〉 전원에게 전파했다.

"마왕이 움직이기 시작했답니다."

"네…… 그건— 여기서도 보이네요."

"음?"

로페 대륙으로 건너온 이후 숨어들어 갔던 〈미드나잇 서커스〉의 첩보 요원이 알려 준 정보를 전달한 것이었으나, 아쉽게도 무의미한 정보였다.

"워어어……."

"여러분, 보이십니까. 대형 홀로그램을 통해서도 보이고 있습니다만—."

"현재, 음, 저쪽 끝, 카메라에 잡히는 저쪽 끝의 하늘은 단순히 해가 들지 않아 어두운 게 아닙니다. 지금 저곳이야말로……."

"불과 하룻밤 전 '제3방어 진지'가 있던 퓌비엘의 항구 도시입니다. 저곳에서부터— 마왕이 움직이기 시작했다는 의미이기도 합니다."

〈제3차 인마대전〉 이틀 차에 마왕이 자신의 존재감을 로페 대륙 전역에 걸쳐 뽐내고 있었다.

"가, 갑자기 저런 식으로 나온다고?"

라르크는 황당하다는 얼굴로 대형 홀로그램을 살폈다.

완전히 태양이 뜬 오전에도, 단순한 먹구름 이상의 어둠으로 햇빛을 가리고 있는 곳. 그 위치는 굳이 지도를 살피지 않아도 제3차 방어 진지이자, 지금의 마왕군 임시 진영이 갖춰진 곳임을 알 수 있었다.

람화연도 한숨을 내쉬긴 마찬가지였다.

"제1방어 진지를 날릴 때만 해도 밤 고양이처럼 살금살금 움직였으면서……. 하긴, 그렇게 생각해 보자면 저것조차도 눈속임일 가능성이 있을지도 모르겠네요."

"으음, 그건 아닐 겁니다. 어쨌든 '정보'에 의하면 마왕이 현재 저곳에 있다고 하니까. 뭐, 람화연 씨 말처럼 마왕이 저곳에다가는 분신을 세워 놓고 홀로 에즈웬 교국으로 향했을 가능성도 따져는 봐야겠지만……. 설마 마왕이라는 게 그렇게 치졸한 짓을 할까?"

첫 번째 날과 180도 바뀌어 버린 태도는 도대체 무엇인가.

루거를 비롯한 소수 정예가 신대륙을 탐색하러 갔을 때만 해도, 〈신성 연합〉에게 마왕은 공명정대함의 대명사처럼 느껴질 정도였다.

일부러 푸른 수염이 말한 모든 기한을 지켜 주고, 그 기한에 딱 맞춰서 로페 대륙을 침공했다.

'방심했다, 몰라서 당했다 같은 변명의 여지조차 주지 않으려는 것처럼 보였어. 그건 거의— 스포츠맨십이라고 부를 수

있었지.'

그러나 막상 로페 대륙에 도착해서는 얼토당토않은 기습을 보여 주었다.

심지어 피아를 가리지 않고 모조리 날려 버리는 공격은 스포츠맨십과는 가장 반대편에 있다고 봐도 좋은 수준이 아니었던가.

그래 놓고 오늘은 또 자신의 모든 것을 드러내면서 '나는 이곳에 있다'는 존재감을 어필한다?

"휴우…… 악마와는 거래를 하지 말라, 는 격언이 있다죠?"

"쩝, 마魔는 예측할 수 없는 곳에서부터 다가온다는 말도 있죠. 뭐가 됐든 진짜 재수 없는 캐릭터인 건 맞는 것 같네요."

마왕 에얼쾨니히는 〈신성 연합〉에서도 특히 두뇌파인 유저들에게는 최악의 상성이나 마찬가지인 존재였다.

"맞습니다. 우리가 할 일은 발버둥을 치는 것뿐입니다."

"키, 키드 씨, 메데인은—."

"로그아웃되었습니다. 아마 열흘간은 로그인할 수 없을 겁니다."

키드는 피곤하다는 듯 의자에 앉았다. 그의 검붉은 코트에서도 핏자국은 또렷하게 알아볼 수 있을 정도였다.

밤새도록 키드와 메데인이 나눈 대화(?)에 대해서는 다른 유저들이 알 길이 없었으나, 적어도 키드가 메데인에게 빼 온 마왕군 관련 정보만큼은 확실했다.

"로그인 페널티가 없다……. 그럼 놈들도 8~9일 후에 또 접속하겠군요."

"스탯은 최대 50%까지 상승이라니, 어쩐지 강하더라."

"그래도 더 이상의 간부급 유저들이 없다는 건 희소식입니다. 메데인, 칼리, 파우스트 외에도 두각을 나타내는 녀석이 있으면 귀찮을 것이라 생각했지만— 이제는 신경 쓸 필요 없겠습니다."

어렴풋이 추측하는 것과 완벽하게 파악한 건 다르다.

이제 〈신성 연합〉이 두뇌 싸움을 펼칠 만한 존재는 마왕과 푸른 수염, 겨우 둘밖에 남지 않았다는 의미이기도 하니까.

"마왕은 교황에게 매우 큰 적개심을 지니고 있다고 했습니다. 메데인이 흘렸던 '일몰' 기준은 실제로 마왕이 푸른 수염에게 내건 조건이므로, 병력을 분산시킬 이유가 없습니다. 즉, 제3방어 진지의 모든 마왕군은—."

"북쪽으로 올라가겠군요. 그리고 저렇게까지 자신의 힘을 과시한다는 건 결국 텔레포트를 통해 이동하지 않겠다는 의미일 테니……."

키드는 고개를 끄덕였다. 막을 수 있는 기회는 단 한 번뿐이다.

시도할 수 있는 기회도 한 번뿐이다.

"산을 넘어 가진 않겠죠. 결국 에즈웬으로 통하는 협곡, [아골 골짜기]에서 마왕을 막고—."

"교황을 생환시킨다."

정작 당사자인 NPC가 원하지 않고, 그 뜻을 존중하는 극소수의 유저와 NPC들이 보위하고 있지만 교황은 이렇게 잃어서 될 존재가 아니니까.

교황이 알게 모르게 내비쳤던 〈자폭〉과 유사한 행위를 하게 두고 볼 수는 없다.

마왕 에얼쾨니히는 그렇게 해서 죽일 수 있는 존재가 아니라는 것을 알게 된 이상, 마왕이 크나큰 적개심을 지니는 교황을 잃게 두는 건 결코 합리적인 행동이 아니다.

람화연과 라르크는 교황을 장기짝으로 쓰려던 지난날을 반성했을뿐더러, 거기에만 그치지 않고 작전을 세워 놓았다.

〈신성 연합〉의 '호크 아이' 유저들이 그곳에 가장 먼저 도착했다.

하루 전 제1, 2, 3방어 진지에 띄워졌던 대형 홀로그램은 이제 각국의 수도에서 전장의 상황을 알려 주고 있었다.

"저곳은……."

"아골 골짜기로 추정됩니다. 아, 그렇군요. 에즈웬 교국을 등지고— 퓌비엘의 동부 해안가에서부터 올라오는 마왕군을 전면으로 바라보고 있는 지형입니다."

"그러나…… 과연 누가 올 것인지. 정작 저곳을 지키고자 하는 병력은 아직 보이지 않습니다."

"물론 그들을 욕할 순 없습니다! 욕할 순 없습니다, 여러분! 최고의 컨디션일 때에도 이기기 힘들었던 마왕군을 상대로, 불리한 입장에서 누가 목숨을 걸 수 있을까요!"

아무리 대형 이벤트라도 자신이 죽기를 원치 않는 이상 유저들은 참가에 소극적으로 변하게 될 수밖에 없다.

취재진은 열변을 토하고 있었다.

"미들 어스는 이렇게 끝나는 것일까요!? 에엘쾨니히의 점령으로 게임 서비스를 종료하려는 겁니까? 정말로— 운영진의 참가는 없는 것일까요?"

당초 그들은 미들 어스의 몰락을 기대하고 왔다.

그들에게 있어 미들 어스는 고작 게임일 뿐이었다.

그들이 원했던 건 미들 어스가 휘청거리며 세계 최대의 마켓 중 하나가 된 가상현실 게임의 시장이 어떻게 개편될 것인지, 그 미래를 점쳐 보며 시청률을 높이는 것이었다.

그러나 눈앞에서 보았다. 너무나 격렬했던 사투를 그들은 생생하게 보았다.

고작 게임 속 세상이라 치부했던 곳에서, 그들이 실질적인 고통을 받아 가며 애쓰는 이유는 무엇일까.

게임 속에 그들이 지킬 만한 가치가 있었던 것일까.

"아무도 오지 않는 겁니까!"

"〈신성 연합〉! 〈신성 연합〉! 이렇게 패배를 받아들이고 마는 겁니까!"

몸부림치는 유저들을 하루 종일 지켜보며 그들의 마음이 동하지 않았다고 하면 거짓이리라.

진심으로 미들 어스의 앞날을 걱정하며 취재진은 소리쳤다. 그리고 마치 그 부름에 응답하듯, 아골 골짜기에서 연보랏빛이 반짝거렸다.

슈우우욱……!

"앗, 말씀드리는 순간 유저들이 나타나고 있습니다! 가장 먼저 모습을 드러낸 것은— 엉?"

"처음 보는 장비입니다. 투구에 가려져 얼굴이 제대로 보이지 않습니다만— ."

"망토는— 유명 길드군요. 별초…… 별초?"

〈신성 연합〉에서 이번 전장에 대한 정보를 얻은 후, 곧장 움직인 유저.

투구를 벗은 그곳에서 드러난 얼굴은 뭇 유저들을 설레게 만들 정도였다.

"마스터……케이?"

"마스터케이! 호, 홀리 나이트 마스터케이가 왔습니다! 유일하게! 미들 어스에서 유일하게— ."

"마왕의 공격을 받아 내었던 유저! 마스터케이가 왔습니다!"

와아아아아————————ㄱ!

별초! 별초! 별초!

퓌비엘의 수도에서 유저들이 환호성을 내질렀다.

물론 기정은 그런 상황을 알지도 못했으며 관심조차 없었다.

"길드원 분들은 지키지 못했지만……."

기정은 새롭게 받은 장비에 적응하기 위해 절그럭거리며 몸을 움직여 보았다.

햇빛을 반사시킬 정도의 풀 플레이트 아머보다 눈에 띄는 건 역시나 커다란 방패였다.

금빛의 독수리가 그려져 있는 방패는 새카만 토온의 뼈 방패를 들 때보다도, 그를 더욱 〈홀리 나이트〉처럼 보이게끔 만들었다.

"교황 성하는 지킨다."

에즈웬 교국을 등진 채, 방패를 들어 올린 홀리 나이트는 태산이라도 들어 올릴 기세로 지면에 다리를 박아 넣었다.

그가 시작이었다.

곧이어 기정의 곁에서 수없이 많은 연보랏빛의 향연이 일어났다.

새롭게 등장한 인간들은 얼굴 또는 몸에 갖가지 문신을 하고, 다소 헐벗은 모습을 하고 있었다. 대형 홀로그램을 통해 그들을 본 유저들은 그들의 정체에 대해 잠시 고개를 갸웃거렸다.

그들은 모두 페르낭과 혜인 그리고 루비니가 있는 곳을 바라보았다.

대형 홀로그램 너머의 유저들과 눈을 마주치며 그들은 외쳤다.

"자신들이 살아왔던 터전을 버려도—!"

"숨을 곳은 없다!"

"나오라, 이 대륙의 인간들이여."

"무기를 들어라, 이 땅의 생명체들이여!"

————————————!

대형 홀로그램에서 눈을 멀게 할 정도의 빛이 사그라들었을 때, 협곡 위에 있는 인간은 기정, 한 사람뿐이었다.

그의 곁에 선 존재들은 인간의 모습을 하고 있지 않았다.

협곡 위에 있는 건 다양한 외형의 짐승이었다.

"파……."

"팔레오! 신대륙의 팔레오들입니다! 신대륙의 팔레오들이 전원 저곳으로— 모여들었습니다!"

자신의 땅을 잃고 이곳까지 쫓겨나야 했던 비운의 생명체들이 눈물을 흘리며 무기를 들어 올렸다.

그들의 곁에서 다시 한 번 연보랏빛이 번쩍였다.

"후우우우……."

신대륙에서 팔레오들과 가장 오랫동안 함께했던 유저, 람화연이 등장했다.

오랜만에 실전에 나선 그녀는 적과 조우하기 전임에도 긴장감으로 미세한 떨림을 멈출 수 없었다.

"언니는. 뒤로. 이거. 도움 안 돼."

어느샌가 람화정이 고개를 빼꼼 내밀며 람화연 곁의 키메라들을 툭, 툭 쳤다.

이하가 만들어 준 덩치만 큰 키메라들에게 특별한 공격 기능이 없다는 건 이미 알고 있었기 때문이다.

"괜찮아, 화정아."

람화연은 그런 람화정을 보며 잠시 웃어 주었을 뿐, 뒤로 비켜서지 않았다. 키메라를 믿는 건 아니다. 중요한 건 지금부터 자신이 해야 할 일이다.

'안 나온다면 억지로라도 끌어내야만 해.'

아무리 〈신성 연합〉이라도 각국의 왕을 설득해 내는 건 불가능했다.

그렇다면 다음으로 믿을 것은, 대형 홀로그램을 통해 이 모든 상황을 지켜보고 있는 유저들의 자발적인 참전 유도뿐이다.

람화연은 대형 홀로그램을 바라보았다. 그녀는 입도 열지 않았다.

그저 조용히, 대형 홀로그램을 통해 자신을 보고 있을 유저들과 눈을 마주쳤다.

'이런 도박을 해야 하다니…….'

이것은 일종의 쇼였다.

람화연 자신이 목숨을 걸어야 할지도 모르는 쇼.

'항상 선두에서 이런 무게를 감당했던 건가.'

자신의 남자 친구에게도 말하지 못했던 쇼.

람화연은 새삼 이하가 어떤 일을 하고 있었는지 알게 되었다.

"그래도 너무 걱정하진 마세요. 이하 형한테 혼나지 않으려면— 내 아이템이 다시 한 번 날아가는 한이 있더라도 지켜 드릴 테니까."

"저는 됐으니 교황 성하나 잘 지켜요."

"크으, 저 앞에 오는 것들을 보고도 겁먹지 않으신다면! 그렇게 하겠습니다."

유저들의 반응보다도 먼저 나타난 건 마왕군이었다. 해가 뜨기 시작했을 때부터 움직였던 어둠은 어느새 지척까지 다가온 상태였다.

그리고 마왕의 위치가 마왕군에서 가장 후미에 있다고 본다면?

"언니."

"조심해, 화정아."

검은 하늘에서 점점이 박혀 있는 괴조 떼와, 흙먼지를 일으키며 달려오는 야수화 군단 그리고 그들의 뒤에서부터 온갖 버프와 스킬을 캐스팅 준비하는 마왕군 유저들까지.

이 모든 게 육안으로 보이고 있었다.

이제 〈신성 연합〉으로서도 숨겨 둔 카드 같은 것은 없다. 오직 힘과 힘의 대결을 이 협곡에서 펼쳐야만 한다.

람화정은 호흡을 가다듬으며 앞으로 나섰다. 그는 조용히 두 가지 스킬을 사용했다.

"〈소환: 파트너〉."

이미 준비하고 있던 아르젠마트는 등장과 동시에 새파란 마나 알갱이들을 긁어모으기 시작했다.

"무리하지 마라. 목적을 기억하라."

"응. 〈천사 강림: 레미엘〉."

람화정이 스킬을 사용했다. 검푸른 스파크가 그녀의 몸에서 튀어 오를 때, 두 사람은 동시에 스킬을 시전했다.

"〈블리자드 게일〉."

마왕의 어둠을 상대할 수 있는 두터운 먹구름이 생성되었다.

어둠과 어둠이 맞부딪치며 〈제3차 인마대전〉의 이튿날 전투가 시작되었다.

까아아아아아악—!

캬아아아, 키에에에에엣!

괴조들의 비명이 처절하게 울려 퍼졌으나 그 소리는 기정을 비롯한 팔레오들에게까지 닿지 않았다.

"우욱, 바람이—."

"버텨라, 팔레오들이여! 이것은 우리의 공격! 우리의 공격에 우리가 휩쓸려서는 안 된다!"

팔레오들은 기정의 곁에서 다리에 힘을 주며 가까스로 버티고 있었다.

붉은 염소와 흑두루미 그 외에도 멧돼지나 소, 개, 원숭이 등 다양한 형태로 '변신'까지 마쳤건만, 그들로서도 버티기가 힘들 정도의 강풍이 몰아치고 있었기 때문이다.

"이런— 이런 걸—."

"푸하핫, 그 키메라들이라도 꽉 붙잡고 계세요!"

"안 그래도 이미 그러고— 있다고요!"

공중에 떠 있음에도 키메라들은 람화정의 스킬에 별다른 영향을 받지 않았다.

오히려 그들이 람화연을 묘하게 포위하여 지켜 주는 덕에 가까스로 날아가지 않고 있다고 봐야 할 것이다.

'어떻게 이런…… 화정이의 스킬이 이 정도였나?'

람화연이 자신만만하게 말했음에도 기정은 계속해서 람화연을 살펴 주었다.

키메라들 사이에서 휘청거리는 람화연을 보며 기정이 웃었다.

"아무리 언니 분이라고 해도 동생 분의 힘이 얼마나 되는지는 모르고 계셨나 보네요."

"예전에도 본 적은 있지만—."

"그때랑은 차원이 다르죠. 람화정 씨와 아르젠마트 씨가 진심으로 모든 힘을 토해 내면 마왕의 일격에 육박할 정도였는데요."

바하무트의 배리어도 있었고, 마왕이 아직 100%의 상태가 아니라곤 했다지만 어쨌든 유일하게 마왕의 공격을 맞받아쳐낸 유저가 람화정이다.

'화정이가 평소보다도 자신감을 가졌다곤 생각했지. 〈천사 강림〉 스킬 중에서 자신의 블리자드와 딱 맞는 게 있다는 식으로 말하길래 어떤 건가 했더니…….'

람화연 또한 그 이야기를 들었고, 그 장면을 보았으나 옆에서 직접 겪는 것과는 비교조차 할 수 없었다.

〈신성 연합〉 측에서 이렇게 받아들일 정도라면 마왕군에게는 어떠할까.

바람과 바람이 괴조 무리를 뒤엉키게 만들어 추락시켰다.

야수화 몬스터들은 추락한 괴조들에게 압사당했다. 고개를 들어 하늘을 보고 피한다는 개념은 불가능했다.

괴조가 떨어지기 이전에 먼저 떨어지고 있던 것은 사람의 머리보다도 큰 우박과 쉴 틈 없이 내리꽂히는 벼락이었으니까.

살아남았던 마왕군 유저들은 강풍에 휘날리는 우박에 스치기만 해도 팔다리가 부러지며 날아갔고, 벼락의 근처에만 서 있어도 몇 명씩 타 죽거나 〈상태 이상: 마비〉에 걸릴 정도였다.

"이 정도 마나라면 어차피 오래 유지할 수 없어!"

"버텨, 버티면 이긴다! 〈신성 연합〉 병신들은 이제 참전도 안 하고 있다고!"

"끄으읏— 끄아아아아앗—!"

마왕군 유저들은 걷기에도 벅찼으나 이것이 〈스킬〉임을 알고 있다.

제아무리 드래곤의 힘이 더해졌다 해도 유저의 스킬인 이상 지속 시간은 짧을 수밖에 없다.

실제로 스킬이 주된 효력을 냈던 것은 초반 5분이 전부였다.

처음의 임팩트가 너무나 강해 행동을 더디게 만들고, 그 더딘 행동에 효과적인 후폭풍이 약 5분여가 더 진행되는 게 전부였다.

람화정과 아르젠마트가 모든 마나를 쏟아부어 광범위에 펼친 〈블리자드 게일〉의 지속 시간이 끝나 갔다.

밝아지는 하늘을 보며 마왕군 유저들은 '10분'의 시간이 얼마나 긴 것인지 알게 되었다.

그러나 지금은?

"좋았어!"

"괴조는 괴조대로 몰고! 에잇, 몰라! 지휘관도 없는데 돌격하자!"

"그래, 이번 기회에 돋보이는 놈이 다음 간부다!"

"저놈들도 무적은 아니야! 미들 어스에 무적은 없어!"

비록 중간 지휘관급 유저들이 전부 없다지만 그들도 바보가 아니다. 저레벨이 아니다.

하물며 메데인, 칼리 등에게서 이미 괴수의 통제에 대한 권한을 일부 위임받았던 유저들도 있다.

길드 시날로아, 로스 세타스의 부길드 마스터급 유저들은 길드 마스터가 없는 사이 그 자리를 차지하기 위해 혈안이 되었다.

그들은 큰 절벽 사이에 있는 유일한 길을 살폈다. 괴조 떼가 아니라면 절벽 위를 올라가 지나는 것은 불가능하다.

아골 골짜기는 곡 폭이 좁고 깊은, 말 그대로 협곡이었다.

"지상은 야수화 군단부터 보내! 그냥 몸으로 밀어 버려! 〈둠〉!"

그 협곡의 통로의 전방에서 기정을 비롯한 팔레오들이 진을 치고 있었다.

숫자도 많지 않은 데다, 지형 특성상 반드시 유사한 숫자로만 상대해야 하는 방어 특화의 협곡이었지만, 눈이 돌아간 마왕군에게 그 정도 숫자의 병력은 방어선 취급조차 받을 수 없으리라.

"협곡 위에서 헛짓거리 못 하도록 견제는 내가 해 주지! 날 수 있는 놈들은 따라와! 협곡 위에 드래곤이 매복하고 있을지도 모른다! 〈데스 윙〉!"

무엇보다 그들은 자유롭게 비행할 수 있는 몬스터 군단이 있다.

상당수를 잃었지만 아직 남은 괴조 떼만의 위용을 과시하는 것만으로도 메탈 드래곤과 컬러 드래곤들은 함부로 모습을 드러낼 수 없을 것이다.

"팔레오들 전원, 전투 준비! 절대로 '선'을 넘게 만들어선 안 됩니다! 그리고 공중은……."

"음."

람화연은 아르젠마트와 람화정을 보았다.

조금 전 스킬을 사용할 때보다도 그들의 표정은 더욱 굳어 있었다.

그러나 부탁하는 람화연으로서도 어쩔 수 없는 일이었다.

"플람므 님께서 최선의 선택을 하신 거겠죠?"

"그렇다. 하물며 그 의견을 낸 것은 컬러 드래곤의 장로만이 아니다."

"그럼 부탁드릴게요."

람화연이 고개를 끄덕이기 무섭게 아르젠마트는 드래곤으로 변신해 날아올랐다.

하늘을 향해 솟구치는 그들을 보며 람화연은 입술을 지그시 깨물었다.

"부디 조심히……."

괴조 떼가 협곡을 날아가도록 만들어선 안 된다.

그들이 제공권을 완전히 잡아 버리면 협곡 아래에 있는 〈신성 연합〉 군세가 위험해질뿐더러, 혹 푸른 수염이 괴조를 타고 먼저 에즈웬 교국으로 날아가 버리는 상황이 발생할지도 모르기 때문이다.

"크하하핫! 저게 전부야? 〈신성 연합〉 자식들, 지금 눈앞에 보이는 저 팔레오가 전부라고!"

그러나 괴조들은 빨랐다. 괴조를 타고 협곡 위로 날아오른 마왕군 유저들은 코웃음을 쳤다.

그들이 걱정했던 것은 〈신성 연합〉 간부급 유저들의 두뇌뿐이었다.

부족한 전력을 메꾸기 위해 협곡 위에 매복을 두었다거나, 또는 협곡 후방에 다른 지원군을 대기시킨 후 함정에 빠뜨리려는 전략일까 걱정했던 것도 사실이다.

그런데 정말 눈에 보이는 병력이 전부란 말인가?

푸른 수염의 말대로, 다른 몇몇 간부들의 말대로 눈에 보이는 팔레오와 소수의 유저들이 〈신성 연합〉에서 내보낸 최후의 방어선이란 말인가?

"밀어 버릴 필요도 없어! 전부 날아서ㅡ."

ㅡ, ㅡ, ㅡ, ㅡ, ㅡ, ㅡ, ㅡ…….

"ㅡ끄읏!? 텔레포트ㅡ."

당연히 그럴 리가 없었다. 연보랏빛이 쉼 없이 반짝거렸다.

공중에서부터 괴조 떼를 막을 수 있는 건 드래곤들밖에 없다.

괴조를 조종하는 마왕군 유저들은 잔뜩 긴장하여 배리어 관련 스킬을 사용하려 했다.

"……엥? 드래곤은 고작 둘?"

"푸하핫! 나머지는 뭐냐!? 소환수? 저게 소환수야?"

정작 그들의 눈에 띈 건 드래곤만이 아니었다.

두 기의 드래곤에 비하여 절대 다수를 차지하고 있는 것은 대체로 귀여운 생김새를 한 소환물들이었다.

"송곳 찌르레기, 비행 복어, 칼날비 오리— 전부 레벨 25 이전에 소환하는 소환수잖아?"

"우리를 무시해도 유분수지, 이미 평균 레벨 270을 넘는 괴조 떼를 막을 수 있다고 생각했나! 하물며 숫자도 우리가 더 많아!"

마왕군 유저들의 기세는 더욱 올랐다. 비록 소환물의 숫자가 많다곤 하지만 괴조 떼보다 많을 수는 없다.

하물며 개별 개체들의 강함만 비교해도 괴조 떼가 우세하다고 생각할 수밖에 없지 않은가!

아르젠마트는 심각한 얼굴로 옆을 바라보았다.

[정말 저 정도로 되겠나, 블라우그룬.]

아르젠마트를 제외하고 유일하게 이곳에 있는 드래곤은 블라우그룬이었다.

블라우그룬은 아르젠마트를 보며 웃었다.

[아르젠마트 님이 걱정하시는 것도 이해는 가지만…… 괜찮을 겁니다.]

[저 소환수로 막을 수 있다고.]

[네. 지금 이곳에 온 사람들은 모두…… 하이하 님께서 보증하시는 인간이니까요.]

괴조 떼들은 자신들의 크기보다 작은 소환수들을 향해 쇄도했다.

바람을 가르는 공기역학적인 형태로 날아가는 모습은 거대한 생체 전투기나 마찬가지였다.

"〈신성 연합〉은 오늘로써 끝—."

"네! 그럼 오늘의 쇼를 시작합시다!"

광기에 휩싸인 마왕군 유저들의 귓가에 소녀의 목소리가 들린 것은 그때였다.

날개 달린 핑크빛 돼지의 뒤에서 한 유저가 고개를 빼꼼 내밀며 웃고 있었다.

전장의 분위기에 맞지 않는 경쾌한 목소리는 시선을 끌기에 적합했다. 그녀를 바라본 순간, 마왕군 유저들의 표정이 바뀌었다.

그들 중 몇몇은 이미 그녀를 만나 본 적이 있었다.

"저건—."

이 많은 소환수가 통일된 외형 분위기와 색감을 지닐 수 있는 이유는?

"한 사람이 소환했기 때문에……."

"그리고 이 정도 숫자를 혼자 다룬다면—."

그제야 그들은 눈치챘다.

저 사람은 소환수를 아무렇게나 부리는 소환사가 아니다. 분명히 무언가가 있다.

"이런, 그, 그래서— 아니, 그렇다 한들 어쩔 것이냐!"

의심은 들어도 이미 악에 받친 마왕군 유저들은 괴조의 기수를 돌리지 않았다.

 그 모습을 보며 〈신성 연합〉의 유저들은 웃고 있었다.

 이곳에 텔레포트된 소환수들은 처음부터 괴조 떼와 맞서 싸우게 할 용도가 아니었다.

 레벨도 낮고 외형 또한 비전투적으로 생긴 것은, 소환사가 소환수를 사용하기 위해 계획했던 의도와 아무런 관련이 없기 때문이었다.

 "휘유우우, 아무리 나라고 해도, 아무리 수준이 낮은 소환수라 해도 3천 기나 다루는 건 무리라고요. 그러니 이번은 힘을 빌리는 수밖에……."

 "괜찮을 겁니다. 저들의 몸에 부착된 건……. 미들 어스 최고의 대장장이가 거의 모든 화약을 통틀어 넣은 거니까."

 그것은 일종의 기뢰機雷였다.

 다만 수중에 설치된 게 아니라, 공중에 설치된 데다, 주변의 목표물을 어느 정도 쫓아가 폭발한다는 차이일 뿐이다.

 날개 달린 돼지 뒤에서 고개를 빼꼼 내밀고 있는 유저, 소환사 엘미가 웃었다.

 "렛츠 밤Bomb!"

———————————————!

"—끄아아아아아앗!"

"캬악, 캬라라라락!"

"젠장, 화염 폭풍 때문에 조종이 불가능—."

"구웩, 구앗, 구아앗!"

폭발에 직접적으로 피해를 입은 괴조 떼 다수가 추락했다.

가까스로 살아남은 괴조 떼와 마왕군 유저들이도 곳곳에서 발생한 열기류 때문에 비행이 쉽지 않았다.

마나가 아니라 자연적인 비행을 활용하는 생명체일수록 더욱 쉽게 휘말릴 수밖에 없는 전장.

[그리고 또 다른 한 명입니다.]

블라우그룬이 마나를 내뿜었다.

검붉은 코트가 공중에서 펄럭거리고 있었다. 그는 모자를 흘끗 올려 뒤를 보았다.

"하이하한테 특별히 고마워하진 않겠습니다."

[건방지구나, 인간. 아니…… 키드.]

블라우그룬이 웃으며 답했다.

엘미의 폭발로 전장을 혼란에 빠뜨렸을 때 블라우그룬의 스킬을 활용해 공중을 누비는 유저, 그것은 역시 키드가 될 수밖에 없었다.

타다앙————……!

〈크림슨 게코즈〉가 불을 내뿜었다.

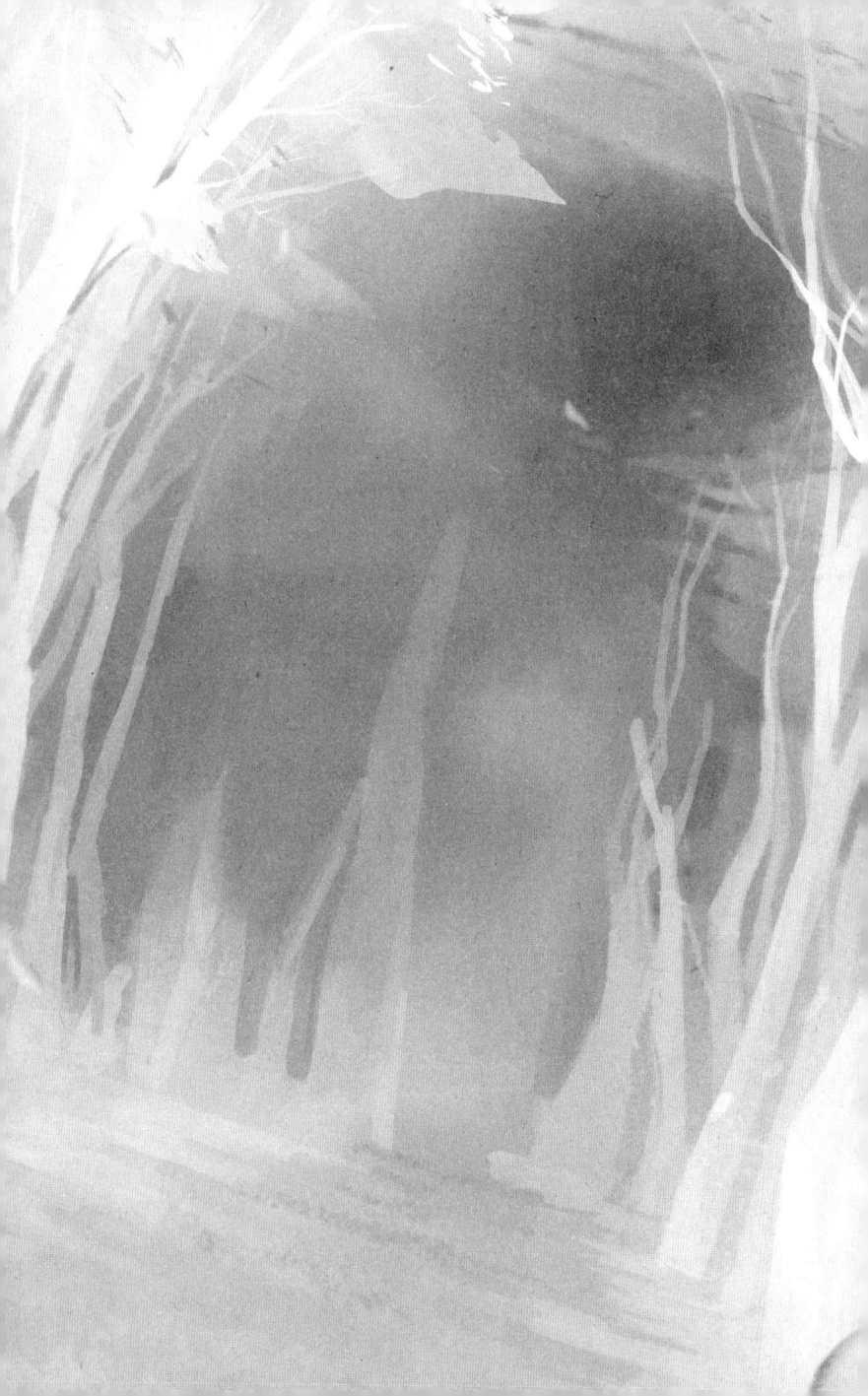

　대형 홀로그램을 통해 비춰지는 건 분명 〈신성 연합〉의 대단한 활약이었다.

　소환사 엘미가 전장을 혼란 상태로 만들어 놓고, 그곳을 휘젓는 아르젠마트와 람화정, 블라우그룬 그리고 키드의 조합.

　발 빠르게 움직이는데다, 괴조들의 접근조차 허용하지 않는 막강한 화력은 강렬한 인상을 남기기에 충분했다.

　"그러나…… 그렇습니다, 저는 감히 '그러나'라고 말씀드리고 싶습니다."

　"지난날 어덜트 드래곤을 꿰뚫어 죽였던 괴조들이 힘을 쓰지 못하고 있지만— 적의 병력은 그것만이 아닙니다!"

　"지금— 지금 막 적의 야수화 군단이 협곡으로 진입했습니다! 300명의 정예병이라도 수만의 대군을 막기 힘들었건만,

과연 미들 어스에서는 가능할 것인가!"

하늘에서 보는 시야로는 분명 압도적인 전력 차이였다.

그러나 긴장한 취재진과 달리 오히려 그들을 코앞에서 맞이하는 기정과 팔레오들은 그렇지 않았다.

"멈춰 세우기만 하면 그만입니다! 다들 아시죠!? 앞으로 15분만 버티면 돼요!"

"흥, 그런 말을 하지 않아도 우리의 사기는 충분하다."

저들을 전부 죽일 필요가 없으니까.

─시간 맞추실 수 있는 거죠?

─하이하의 동생 아니랄까 봐 죽어라고 재촉하는군. 닥치고 버티기나 해. 신호하면 알아서 튀고.

괴조 떼가 협곡을 넘어가지 못하도록 막았던 또 다른 이유이자, 수비 장소를 협곡으로 정하고 버텼던 이유.

그것은 바로 루거의 한 발이 있기 때문이었다.

〈공간과 이어진 관통〉이 모든 것을 날려 버리리라.

람화연은 호흡을 가쁘게 쉬고 있었다.

지축을 흔드는 적의 야수화 군단은 보는 것만으로도 공포를 자아내고 있었다.

"람화연 씨, 그렇게 무서우시면 그냥 후방으로—."

"아니. 괜찮아요. 어차피 나는— 죽지 않으니까. 이곳에 있겠어요. '목적'이 달성될 때까지."

람화연은 기정의 제안을 뿌리치며 정면을 똑바로 바라보았다.

뒤를 돌아보지 않는다는 것. 기정은 그것이 얼마나 어려운 일인지 알고 있다.

이 시점에 람화연이 믿을 수 있는 건 루거의 한 방뿐이다.

그리고 인간은 위험에 빠졌을 때, 자신을 도울 수 있는 유일한 수단이 있는 곳을 바라보게 된다.

'뒤를 흘끗거리고 싶겠지. 이미 〈은신〉 상태인 루거를 발견할 수 없다 하더라도……. 하지만 그러지 않는다는 건—.'

그녀는 목에 힘을 빳빳하게 주어 억지로 참아 내고 있다는 뜻이다.

―형, 이제 곧 부딪칠 거야.

―그래. 어차피 내가 만들어 준 키메라도 있으니까. 당장 위험할 정도는 안 될 건데 그래도 모르니―.

―허허, 걱정 마셔. 설마 '형수님'을 못 지킬까.

―짜식이 또. 하여튼 부탁한다.

기정은 이하와 귓속말을 나누며 웃었다.

몇몇 야수들은 속도와 힘을 주체하지 못하고 협곡의 경사로까지 올라가 달려오고 있었다.

굳건한 방어벽은 저런 소수의 침입만으로도 흔들릴 우려가 있다지만 지금은 상황이 다르다.

타아아앙———————……!

"오, 명중. 보노보 팔레오 분들은 진짜 총 잘 쏘네요."

"지, 지금 그런 걸 볼 때가 아니잖아요! 옆을 뛰는 건 저쪽에 맡기기로 했으니까 마스터케이 씨는—."

"네, 네. 저도 제 할 일에 집중해야죠. 그럼, 멧돼지 팔레오 여러분! 고릴라 팔레오 여러분!"

기정은 투구를 쓴 후 방패를 치켜들었다.

그의 양옆으로 늘어서 협곡을 막은 주류 팔레오는 역시나 '덩치'와 '맷집'을 기준으로 선별한 개체들.

그런 그들과 함께라면 새롭게 얻은 힘을 시험하기에 부족함은 없을 것이다.

"막아 봅시다! 〈강화: 기갑 성체機甲 聖體〉."

쿠우우우우웅……!

기정은 치켜든 방패를 땅으로 내리찍었다.

그곳에서부터 휘광이 뿜어져 나왔다.

빛은 기정을 비롯하여 기정의 반경 50m까지 뻗어 나갔다. 단순히 뻗어 나가기만 한 게 아니었다.

"저— 저한테도 쓰는 거였어요?"

"어, 아군으로 인식되는 개체는 전부 포함이에요. 람화연 씨도 당연히 포함이죠."

더 이상 기정의 얼굴은 보이지 않았다.

이미 풀 플레이트 갑주를 착용한 그였으나, 지금은 그 정도에 머무르지 않고 있었다.

빛이 그의 갑주에 스며들고 있었다.

"그럼 미리 말이라도 해야—."

쏴아아아아아————……!!!!

그리고 기정에게서 일어나던 변화는 곧 빛 내부에 있는 모든 생명체에게 적용되기 시작했다.

토온의 뼈 방패에서 비롯된 것은 공룡화였다. 당시 새카만 뼈는 기정의 몸을 날렵하게 둘렀었다.

엄청난 버프 스킬이었으나 기정 본인에게만 적용되는 데다 시간제한이 짧다는 게 문제였다.

그러나 지금은?

[다들 준비됐죠!?]

람화연은 물론이고, 이하가 람화연을 위해 만들어 주었던 키메라들 그리고 기정의 곁에 있던 모든 팔레오의 모습이 삽시간에 변했다.

[와일드— 보어어어어어—!]

[이거라면 충분해! 완벽하다고!]

그들은 더 이상 맨살을 드러낸 짐승 팔레오가 아니었다.

부족 수호신들의 힘을 받아 동물의 특성을 지닌 외형에 더불어, 신성력이 만들어 낸 중장갑이 그들을 감싸고 있었다.

[그리고……. 〈성스러운 요새〉.]

거기에 그치지 않았다.

기정이 두 번째 스킬을 사용한 순간, 야수화 군단이 쇄도했다.

"캬아아아아앗—!"

"크아아아아아!"

람화연의 팔보다도 두꺼운 손톱과 이빨을 들이밀며 달려든 그들의 공격은 터무니없는 울림음을 만들어 내었다.

팅, 팅, 탱…….

중장갑으로 덧칠이 된 기정과 팔레오들의 앞에는 반투명의 성벽이 생성된 상태였기 때문이다.

"키릿?"

"컁, 캬각—."

이빨이 부서지고 손톱이 뭉개진다.

한순간이긴 하지만 모든 물리적 피해량이 제로로 돌아간다.

그들의 공격은 물론이고, 직접 육체로 부딪치는 돌진력 또한 무위로 돌아간다는 뜻이다.

돌파 공격의 전부라고 할 수 있는 최초의 일격만 성공적으로 막아 낸다면 그다음은 걱정할 게 없다.

[가즈아아아아아아!]

신성력으로 만든 궁극의 장갑을 둘러싼 〈홀리 나이트〉가 달려 나갔다.

그들의 뒤를 따르는 건, 비록 크기와 종족은 다르더라도 하나의 의지로 똘똘 뭉친 〈팔레오 팔라딘〉이었다.

콰아아아아—————————— 앙!

철갑과 마주한 살점이 파여 나갔다.

기갑화된 고릴라 팔레오들의 주먹은 야수들의 두터운 흉곽을 일격에 부쉈다. 손목을 꺾어 버리고, 어깨를 뜯어 버렸다.

그나마 상태가 멀쩡한 야수들이 고릴라 팔레오들의 갑주를 물어 뜯으려했지만 그 이빨은 박히지도 않았다.

부러진 늑골을 부여잡으며 어떻게든 뚫고 나가려 했지만 이미 그들의 '돌파력'은 떨어졌다.

그런 상태에서 '밀어내기' 싸움?

[와일—드— 보어어어어어어어!]

멧돼지 팔레오들을 이길 수 있을 리가 없다.

야수화 몬스터들은 공격 측이었음에도 불구하고 오히려 기정과 팔레오들에게 밀려 나가고 있었다.

그렇게 기세를 살린 돌파 공격의 제1진이 방어선을 뚫지 못한다면 오히려 협곡에서의 돌격은 부정적인 효과밖에 가져오지 않는다.

"꾸엑, 끄아아악!"

"미, 밀지 마! 밀지 마, 이 병신들아!"

앞선의 상황을 모르는 뒷선은 마구잡이로 들이닥쳤고 제1진 야수화 몬스터들 중에서는 압사를 당하는 개체가 생겨날 정도였다.

하늘의 괴조는 아르젠마트와 블라우그룬 그리고 엘미가 만들어 낸 판에서 키드와 흑두루미 등이 날뛰었다.

지상의 야수들은 제대로 움직이지 못할 정도로 막중한 압박에 짓눌려 있었다.

그것을 피하기 위해 옆으로 이동한다 한들, 보노보 팔레오가 만들어 보급한 볼트액션 총기가 두고 볼 리가 없다.

아골 골짜기에 울리는 것은 날짐승과 들짐승의 울부짖는 소리뿐이었다.

압도적인 병력의 차이를, 〈신성 연합〉은 지형과 특성을 교묘하게 살려 완벽한 대치 구도로 만들어 내는 데에 성공했다.

―앞으로 5분 남았다.

―시간은 나도 계산할 줄 알아요. 그쪽에는 미리 연락해 놨어요.

―빌어먹을, 하이하 동생이나 여자 친구나 하여튼 건방진 소리들 하는 데에는―.

―시끄럽고. 스킬이나 제때 맞춰 써요, 루거.

 골짜기로 밀고 들어오는 몬스터들이라지만 무한정 달려들기만 할 수는 없을 것이다.
 마왕군도 분명 후방에 연락을 취할 것이고, 전방이 압사되는 일이 없도록 후방의 병력을 조금 더 뒤로 무르게 만들 것이다.
 당연히 그래야 한다.
 "후우우우…… 아골 골짜기를 전장으로 삼았을 때, 벌써 거기까지 계획하고 있었다니. 하핫…… 치요, 네가 최고라고 생각했겠지?"
 그 모든 상황을 '일찌감치' 전달받아 배치되어 있던 유저가 허탈한 웃음을 터뜨렸다.
 이것은 에윈과 그랜빌이 만들어 낸 전술이 아니다.
 도대체 〈신성 연합〉을 이끌어 가는 두뇌들은 얼마나 더 큰 계획을 세워 놓았을까.
 "라르크…… 람화연……. 핫. 내가 '불꽃술사' 영웅의 후예가 되지 않았다면, 그 자리는 무조건 람화연이 차지했겠군."
 그들 스스로 생각한 점도 있겠지만 주변 NPC와 유저들의 능력을 극한까지 끌어내는 인사 행정이야말로 〈신성 연합〉의 최고 장점이리라.
 아골 골짜기의 협곡 위에서 엄폐용 길리 슈트를 입고 엎드려 있던 유저가 일어섰다.

그의 길리 슈트는 곧 열기에 의해 자연스레 타들어 가기 시작했다.

골짜기 바깥으로 몬스터들이 빠져나가는 모습을 두고 볼 수는 없다.

"그러니 그것을 막아야 한다, 라……. 하이하 말고도 겨룰 상대가 이렇게 많았다니."

앞으로의 미들 어스는 얼마나 더 재미있어질 것인가.

"그렇다면 나도 보여 줘야지. 화염천주보다 더 뜨거운 불맛을 보여 주마! 〈초열지옥焦熱地獄〉!

아골 골짜기의 입구, 야수화 몬스터들의 퇴로가 되어 주어야 할 그곳에서 불의 벽이 치솟아 올랐다.

염마가 사용하던 흑색의 불이 아니다. 그러나 파이로가 사용했던 적색의 불도 아니다.

그곳에서 일렁이는 불은 백색이었다.

새로운 방향으로 2차 전직을 마친 〈염왕炎王〉 파이로가 웃고 있었다.

"역시. 2차 전직인가."

"뭐, 어느 정도는 예정된 일이었죠. 이미 2차 전직을 한 번 마쳤다가 다시 1차 전직으로 롤-백 했던 유저들은, 금세 힌트나 키워드를 찾아낼 테니까."

아골 골짜기의 전황을 대형 홀로그램에 송출하고 있는 혜인과 페르낭이 말했다.

루비니는 자신의 지도로 마왕군의 상황을 파악하여 말해 주었다.

"협곡 내부에 갇힌 게 25%가량이군요. 당초 목표했던 40%는 역시 무리였나 보네요."

"하지만 그 정도로 충분합니다. 텔레포트만 못 쓰게 만들면 그 25%가 깔끔하게 삭제될 테니까요."

혜인은 진작부터 스킬을 캐스팅하고 있었다. 그의 곁으로 모이던 연보랏빛이 삽시간에 퍼져 거대한 돔을 만들어 내었다.

이제 협곡 내부의 마왕군은 어떠한 방법을 써도 벗어날 수 없게 되었다.

그들의 혼란이 가중되는 건 당연한 일이었다.

"케에에엑……."

"뜨, 뜨거워! 농담이 아니라 진짜 생각보다 뜨겁다고! 동화율 45%인데 어떻게 이런 열기가— 도대체 온도가 몇 도이길래—."

"뒤로 가! 뒤로 빠지라고!"

"이 새끼야, 불바다가 터졌는데 저걸 어떻게 뚫고 빠져! 앞으로 가! 앞으로!"

"텔레포트도 안 되고, 앞은 벽인데 어딜 가!"

파이로의 스킬은 협곡의 입구를 가까스로 막을 정도의 길이밖에 되지 않는데다, 길이를 늘어뜨려야 하므로 그 두께는

얇을 수밖에 없었으나 충분한 효과를 거두고 있었다.

마왕군은 전진도, 후진도 할 수 없었다.

아비규환인 그들을 상대로 단지 버티기만 하는 것이라면 〈신성 연합〉에게도 어려운 일은 아니었다.

즉, 5분의 시간 정도는 충분히 버틸 수 있다는 뜻이다.

〈신성 연합〉의 최후미이자, 아골 골짜기의 출구에는 오직 한 명의 유저만이 위치하고 있었다.

"푸른 수염이 저 안에 없는 게 아쉽군."

〈코발트블루 파이톤〉을 들어 올린 루거가 웃으며 방아쇠를 당겼다.

탈각.

"〈공간과 이어진 관통〉."

슈와아아아아……!

시끄러운 포성은 울리지 않았다. 그러나 스킬은 완벽하게 구현되었다.

대형 홀로그램을 통해 바라보는 유저와 취재진들은 모두 경악했다.

파이로의 백색 불길이 어느 정도의 수준에서 쓸 수 있는 것인지, 그가 2차 전직을 마쳤는지에 대한 추측이나 마왕군의 피해 상황에 대해 떠벌이던 입들이 모두 다물어졌다.

"저, 저, 저 푸른빛은—."

"본 적이…… 본 적이 있습니다! 그렇습니다! 키드가 활약하고 있는 이곳에, 그가 오지 않았을 리가 없습니다!"

"그리고 푸른빛이 깔리기 시작했다는 건— 아골 골짜기의 내부 지면이 푸르게 물들기 시작했다는 건 이미 스킬이 발동되었다는 의미이기도 합니다!"

"그렇습니다, 루거의! 기브리드를 죽였던 자, 루거의 필살 스킬이 지금 시전되고 있습니다, 여러분!"

취재진과 일반 유저들이 알아볼 정도로 유명해진 스킬을, 정작 당사자인 마왕군 유저들이 모를 리는 없었다.

기정이 만들어 낸 벽을 뚫지 못하고 파이로가 만들어 낸 불을 뚫지 못하던 마왕군 유저들은 더욱 바빠졌다.

"기, 기브리드도 죽었던 거야! 우린 끝이다!"

"젠장, 그냥 뒤에서 꿀이나 빨걸!"

"캬아아아아, 키예에에에엑!"

"그르르르륵, 끄륵!"

루거의 스킬은 야수화 몬스터들도 미쳐 날뛰게 만들었다. 본능적으로 죽음을 직감한 짐승의 포효는 듣기 어려울 정도로 끔찍했다.

물론 〈신성 연합〉에게는 그저 듣기 좋은 비명일 뿐이었다.

[좋았어! 이제 끝났어요!]

[팔레오 여러분들도 조심하셔야 합니다! 아군이라도 적용될 테니 가급적 저 범위 안으로 들어가지 마세요!]

　기정과 람화연이 외쳤다. 이미 몇 번이나 고지했던 터라 고릴라와 멧돼지 팔레오들도 충분히 거리를 띄어 두었다.

　설령 루거의 스킬 범위 안에 들어가지 않아 살아남는 몬스터들이 있다 해도, '정리'가 된 이후라면 상대할 만한 숫자밖에 남지 않을 테니까.

　[다 꺼져 버려, 이 미친 짐승 새끼들아!]

　[우하하핫! 마스터케이, 그건 우리들에게 하는 말인가!?]

　[아, 아뇨. 팔레오 여러분들에게 그럴 리가 없죠. 제 말은—.]

　[알고 있네. 자네만큼 듬직하고 순수한 인간은 본 적이 없으니까.]

　악에 받쳐 소리친 기정에게 팔레오들이 장난을 칠 정도의 여유.

　점차 짙어지는 푸른빛에 따라 몬스터들의 육신과 마왕군의 육신이 조금씩 지워져 증발되어 가고 있다.

　람화연은 승리를 확신했다.

　루비니의 지도에 따르면 이번 작전 한 번으로 전체 마왕군 병력의 4분의 1을 없앨 수 있는 셈이다.

　'목표치를 처음부터 너무 욕심냈을 뿐이지. 이 정도 숫자라도 충분해. 적어도 숫자를 줄이는 것만으로 유저나 NPC들의 참전을 독려할 수 있을 테니…… 응?'

　람화연은 다음을 생각하고 있었다.

한없이 짙어질 것만 같던 푸른빛이 다시금 옅어지고 있을 때까지도, 〈신성 연합〉에서 무슨 일이 벌어지고 있는지 눈치챈 유저는 없었다.
　[과연, 이것이었나.]
　허공에서 소리가 들려왔다.
　소리의 발원지는 추측할 수 없었다.
　그저 소리가 소리로 존재하여 떠돌고 있었다.
　그러나 그 소리로 인하여 기정의 곁에 있던 팔레오들이 무릎을 꿇기 시작했다.
　[커헉—.]
　[끄읍…… 히, 힘이—.]
　[읍, 우욱…….]
　[람화연 씨!]
　그것은 람화연에게도 마찬가지였다. 기정이 목소리의 주인을 추측해 내는 건 어려운 일이 아니었다.
　[자미엘과 나의 힘이 뒤섞인 잔해……. 그것이로군.]
　마왕, 에얼쾨니히가 말했다. 같은 목소리를 듣고 있던 루거와 키드의 등골이 오싹해졌다.

　마왕의 목소리에는 두 사람이 눈치챌 수 있는 감정이 담겨 있었다.
 특히나 신대륙에서 마왕의 목소리를 이미 들어 보았던 루거에게는 놀라울 정도의 변화였다. 당연히 그 이유도 알고 있었다.

―루거!
―아, 알고 있어! 그래, 하이하 자식이 말했었던―.

마왕이 원하는 게 무엇인가. 그는 자미엘을 흡수하길 원한다.
혹 자미엘을 흡수하는 게 불가능하다면?
'블랙 베스, 크림슨 게코즈, 그리고―.'
코발트블루 파이톤.
마왕은 그 힘을 얻으려 할 것이다.

―저 마왕이라는 새끼는―.
―우리의 특성이 실린 '힘'을 사용할 때 반응하는 겁니다. 내가 이곳에서 싸우고 있을 때에는 아무런 반응도 없다 갑자기 나타난 거 보면―.
―내가 지금 그 얘기 하려고 했어! 젠장, 젠장! 내 공격은 이미 물 건너갔고, 너라도 조심해라, 키드!
―당연합니다.

정신이 아찔해지는 상황에서도 루거와 키드는 '적'의 습성을 눈치챘고 분석했다.

이미 〈공간과 이어진 관통〉 스킬은 그 효력을 잃었다. 푸른빛은 완전히 사라졌고 더 이상은 시간을 끌 수도 없다.

설령 시간을 끌어 다시 한 번 스킬을 사용한다 한들 마왕이 그것을 두고 보지 않으리라.

바꿔 표현하자면 아골 골짜기에서의 작전이 실패했다는 뜻이다.

―람화연, 라르크, 마스터케이! 끝났어, 퇴각이다!

루거는 람화연과 라르크 등, 이번 작전을 지휘할 만한 유저들에게 귓속말을 보냈다.

라르크에게서는 루거 자신이 흡수당하는 게 최악의 방향이므로 당장 그곳을 벗어나라는 연락이 왔지만 람화연에게는 아무런 대답도 오지 않았다.

그럴 수밖에 없었다.

그녀는 언젠가 이하가 만들어 주었던 '고대의 미들 어스' 인스턴스 던젼에 다녀온 적이 없으니까.

람화연은 핑 도는 머리를 부여잡았다.

주저앉은 상태였지만, 당장이라도 누워 버릴 것 같은 그녀를 보며 기정은 안절부절못하고 있었다.

[이, 이하 형이 '눈물' 주고 갔거든요? 이거 지금 쓰면 우선 급한 불은 끌 수 있을 거예요.]

주변의 유저들이 초월적인 존재를 대하고도 멀쩡하게 견딜 수 있는 아이템.

이하는 자신이 홀로 에리카 대륙으로 떠나야 한다고 생각했을 때부터 기정에게 [아흘로의 눈물]을 맡겨 둔 상태였다.

그러나 기정은 아이템을 꺼낼 수 없었다.

[안…… 돼요.]

가방을 뒤적이는 자신을 람화연이 붙잡았기 때문이다.

[네?]

[일회성일 확률이…… 높아. 나중에, 더 많은 유저들이 모였을 때— 그때 써야— 웁!]

헛구역질을 하면서도 그녀는 자신의 고통이 빨리 사라지게끔 도와달라고 말하지 않았다.

극심한 차멀미 또는 뱃멀미에 준하는 증세가 덮쳐 왔음에도 그녀는 올바른 판단을 내리기 위해 애썼다.

그냥 사용만 하면 즉시 발동된다. 그런 아이템이라면 1회 사용 제한이 걸려 있다고 봐야 한다.

만약 아이템 사용자 반경 거리 제한 등이 있다면?

이번 아이템 한 번으로 〈신성 연합〉 대부분의 유저들은 혜택을 받지 못하게 되는 게 아닌가.

람화연으로서 그것은 가장 피하고 싶은 일 중 하나였다.

[그, 그럼 람화연 씨는—.]

[후퇴…… 우선 다들 도망가야.]

그녀는 말을 마치지 못했다. 앉은 상태에서도 휘청이는 그녀를 기정은 가까스로 붙잡았다.

파이로의 스킬 지속 시간도 종료되었다.

루거의 스킬은 파훼되었다.

기정 자신의 스킬은 아직 15분가량의 시간이 남았다지만 더 이상 이곳에서 버티는 건 의미가 없을 것이다.

"끌끌, 도망갈 수 있으리라 생각하는가. 에얼쾨니히 님께서 탐스럽게 바라보는 과실이 이곳에 있는데……. 내가 자네들을 그냥 가게끔 둘 것 같나."

하물며 공중에서부터 다가오는 푸른 수염은 어떻게 해야 하는가.

마왕 에얼쾨니히는 직접 나서지 않았다. 직접 나서지 않아도 충분했으니까.

혜인의 공간 결계 위로 푸른 수염의 공간 결계가 덧씌워졌다.

"배, 백작님!"

"살려 주십시오, 백작님— 이 스킬은 데미지가— 뭔가 이상하게 들어와서……."

"아직 시야는 절반쯤 남아 있는데 몸이 없어. 내 하반신이 사라졌다고— 백작님, 백작님!"

푸른 수염이 나타나기 무섭게 마왕군 유저들이 소리쳤다.

루거의 스킬, 〈공간과 이어진 관통〉은 즉발형 데미지가 아니다. 오히려 시간당 데미지를 주는 방식DOT에 가까웠다.

일반적인 도트 스킬과의 차이라면, 시간이 지날수록 미들어스에서 사용할 수 있는 육체를 '실제로' 지워 버린다는 점이리라.

즉, HP는 0이 되지 않아 살아 있지만, 양팔이 사라졌거나 하반신이 없어졌거나, 다리 한쪽이 없어져 거동이 불가능해지는 황당한 사태에 처할 수도 있다는 뜻이다.

"쯔쯔쯔…… 에얼쾨니히 님의 이야기를 하는 데 지금 네놈들의 밥그릇부터 챙겨 달라는 건가?"

푸른 수염은 불쾌하다는 표정으로 마왕군 유저들을 바라보았다.

그는 자신의 발치까지 기어온 야수화 몬스터의 머리를 일격에 으스러뜨렸다.

마왕과 관련된 일을 할 때, 푸른 수염은 다른 어떤 것도 신경 쓰지 않는다.

사라진 신체에서 출혈이 지속되어 죽음이 다가오고 있었으나 그들은 더 이상 레에게 재촉할 수 없었다.

"자…… 〈홀리 나이트〉 군. 그리고— 람화연이지? 끌끌, 간단한 거래를 제안하도록 하지."

[입— 닥쳐. 마스터케이 씨, 바로— 팔레오들과 함께 퇴각—…….]

"이런, 이런. 이미 공간 결계가 사용되었는데 그것도 인식하지 못할 정도로 정신이 없나 보군. 안 그런가, 〈홀리 나이트〉?"

람화연은 기정의 팔을 붙잡고 가까스로 일어서며 말했다. 그녀의 버팀목이 된 기정은 이러지도, 저러지도 못하는 상황이었다.

다행히 아직 기정의 스킬은 해제되지 않았으므로 팔레오들도 용기를 내었다.

[머리가 아프지만…… 할 수 있어.]

[저놈 하나 찢어 버리는 거야 가능한 일이다. 하르헤이 님께서 함께하실 테니.]

고릴라 팔레오들이 기정과 람화연의 앞에 섰다.

푸른 수염은 그 장면을 보며 어깨를 으쓱였다.

"에얼쾨니히 님께서 마음만 먹었으면 너희 언어로…… 그래, '1초 컷'이야. 그러나…… 너무나 강대한 그 힘 때문에 자칫 '모두'가 휩쓸릴 수 있기에 내가 이곳으로 온 것이지. 지금 이 기회가 무슨 의미인지 모르겠나? 거래도 너희들이 밑질 게 하~나도 없을 텐데."

[뭐, 뭡니까.]

[듣지 말라니까요! 그냥— 어떻게든, 도망쳐!]

기성이 날하사 람화연은 기성의 가슴을 쌍쌍 누르셨다. 그러나 기정이 할 수 있는 최선은 이런 것밖에 없었다.

[도망을 칠 수 없으니까 그렇죠! 지금 뒤로 돌아서 뛴다고 뭐가 됩니까!?]

푸른 수염의 말을 그 누구보다 절실하게 받아들이고 있었기 때문이다.

마왕의 공격이 지금 이 순간 시전된다면? 아골 골짜기는 끝이다.

골짜기 자체가 전부 무너져 이곳은 '평지'가 되어 버릴지도 모른다.

기정은 헬멧의 페이스 쉴드를 올리고 람화연을 바라보았다.

람화연은 헉헉거리며 그와 눈을 마주치곤, 더 이상 아무런 말도 하지 못했다.

그런 두 사람을 물끄러미 바라보던 푸른 수염이 웃었다.

입술이 귀까지 찢어져 흉측한 모습의 미소를 띠며, 그가 말했다.

"키드와 루거, 두 사람을 내놔. 그럼 지금 이 자리에 있는 너희들을 전부 살려 보내 주지."

[키드와 루거…… 그러면 되는 겁니까?]

기정의 답변을 들은 푸른 수염을 고개를 끄덕이다 말고는 박수를 쳤다.

"아차차, 혹시나 헛소리하면 안 되니까. 두 놈이 갖고 있는 '무기', 〈크림슨 게코즈〉와 〈코발트블루 파이톤〉도 반드시 지참해야지. 끌끌, 녀석들의 몸뗑이를 가지고 노는 것도 충분히 재미있겠지만……. 에얼쾨니히 님께서 원하는 건 그깟 하찮은 육신 따위가 아니니까."

푸른 수염은 여유로웠다. 아골 골짜기를 들어오면서도 그는 아무런 긴장도 하지 않았다.

에얼쾨니히의 목소리가 더 이상 들리지 않았기에 람화연은 차츰 정신을 차릴 수 있었다.

숨을 가쁘게 몰아쉬던 팔레오들도 상당 수준 전투력을 회복했다.

그 모든 상태를 가만히 지켜보면서도 그는 긴장하지 않았다.

오히려 여유작작한 태도로 하늘을 지켜보고 있을 뿐이었다. 엘미가 소환했던 자폭형 소환수들은 이미 모두 끝났다.

아르젠마트와 람화정 그리고 블라우그룬과 키드가 공중에서 푸른 수염을 내려다보고 있었다.

[가면 안 된다. 키드 네 녀석과 루거를 지키라는 하이하 님의 부탁이 있었다.]

"그런 말을 하지 않아도 갈 생각은 없습니다."

[하지만 인간들이란…… 때때로 자신의 이익을 위해 누군가를 희생시키려 하는 법이지.]

"람화연과 마스터케이가 그럴 사람으로 보입니까."

키드는 블라우그룬을 돌아보았다. 여전히 드래곤 폼인 블라우그룬이었으나, 키드는 그가 웃고 있다는 걸 눈치챌 수 있었다.

이런 상황에서도 웃을 수 있는 이유가 무엇인가.

키드도 알지 못했다. 루거도 알지 못했다.

팔레오들은 물론이고, 심지어 람화연조차 모르고 있었다.

하지만 각국의 수도에서 대형 홀로그램을 보던 사람들 중 소수의 인원은 눈치를 챈 상태였다.

[그렇군요.]

"음?"

대형 홀로그램은 더 이상 아골 골짜기를 보여 주지 않고 있었으니까.

더 이상 '눈' 역할을 하지 않고 있다는 것이 무엇을 의미하는가.

[확정, 확정————! 마왕이 필요한 건, 키드 씨와 루거 씨의 무기랍니다, 혜인 형님—————!]

기정이 마왕의 무서움에 굴복한 척 나선 건, 시간을 더 끌기 위한 완벽한 연기였을 뿐이었다.

쨍그랑……!

기정의 외침과 동시에 허공에서 유리가 박살 나는 소리가 들려왔다.

2차 전직을 마친 혜인에게 더 이상 공간 결계는 공간 결계로 작용하지 않는다.

깨지고 부서지고 밟히는 기묘한 효과음이 울리기 무섭게 주변을 감싼 연보랏빛 돔은 어느덧 해제되어 있었다.

"너―."

"자, 그럼 다음에 봅시다!"

기정과 람화연의 곁에 선 혜인이 빙긋 웃으며 말했다.

그 혼자만이 아니었다. 유일하게 이 모든 상황을 읽고 있던 존재들도 혜인의 곁에 섰다.

[공간 마나가 흔들리는 건 진작부터 알고 있었다. 솜씨가 매우 크게 향상되었군.]

"귀환."

블라우그룬과 람화정.

"후방은 제가 할게요오오~."

공간 결계를 해제하고자 했을 때부터 연락을 나눴던 프레아까지.

혜인은 차분하게 이미 시전해 두었던 스킬을 발동시켰다.

"〈텔레포트 포 올〉."

핏――――――――…….

혜인의 이마가 있던 자리에 검은 기운이 꿰뚫고 지나갔다.

그 공격은 허무하게 허공을 가르기만 했다.

아골 골짜기에 있던 〈신성 연합〉 전원이 사라졌다.

공간 결계가 깨지고 나서 모두가 사라지기까지 2초가 채 걸리지 않았다.

"……빌어먹을 놈들이……."

기습 공격을 당했다고 표현해도 틀린 게 아니다. 푸른 수염의 인상이 더없이 크게 일그러졌다.

그는 고개를 돌려 주변을 살폈다.

자폭형 소환수와 키드 그리고 드래곤들에게 상당 부분 당했으나 괴조는 여전히 1만 마리 가까이 남아 있다.

야수화 군단 또한 아골 골짜기에 들어가지 못했던 75%가 고스란히 남아 있다. 그 수만 해도 최소 8만은 넘을 것이다.

"도합 9만이라……. 끌끌, 20년 전에 함께했던 녀석들을 포함해서 가까스로 10만쯤 되긴 하겠다만, 이 대륙 전체를 압도하기에는 조금 부족한 숫자로군."

최초 에리카 대륙에서 출발할 때를 기준으로 삼는다면, 마왕군은 이미 60%에 가까운 타격을 입은 셈이었다.

"그, 그렇습니다! 부디, 부디 살려 주십시오, 백작님!"

"저희가 더 잘하겠습니다! 아직 남은 야수들도 많고— 저, 저쪽에 있는 녀석들보다 제가 레벨이 더 높습니다!"

아직 죽지 않고 버티던 유저들도 그 사실을 잘 알고 있었다. 그들의 주장도 틀리지 않았다.

자신들이 당한 건 조금이라도 공을 더 세우기 위함이었고, 당연히 저레벨 마왕군 유저들보다 하나의 스킬, 하나의 스탯이라도 더 높아 이곳까지 들어왔던 게 아닌가.

비록 함정에 빠지고 루거의 스킬에 의해 죽어 가고 있지만 그들의 전력은 분명 도움이 된다.

마왕군의 세력을 '병력'만으로 계산했다면, 반드시 그들을 살려야만 했을 것이다.

"끌끌, 필요 없어."

"네?"

최초의 세력에서 60%의 병력 손실이 있어도 푸른 수염이 여유를 갖는 이유가 무엇인가.

"어차피 숫자는 이 정도로 충분해. 중요한 건 임팩트거든, 임팩트."

"무, 무슨……."

"오늘 저녁까지 아흘로의 대리인을, 모든 인간 놈들이 보는 앞에서 찢어 죽이기 위해서라도— 더 큰 임팩트가 필요해."

푸른 수염은 다 죽어 가는 야수화 군단과 마왕군 유저들을 향해 다가갔다.

그는 웃고 있었다. 그리고 그것이 자비를 베푸는 미소가 아니라는 걸 마왕군 유저들은 알고 있었다.

"이, 이런 미친놈— 우리를……."

"코크리 녀석은 미적 감각이 영 없었단 말이지. 언데드는 꼭 '뼈'를 사용하는 건 아니거든. 근육과 살점들을 가장 아름답게 만드는 방법이 있다는 걸 모르니 당했던 게지. 끌끌, 너무 걱정들 말고 죽어 주게. 너희들의 모습이 영원히 박제될 수 있도록 만들어 줄 테니까."

푸른 수염은 천천히 왼팔의 소매를 걷어 올렸다.

언데드의 힘을 지닌 팔에서 검은 안개가 뭉게뭉게 새어 나갔다.

신체의 일부가 증발된 채 가까스로 살아남았던 유저들이 잿빛으로 변하기 시작했다.

아골 골짜기가 비명으로 가득 찼다.

―그래서? 지금은?
―아무도…… 아무도 오지 말라고 해서―.
―그냥 보냈어? 화연이를?
―라르크 씨도 못 가게 하고! 나한테도 절대 오지 말라는데 그럼 어떻게 해!?

기정의 목소리를 들으며 이하는 주먹을 내리쳤다.

아골 골짜기에서 일어난 전투와 그 이후의 이야기에 대해서 막 전해 들은 직후였다.

세이지 혜인의 대활약 덕분에 〈신성 연합〉은 무사히 탈출하는 데에 성공했으나 그렇다고 마왕군의 발을 묶어 놓을 수는 없었다.

그들이 이번 전투에서 얻은 것은 상당수의 괴조 떼를 없앴다는 것과 야수화 몬스터 및 마왕군 유저들 일부를 불구로 만들었다는 것.

그리고 마왕 에얼쾨니히가 무엇을 원하는지에 대한 '확신'이었다.

'분명히…… 내 추측대로였어. 아니, 그럴 수밖에 없었지. 정령계에서도 들었던 거니까.'

불의 정령여왕 이프리트가 말해 준 것과 크게 다르지 않았다.

물론 제3자에게 얻은 정보와 당사자에게 직접 얻은 정보의 무게는 다르다.

기정이 혼신의 연기를 펼쳐 가며 푸른 수염에게서 〈크림슨 게코즈〉와 〈코발트블루 파이톤〉을 수거해 가겠다는 이야기를 들은 것은 분명히 가치 있는 일이었다.

그러나 잃은 것은?

'용기……인가.'

기정에게서 그 이야기를 들었을 때, 이하 또한 기정의 연기를 칭찬했다.

정작 기정에게서 돌아온 답변은 이하가 원한 게 아니었다는 게 문제였다.

―진짜 무서웠으니까. 나도…… 헤헷, 나도 미들 어스에서

탱커짓 그렇게 오래해 왔지만— 이번에 푸른 수염이 아니라 마왕이 나왔다면 정말로……. 끝났을 거야.

말 그대로 모든 것을 바쳐서 가까스로 살아남은 자다.

아무리 게임이라지만 동화율을 이미 높여 놓은 기정에게 '다시 한 번' 그 일을 겪는다는 것은 두려운 일일 수밖에 없다.

기정에게서 그 말을 듣는 순간 이하가 느꼈던 감정.

아마도 대형 홀로그램을 통해 아골 골짜기를 봤던 〈신성 연합〉 대부분은 용기를 잃지 않았을까.

혜인과 기정이 임시 후퇴 작전을 짤 때부터 그들은 대형 홀로그램을 보지 못했지만, 대형 홀로그램에서 더 이상 아무것도 송출이 안 된다는 사실만으로도 마왕군의 강력함을 인지할 수 있을 테니까.

'하물며 키드와 루거는……. 웬만한 주요 전장에 배치되기 힘들어질 거다. 설령 배치되어도 '특성'의 힘을 살린 스킬은 전부 봉인되었다고 봐야 해.'

이곳으로 불러올 수도 없는 동료들이 그곳에서 활약하기도 힘들다.

지금 이곳에서 홀로 떨어져 있는 자신은 어떤가. 말하자면 '삼총사'라는 카드 전체가 봉인된 것이나 마찬가지다.

그런 절망적인 상황에서도 람화연은 쉬지 않았다. 그 행동을 멈추지도 않았다.

―그럼 지금 교황청에 있는 건―.

―유저 중에는 신나라 씨와 람화연 씨……. 두 사람뿐일 거야. 베르나르 씨랑 라파엘라 씨도 전부 퇴짜 맞았다고 했거든.

―젠장……. 뭘 할 수 있다고.

그녀는 곧장 에즈웰 교황청으로 향했다. 그 어떤 〈신성 연합〉의 유저도 따라오지 못하게 만들고는 홀로 가 버린 것이다.

이하는 도저히 람화연의 행동을 이해할 수 없었다.

사실상 참모에 가까운 그녀가 어째서 에즈웰 교국으로 향한 것인가.

만약 방어를 하기 위해서였다면 모두와 함께 가는 게 낫다.

교황을 지켜 주고 싶었다면? 혜인이나 프레아를 활용해 강제로 이송시켜 버리는 게 낫다.

'설득하려고……? 그 누구보다도 NPC를 NPC답게 취급했던 사람이―.'

오히려 NPC를 가장 인간답게 대우해 보고자 하는 것일까.

이하는 고개를 갸웃거렸으나 그 답을 쉽게 찾기는 어려웠다.

무엇보다 람화연이 자신의 귓속말을 무시하고 있다는 게 큰 이유였다.

―람화연 씨를 지키러 갈 수 없는 건 나도 아쉬워. 하지만― 이지원 씨나 별초 길드, 세이크리드 기사단 등이랑 같

이…… 퓌비엘 곳곳에서 돌아다니고 있는 지휘관급 몬스터를 처리해야 해. 알렉산더와 드래곤들이 나서서 정리한 게 고작 4기, 이지원이 하루 종일 나서서 정리한 게 고작 2기라고.

기정도 울분을 터뜨렸다. 이하는 자신의 흥분을 가라앉혔다.
당장 자신도 답답하지만 바로 옆에 있으면서도 아무런 힘을 보탤 수 없는 〈신성 연합〉의 주요 유저들도 분명 갑갑하리라.

―벌써 오후가 다 됐는데 꼴랑 6기? 아침 해가 뜨고 지금까지― 거의 10시간 동안 6기?
―그니까 말이야. 66기 중에 이제 6개 집단 잡았으니…… 이쪽도 일 처리가 장난 아니게 힘들다는 건 알겠지? 아! 그나마 다행이라면 람화연 씨가 혼자 간 건 아냐. 그 키메라들도 데리고 가긴 했어.
―……그게 뭔 쓸모가 있겠냐.
―그래도, 뭐, 덩치라도 크니까…….

전설급 아이템 세 가지로 만들었던 키메라.
새하얀 소와 양 그리고 돼지의 형체를 띤 람화연의 '펫'을 떠올리며 이하는 한숨을 내쉬었다.

―젠장, 퍽이나 위로가 된다.

—어쨌든 너무 걱정 마. 뱃멀미 증상 같은 걸 겪으면서도, 그 괴로움 속에서 '눈물' 아끼라는 판단을 내리는 여자잖아? 형보다 훨씬 똑똑하고 어쩌면 형보다도 더 미들 어스를 걱정하고 있어. 크으으, 하긴, 이걸로 사업하시는 분이라 마인드가 다른 건가?

　기정은 장난스럽게 이하를 위로했다. 이하는 쓴웃음으로 그에게 답하며 귓속말을 종료했다.
　적어도 한 가지는 사실이었다.
　'미들 어스를 걱정하는 것이든, 자신의 사업을 걱정하는 것이든……'
　람화연은 어떤 생각과 각오를 갖고 움직이는 게 분명하다.
　적어도 이하 자신보다는 훨씬 더 큰 시야를 갖고 움직이고 있다고 믿어야 한다.
　그게 아니라면 에즈웬 교황청까지 홀로 간 이유가 설명되지 않으니까.
　이하는 최선을 다해서 스스로를 세뇌했다.
　만약 교황청에서 벌어지고 있는 신나라와 람화연의 실랑이를 들었더라면 결코 걱정을 떨칠 수 없었으리라.

　"그래서…… 혼자 온 거라고요? 람화연 씨만?"
　"네. 휴우, 나도 이제 몰라. 막무가내로 할 거예요. 교황 성하, 가시죠."

"자, 잠시만! 성하께서 이곳에 남는다고 하셔서 제가 여기 있었던 거라고요. 근데 이제 와서 람화연 씨가ㅡ."

"아, 몰라, 몰라. 마왕을 직접 마주하고 나니까! 이제야 알겠다고요! 막 머리 써서 어쩌고저쩌고할 상대가 아니었다는 걸!"

신나라는 여느 때와 달리 강짜를 부리는 람화연을 보며 황당함을 감추지 못하고 있었다.

팔짱까지 낀 채 교황 앞에 선 람화연이 콧방귀를 뀌었다.

"무우우우ㅡ."

"부우, 부우우……."

"메에에에~."

그러자 그녀의 곁에 선 세 마리의 키메라들이 낮은 울음소리를 내었다.

Geschoss 8.

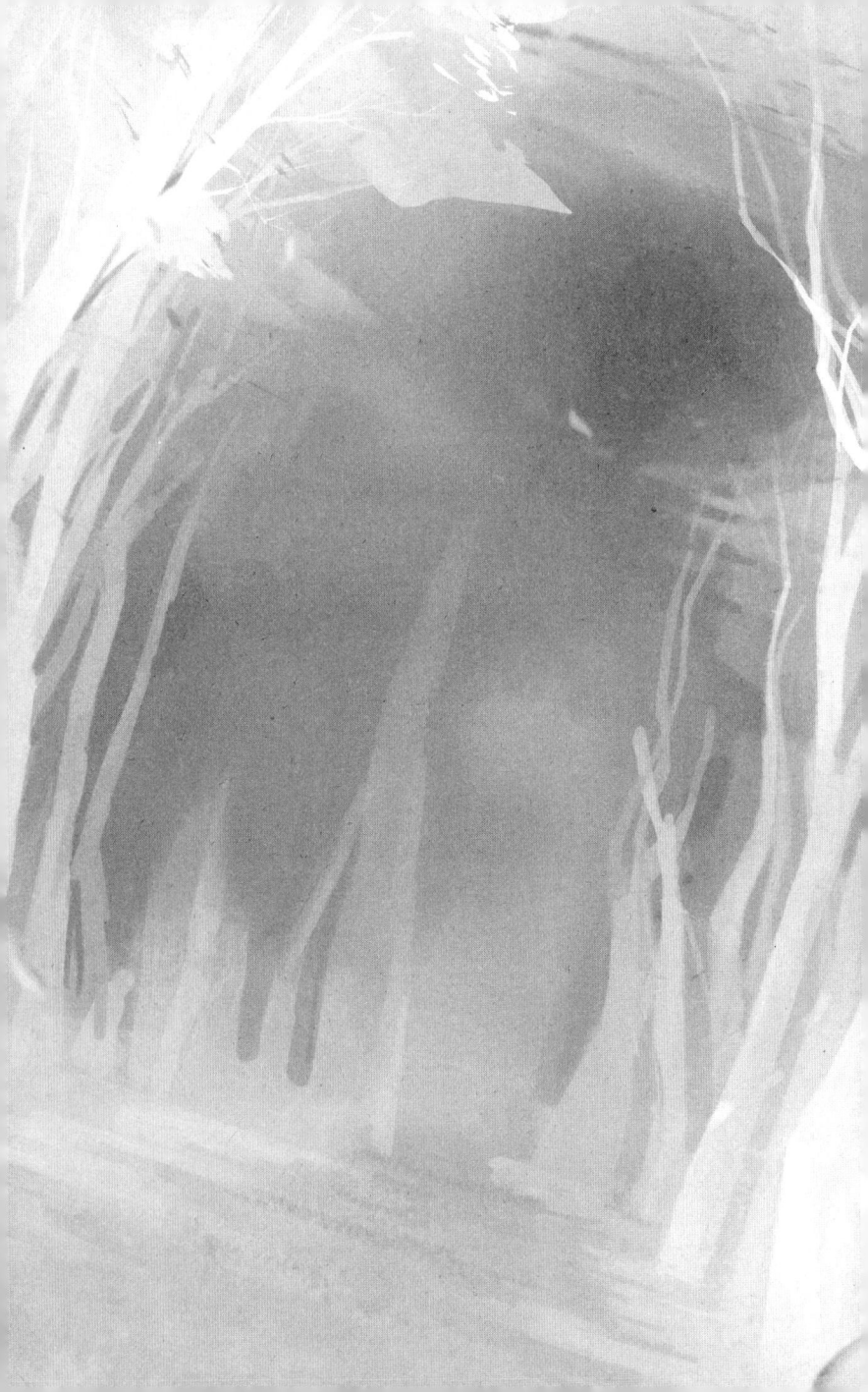

교황도 안절부절못하고 있는 모습이었다.

마왕군이 벌써 아골 골짜기를 다 넘어 에즈웬 교국의 경계를 넘었다는 이야기를 들었을 때에도 초연했던 NPC의 당황이라니!

신나라는 람화연을 설득하기 위해 최선을 다했으나, 이하의 키메라들을 일렬로 세워 놓고 그 위에 엎드려 누워 버린 람화연의 태도에는 도저히 적응할 수 없었다.

"라, 람화연 씨! 지금— 이럴 때가 아니잖아요! 교황 성하는 가시지 않는다고 했고! 저 또한 여기 있을 거라니까요! 우리는 안 간다고요!"

목소리를 아무리 높여 봐도 소용이 없다.

람화연은 신나라의 말은 귓등으로도 듣지 않고 키메라를

자신의 손바닥으로 때리기만 했다.

짝, 짝 울리는 차진 소리가 울렸다.

자신이 가격할 때마다 탱글탱글하게 반응하는 키메라의 피부를 멍하니 보는 람화연은, 평소라면 상상조차 할 수 없는 모습인 것이다.

신나라는 욱한 감정이 올라왔다. 노골적으로 자신을 무시하는 모습은 차마 두고 볼 수 없었다.

"하지만 람화연 씨는…… 람화연 씨가 있어야만 빛이 나는 자리가 있잖아요? 그걸 누구보다 잘 알잖아요! 일부러 이러는 건가요? 당신이 여기 있는 걸―."

신나라의 말문이 턱 막혔다.

키메라를 침대 삼아 허공에 누워 있던 람화연이 마침내 고개를 들어 자신을 바라보고 있었기 때문이다.

"하이하가 원치 않을 텐데 어째서 이런 짓을 하냐는 건가요?"

람화연은 신나라가 하려던 말을 대신했다.

신나라는 아랫입술을 실짝 깨물었다.

두 여성은 언젠가 이하를 두고 다툰 적이 있다. 연적이라고까지 표현할 수 있을지 모른다.

신나라는 조금 묘한 감정으로 람화연을 바라보고 있었다.

그러나 람화연의 눈은 전혀 흔들리지 않았다.

"그와는…… 하이하는 아무 상관 없어요. 당신이 얄미워서 온 거죠."

"네?"

람화연의 갑작스러운 말에 신나라는 물론 교황마저도 고개를 갸웃거렸다.

그녀가 이곳에 온 이유? 간단했다.

"신나라 씨, 당신 왜 여기 있는 거야?"

마왕을 직접 겪어 본 그녀는 화를 참을 수 없었기 때문이다.

"나보고 계속 가라는 이유도, 이미 '죽을 각오'를 마쳤기 때문이야? 당신이 그런 성격이었어? 설령 교황 성하가 이곳에 남아 있는다고 해도, 당신은 당신의 의무를 다해야 하는 거 아냐?"

"그, 그건…… 나는 지금 〈세이크리드 기사단〉도, 뭣도 아닌 일개 기사 신분으로 교황 성하를 보필하는—."

"보필! 그게 도움이 된다고 생각해? 내가 빛날 수 있는 자리가 있다고 했죠? 내가 하고 싶은 말이야!"

람화연은 소리를 질렀다.

신나라는 더 이상 아무런 이야기도 할 수 없었다.

"당신은 여기서 뭐 하는 거지? 예전에 화정이랑 같은 스킬 받은 걸로 알고 있는데. 〈천사 강림〉. 맞죠? 그 힘을 왜 아끼고 있느냐고! 이번 골짜기에서도— 아니, 그전에— 예를 들어, 제3방어 진지, 첫 번째 날 전투에 당신이 있었다면! 찰스라는 그 노인네와 당신 그리고 알렉산더와 페이우 등이 힘을 합쳐서 푸른 수염을 죽일 수 있을지도 몰랐는데!"

이제 곧 두 번째 날의 해가 저문다.

지난 48시간 동안 신나라가 전투에 참가했으면 할 수 있었던 일이 얼마나 많았을까.

하이하를 두고 싸웠던 연적이어서 질투를 한다? 람화연에게 그런 '하찮은 이유' 따위는 끼어들 여지도 없었다.

한순간도 쉬지 못하고 두뇌가 타 버릴 정도로 일을 해 온 람화연에게 신나라는 고까울 수밖에 없는 것이다.

"이거야 원…… 제가 괜한 고집을 부렸나 봅니다."

두 여자의 싸움을 보다 못한 교황이 결국 나섰다.

그는 푸근하지만 쓸쓸한 미소를 띠고 있었다.

"성하."

"제가 이곳에 남겠다는 말을 거두지도 않고…… 데임 신을 돌려보내지 못했기에……. 제 나약한 마음을 꾸짖기 위해 람화연 님께서 이곳에 오셨을 테지요."

신나라는 교황의 반응을 보며 화들짝 놀랐다.

자신이 어떤 이야기를 해도 이곳을 떠나지 않겠다던 교황이 지금 무슨 말을 하고 있는 건가.

―서, 설마……. 람화연 씨, 지금 제 욕을 함으로써 간접적으로 교황의 '책임감' 부분을 건드린 거예요?

신나라를 책망함으로써 곁에 있던 교황을 움직이게 만든다?

신나라는 눈이 휘둥그레져 람화연을 바라보고 있었다. 람화연은 신나라를 바라보지 않았다.

 작전이 성공했다는 것을 느꼈음에도 그녀의 표정은 오히려 일그러져 있었다.

 "아쉽네요……."

 "음? 왜—."

 "조금만 더 빨리…… 했다면……."

 이미 늦었다는 소식을 전해 들었으니까.

 람화연이 이를 악문 순간, 신나라에게도 [공간 결계]를 비롯한 각종 제한 디버프들이 적용되었다는 시스템 창을 보았다.

 —이럴 수가. 이렇게 갑작스러운— 죄, 죄송해요, 람화연 씨.

 에즈웬 교황청에서 3km 거리에 있던 혜인과 루비니 그리고 페르낭도 이를 악물었다.

 줄곧 같은 속도로 진군하던 마왕군이 갑자기 '전원 텔레포트'를 통해 에즈웬 교황청을 포위해 버렸기 때문이다.

 람화연은 한숨을 내쉬었다.

 —혜인 씨, 이번에는 오지 말아요. 당신까지 죽어 버리면 더 곤란하니까.

 —하, 하지만— 프레아 씨의 그림자만 믿고 있기에는—.

 —아니, 이제는 프레아 씨를 부르기도 늦었어요. 아무리

그림자가 빨라도—이번에 마왕은 결코 두고 보지 않을 거예요. 지금의 텔레포트만 봐도…… 절대로. 놓치지 않겠다는 의지의 표현이겠지.

허를 찌른다는 점에 있어서, 역시 마왕은 두뇌파 유저들과 최악의 상성을 지니고 있었다.

콰아아아아————————ㅇ!

에즈웬 교황청이 강제 개문되었다.
저녁노을은 문 앞에 선 자의 그림자를 교황청 내부로 길게 뿌렸다.
"드시지요, 에얼쾨니히 님."
그림자의 주인공인 푸른 수염이 모자를 벗고 자리를 비켜주었다.
공손한 그의 태도 곁으로 에얼쾨니히가 교황청에 입성했다.
일몰의 시간이었다.

"멀어서 잘 보이지는 않습니다만— 지금, 에얼쾨니히가…… 교황청으로 들어간 것으로 보입니다."

"이를 어떻게 할 수 있을까요. 누가 막을 수 있을까요! 교황청의 외부를 사수하던 팔라딘과 추기경이 사망하기까지 걸린 시간은 고작 1초입니다! 교황을 보필하기 위한 최후의 보루는 1초조차 제대로 견디지 못했습니다!"

"하지만 그럴 수밖에 없습니다! 지금 저곳에 보이는— 저 기괴한 그림자는 도대체 무엇인지!"

취재진은 참담한 심정으로 상황을 중계했다.

페르낭의 시점에서 최대한 줌-인을 해서 보는 에즈웬 교황청의 모습은 암울하기 짝이 없었다.

마왕군의 군세는 에즈웬 교황청을 전방위로 포위한 상태였다.

외부에서 뚫기는 불가능하며, 내부로 직접 침입하기도 결코 쉽지 않을 것이다.

텔레포트가 불가능하다는 게 첫 번째 이유였고, 교황청 광장에 서 있는 몬스터의 압도적인 위용이 바로 두 번째 이유였다.

"빌어먹을…… 정체를 모르겠어. 제가 그동안 돌아다녔던 모든 지역의, 모든 몬스터 데이터를 대조해 봐도 비슷한 것조차 없어요."

페르낭이 고개를 저을 정도였다.

혜인과 루비니는 페르낭이 무엇을 보고 있는지 정확히 알 수 없었으나 그 외형 묘사에 대해서는 충분히 들었으므로 상상할 수 있었다.

"아무래도 만든 거겠죠. 푸른 수염이……. 토온보다도 3배 이상 큰 몬스터를 어떻게 만들었는지는 좀 의문이지만요. 대충 봐도 150m급 크기라니. 게다가— 그게 얼굴부터 바닥까지 닿는 '높이'라면서요?"

"네. 아무래도 하체는 뱀처럼 되어 있는 것 같은데……. 바닥에서 움직이는 몸체까지 포함한 '길이'는 어떻게 될지 감도 안 잡혀요."

페르낭의 설명을 들으며 혜인은 부르르 떨었다.

코브라를 비롯한 뱀들은 적을 공격하기 전에 대가리를 치켜든다. 그때 '들어 올리는 부분'의 높이가 150m급이라는 이야기다.

그렇다면 들어 올린 부분을 지탱하기 위하여 땅에 닿고 있는 하부는 도대체 얼마나 길다는 뜻인가.

"크기만 크고 무섭지 않은 몬스터였다면 좋았을 텐데요."

루비니도 한마디 거들었다. 그녀의 지도에 나타나는 에즈웬 교황청은 붉은 점으로 뒤덮였다 지워지기를 반복하고 있었다.

일정 수준 이상의 몬스터나 NPC는 지도에 표기조차 되지 않는다.

그러나 루비니가 측정할 수 있는 한계치에 아슬아슬하게 부족한 몬스터나, 그 힘이 불안정한 몬스터의 경우는 위와 같은 사태가 일어난다.

혜인은 언제 그런 경우가 일어났었는지 잘 기억하고 있었다.

"가깝게는 토온……이었나요? 멀게는 아마도— 막 모습을 드러낸 기브리드?"

"네. 그리고 '그때의 저'와 지금의 제가 다르다는 걸 감안하신다면."

루비니도 성장했다. 그런 그녀의 지도에 또 다시 저렇게 나타나는 몬스터라니.

그녀는 마른침을 삼키며 가까스로 괴생명체의 강력함을 추정해 보았다.

"기존 마왕의 조각에 준하는 정도. 과거의 토온으로 보자면 적어도 3배 이상 강할 겁니다."

루비니는 한숨을 토하며 말했다. 혜인과 페르낭 모두 아무런 반응을 보일 수 없었다.

마왕이 몰고 온 어둠이 일몰의 어둠보다 빠르게 에즈웬 교황청을 뒤덮었다.

푸른 수염은 지금 막 에즈웬 교황청의 문을 열었다.

대형 홀로그램을 통해 바라보는 취재진과 유저들은, 교황청 안으로 들어가는 마왕의 모습을 보았다.

한 톨의 빛이 가까스로 밝히는 어둠 속에서 완전히 새카만 실루엣을 자랑하는 무언가가 허공에 떠다니고 있었다.

교황은 자리에서 일어섰다.

"마왕, 에얼쾨니히."

[지상 대리인…… 과연. 아흘로의 더러운 냄새를 풍길 줄 아는군.]

에얼쾨니히의 입은 움직이지 않았다. 교황의 알현실은 어느덧 주변조차 제대로 보이지 않는 어둠에 휩싸여 있었다.

그와 동시에 귓속말 금지 등의 상태 이상도 적용되었다.

교황의 지팡이에서 새어 나오는 은은한 빛이 아니었다면, 람화연과 신나라는 서로의 얼굴조차 알아보지 못했을 것이다.

무엇보다 빛은 단순히 어둠을 밝히는 효과만 있는 게 아니었다.

"교황 성하……."

빛의 버프에 들어선 자에게 초월적 존재에 대한 저항력을 주는 것.

람화연은 관자놀이를 누르고 있던 손을 천천히 떼었다. 뱃멀미와 같은 증세는 이제 없었다.

교황은 잠시 람화연을 보며 웃어 주고는 다시금 마왕에게 말했다.

"너의 힘이라면 나를 죽이기 위해 이곳까지 올 필요도 없었을 텐데. 기어코 이곳에 오는 탐욕을 부렸는가, 저주 받은 존재여."

람화연과 신나라는 두 눈을 부릅뜨고 마왕을 보았다.

지금껏 미들 어스를 플레이했던 유저들 중 가장 가까운 거리에서 마왕을 보고 있는 게 아닌가.

두 사람은 더 이상 외부로의 귓속말도 불가능한 상태였으며, 설령 이곳에서 죽는다 한들 로그아웃 후 이야기해 줄 수 있다.

그때를 위해서라도 최대한 많은 정보를 담아야만 했다.

마음만큼은 그런 생각이었다.

'키는 일반적인 인간 크기인가……. 몸 전체가 빨려 들어갈 것 같은 흑색이라 정확한 크기조차 가늠이 안 돼. 무기 같은 건 특별히 쥐고 있지 않은 것 같고, 갑옷 같은 것도 입지 않은 것 같지만…….'

'남성형? 여성형? 목소리는 조금 굵은 듯하지만 여성이라고 볼 수도 있을 것 같고— 역시 신체적 특징에서는 아무것도 알 수가 없어. 성별 또한 없다는 설정이겠지.'

정작 그녀들이 담을 수 있는 정보는 극히 적었다.

말할 수 있는 건 외형에 관한 게 아니라 오직 마왕을 마주했을 때의 느낌 정도였다.

두 여성이 공통적으로 느끼고 있는 건 하나였다.

'눈이 어지러울 정도야. 제대로 볼 수가 없다. 빨려 들어가는 느낌이라니…….'

'실제로 내 몸에 영향을 끼치는 건 아니지만— 블랙홀을 정면에서부터 바라보고 있으면 이런 기분일까?'

자신이 관찰당하고 있다는 것에 아무런 신경도 쓰지 않은 채, 마왕은 오직 교황을 향해서만 말했다.

[그렇다. 나를 눈앞에 두고도 흔들리지 않는 걸 보니 나의 선택이 역시나 옳았음을 알 수 있다.]

"나를 위협적이라 생각하는가. 나는 그저 주신께서 사용하는 지상의 입일 뿐이거늘. 껄껄, 너는 아흘로 님의 입에도 겁을 먹는구나."

교황은 목이 터져라 웃었다. 추기경 시절부터 조용했던 NPC의 성향을 생각한다면, 그의 이러한 행동은 완전히 이질적인 것이었다.

마왕은 교황의 웃음이 어느 정도 잦아들 때까지 기다렸다.

[역시 너는 불씨다. 아흘로의 불쾌한 목소리를 낼 수 있는 것 자체가 마음에 들지 않는군.]

"그래서 불씨를 끄겠다는 거냐."

[그렇—.]

"잘못 생각했구나, 이놈!"

교황은 마왕의 말을 끊으며 지팡이를 내리찍었다. 굉음과 함께 대리석이 갈라졌다.

람화연과 신나라가 움찔거릴 정도로 놀라운 힘이었다.

교황의 몸에서 빛이 새어 나오고 있었다.

역시나 '자폭'과 유사한 스킬이 시전될까, 하는 생각에 람화연과 신나라 모두 긴장했으나 교황은 움직이지 않았다.

오히려 그는 마왕에게 일갈한 직후부터 줄곧 웃는 얼굴이었다.

[무엇이 웃기지. 더러운 아흘로의 곁으로 꺼질 생각을 하니 즐거운가.]

"껄껄껄, 그래서 너는 모르는 거다. 나는 불꽃이 아니야. 네 녀석이 유폐되어 있는 동안, 이미 주신의 말씀은 온 땅에 퍼졌어. 불씨는 이미 대륙 전체에 퍼져 있다는 뜻이다, 무지한 마의 파편이여."

람화연과 신나라에게, 그의 웃음은 더없이 순수하고 맑게 느껴졌다.

무엇보다도 죽음을 앞두고 있다는 개념 따위가 아니었다.

그것은 승자의 웃음이었다.

[아흘로의 대리인답군. 당치도 않는 헛소리를 늘어뜨리는 걸 보니 당장이라도 그 혀를 뽑아 버리고 싶을 정도야.]

신나라는 마왕의 목소리가 살짝 변했다는 것을 눈치챘다.

건조한 기계음과도 같았던 마왕의 목소리에 처음으로 감정이라는 것이 드러났다.

"아니, 내 말은 사실이다. 너는 불씨를 끄러 온 게 아니야. 네가 나를 죽임으로써, 오히려 대륙 전체에 퍼져 있는 불씨가 타오르게 될 거다. 나는 불씨가 아니라—."

교황은 다시 한 번 지팡이를 내리 찍었다.

쩌저저적……!

대리석이 완전히 쪼개졌다.

"―불씨를 지필 불쏘시개다."

그 순간, 람화연과 신나라는 교황의 의도를 완전히 이해했다.

그가 이곳에 죽기 위해 남는다는 건 진작 눈치챘던 사실이다.

다만 어째서 죽으려 하는지, 그 이유에 대해 이제야 알게 되었을 뿐이다.

'죽는 모습을 만천하에 드러내서―.'

'전 대륙의 유저와 NPC들을 분기탱천하게끔 만들려고!?'

'자신의 목숨을, 그것도 일개 교인이 아니라 교황 자신이―.'

순교하려고 했던 것인가.

그녀들은 깨달았다.

교황청은 분명 대형 홀로그램을 통해 중계되고 있을 것이다. 만약 여기서 마왕이 교황청을 날려 버리는 모습이 포착된다면?

람화연과 신나라는 당초 교황의 자폭 또는 자해를 막으려 했다.

〈제3차 인마대전〉의 아이콘 격인 교황이 사라지면 안 된다고 생각했기 때문이다.

그러나 미들 어스가 꾀하고 있던 건 그게 아니었다니!

'분명 효과적이긴 할 거다. 교황이 생각한 대로 이루어진다면, 각국의 왕들이 교황의 죽음 이후를 '자신의 차례'라 여기고 움직인다면 분명―.'

'〈신성 연합〉은 지금보다 더 활발하고 적극적인 협조가 가능할 거야. 말 그대로 전 대륙의 모든 세력들이 집결해서 마왕에게 대항할 거다. 교황이 노렸던 게 바로 그거였구나!'

그 와중에도 두 사람은 생각했다.

미들 어스의 플레이라면 이미 지독할 정도로 겪은 두 사람에게 와닿은 공통적인 물음은 바로 이것이었다.

과연 교황의 뜻대로 될까?

미들 어스가 NPC끼리 충돌하는 사건을 말미암아 그러한 상황을 만들어 갈까?

'……아니다. 그럴 리 없어! 오히려 지금 이 시점에서—.'

'교황 곁에 아무런 유저도 없었다면…… 교황의 의도는 무위로 돌아가는 게 아닐까!?'

미들 어스는 NPC만의 상호작용으로 흘러가지 않는다.

〈반드시 1인 이상의 유저〉가 있어야만 하는 게 철칙이지 않은가.

만약 지금 이 시점에서 자신들이 없었다면? 그냥 교황을 죽게 두었다면 오히려 역효과가 났을 것이다.

그렇다면 그냥 곁에 있기만 하면 되는 건가?

두 여자는 눈을 마주쳤다.

마왕이 말했다. 교황을 향해 뻗은 팔에서 보랏빛 에너지가 모여들고 있었다.

[얼토당토않은 꿈이라니. 절망과 함께 죽어라.]

"나의 목자께서 함께 계시거늘 내가 절망할 것 같은가."

교황은 마왕의 앞에서도 당당하게 가슴을 폈다.

지팡이를 가슴 앞으로 고이 모은 채, 그가 말했다.

"너는 이미 아골 골짜기를 건너오지 않았느냐. 네가 말하는 절망과 죽음이, 소망과 회복의 기적으로 변화할 것을 이미 알고 있다. 우리 주신께서 나와 함께하심으로."

[그럼 그 곁으로 꺼져라.]

보랏빛 파가 마왕의 손에서 떠나기 직전.

"그렇게 둘 순 없—."

"안 돼!"

"라, 람화연 씨!?"

두 여성의 외침이 들려왔다. 그리고 두 여성은 이미 움직인 상태였다.

움직이면서도 두 여성은 시선을 교차했다.

――――――――――――――――!

꽝음이 울렸다.

에즈웬 교황청이 반파되었다.

대형 홀로그램을 통해 보고 있던 유저들은 모두 입을 다물었다.

 교황청 안에서 무슨 일이 벌어졌는지, 무슨 대화가 오갔는지 알 수는 없다.

 그러나 마왕의 파가 교황청을 부수며 뻗어 나갔고, 적어도 페르낭의 시야로 확인하여 송출되는 장면에서는 마치 지우개로 지운 것처럼 교황청의 일부가 지워져 나간 상태였다.

 "도…… 돌 부스러기 하나 흩날리지 않는 것으로 보입니다."

 "방금 그 보랏빛은 아마도 마왕의…… 에얼쾨니히의 공격으로 추정되는 바―."

 "미들 어스는 마침내, 〈신성 연합〉은 마침내 그 구심점을 잃게 된……. 음?"

 대형 홀로그램에서 줌-인이 계속되었다.

 페르낭의 〈관찰〉 스킬로도 더 이상 자세히 확인하는 것은 불가능했지만, 적어도 최대한 확대한 시점에는 분명한 인영이 보였다.

 취재진은 다시금 말을 잃었다.

 "이런― 이럴 수가, 어떻게……."

 "사, 살아 있습니다! 살아 있습니다!? 어떻게?"

 취재진조차 그 영문을 알 수 없는 그림이었지만, 적어도 눈에 보이는 건 거짓이 아니었다.

 마왕 에얼쾨니히는 교황을 향해 팔을 뻗은 상태였다.

 그리고 그 팔의 정면에서, 신나라와 람화연이 당당한 자태로 맞서고 있었다.

그녀들의 뒤에는 교황이 있었다.

교황도, 마왕도 말하지 않았다.

그 모든 장면을 실제로 바라보고 있던 페르낭은 아예 얼어붙어 있었다. 혜인과 루비니는 말할 것도 없었다.

도대체 무슨 일이 일어난 것인가.

어째서? 왜?

에즈웬 교황청의 북쪽은 이제 건물이 있었다는 흔적조차 없다.

완전히 파괴되어 날아갔을 뿐만 아니라, 교황청 뒤편으로 자리 잡고 있던 골목과 일반 건물까지도 전부 지워지지 않았나.

마왕의 공격은 보통이 아니다. 보고 반응할 수 있는 것도 아니고, 막아 낼 수 있는 것도 아니다.

미들 어스에서 '가장 유명한 탱커' 중 한 사람인 기정이 자신의 모든 아이템을 희생시켜 가까스로 살아남은 게 전부였다.

그 당사자인 기정조차 두 번은 못 할 짓이라고 말할 정도의 파괴력을 지닌 게 바로 마왕의 공격이다.

"그런데 어째서……."

"두, 두 명의 여인이…… 두 명의 여인이 교황을 지켰다? 아마도, 지켜 냈습니다."

가장 먼저 정신을 차린 건 취재진이었다.

상황의 이해보다 중계에 의의가 있었던 그들이 패닉에서 빠르게 회복되는 것도 당연한 일이었다.

"그렇습니다! 람화연과 신나라! 강인하고도 당당한 저 자태, 여성들의 자태를 보십—."

슉.

그사이, 교황의 뒤에 누군가가 나타났다.

대형 홀로그램에 그녀의 얼굴이 보이는 순간, 마왕과 교황이 다시금 반응했다.

"—앗. 프레아—."

보랏빛 파가 다시 한 번 쏘아질 때, 이미 그곳에선 무지개가 먼저 반짝거렸다.

최초의 일격보다 약간 빗겨 쏘아진 파는 교황청 서북부 방면을 완전히 지워 버렸다. 대형 홀로그램에서 송출된 장면은 거기까지였다.

화면이 어두워진 것을 보며 취재진은 서로를 바라보았다.

자신들이 본 게 맞는지, 결과적으로 그들이 무슨 일을 해낸 것인지 공유하기 위해서.

"프레아입니다! 하얀 눈의 정령사! 최근 정령계에 다녀왔다는 소문이 무성한, 바로 그 하얀 눈의 정령사가 교황과! 람화연과! 신나라를!"

"구했습니다! 그렇습니다, 마왕의 일격에 터무니없이 져 버릴 줄 알았던 〈제3차 인마대전〉의 정신적 지주를!"

"교황을 지키기 위해 필요한 건 삼백만 명의 유저, 삼십만 명의 기사단 NPC가 아니라!"

차츰 커지던 취재진의 목소리는 어느 순간 뚝, 끊겼다.

그다음으로 나올 문장은 그들 모두가 동시에 외쳐도 부족함이 없는 감탄이기 때문이리라.

이미 꺼져 버린 대형 홀로그램을 바라보며 취재진이 입을 모아 외쳤다.

"단 세 명의 여성이었습니다————————!"

환호와 고성이 로페 대륙 전역에서 이어졌다. 미니스와 퓌비엘, 샤즈라시안과 크라벤의 수도는 삽시간에 축제 분위기로 바뀌었다.

마왕에게 치명타를 입힌 것도, 푸른 수염을 죽인 것도, 마왕군의 정체 모를 몬스터를 없앤 것도 아니건만 그저 교황을 완벽하게 지켜 냈다는 사실 하나만으로도 〈신성 연합〉 모두가 목을 놓아 외치고 있는 것이다.

그러나 정작 이동식 지휘 본부는 조용했다.

그곳에는 '호크 아이' 팀 전원과 라르크 그리고 프레아를 포함한 교황청 인원들이 모두 모여 있었다.

그들은 이야기를 나누기 전, 사방에서 쏟아지는 귓속말부터 정리해야만 했다.

"어떻게……?"

라르크가 가장 먼저 말문을 열었다. 그는 신나라와 람화연, 교황을 번갈아 가리키고 있었다.

누구라도 좋으니 설명 좀 해 달라는 적극적이고 무례한 제스처였으나 당장 말할 수 있는 사람은 많지 않았다.

현장에서 바라보았던 페르낭이 라르크의 물음에 답할 수 있었다.

"아마도…… 키메라— 하이하 씨가 만들어 주었다던 그 키메라 때문인가요?"

"아!? 그러네! 그 이상한 가축들이 없어졌네?"

라르크가 '이제야' 발견할 정도로 그 또한 정신이 없었다는 뜻!

실제로 람화연의 곁에는 교황에게 향할 때 동반했던 세 마리의 키메라가 모두 없어진 상태였다.

정작 그 답변을 해 줘야 할 람화연은 라르크와 페르낭을 바라보지 않고 있었다.

그녀의 눈은 신나라를 향한 상태였다. 신나라도 마찬가지였다.

두 여자는 서로를 바라보았다.

―신나라 씨, 당신 설마…… 그걸로 교황을 구하려고 줄곧 거기 있었던 거예요?
―……네. 누구한테 어디서 들으셨는지 모르겠지만― 제가 선택했던 스킬은 〈천사 강림〉이 아녜요.

기정은 온갖 종류의 속성 내성과 상태 이상 저항이 상승하는 버프를 받았다.
람화정은 〈천사 강림〉 스킬을 받았다.
이하는? 주신의 불을 내리는 칭호를 받았다.
당시 옵션에 대해 이하가 논의했던 자는 바로 페르낭이었고, 페르낭과 이하는 '당연히' 신나라 또한 〈천사 강림〉을 선택했으리라 생각했다.
'그게 아니었어. 하긴, 그 누구도 물어본 적 없고― 자신의 선택지를 먼저 말하는 사람도 없으니 당연한 거겠지만…….'
람화연은 조금 전 들었다. 신나라가 당시 선택했던 스킬의 이름을.

―그래요. 이젠 알죠. 방금 들었으니까.

마왕이 파를 쏘기 직전, 신나라는 교황의 앞을 가로막았다.

람화연보다 훨씬 빠른 반사 속도와 민첩성을 지녔으므로 그녀가 앞선 건 당연한 일이었다.

그 자리에서 그녀는 스킬을 사용했다.

'〈신인합일神人合一〉.'

신과 인간이 하나가 된다는 뜻.

해당 스킬이 어떤 능력이 있는지 물어보지도 않았고 물어볼 마음도 없었지만, 적어도 한 가지의 가능성은 추려 볼 수 있다.

'그것이 마왕의 공격력을 막을 정도의 능력이 있다는 것.'

람화정은 드래곤의 도움이 있었다지만 〈천사 강림〉 스킬을 활용하여 마왕의 공격을 맞받아친 적이 있다.

하물며 〈천사 강림〉은 12명의 천사의 힘을 고루 사용할 수 있는 게 아닌가.

만약 〈신인합일〉이 〈천사 강림〉과 유사한 스킬이라면?

'단순하게 생각해서 열두 개의 가능성을 단 한 개의 가능성으로 압축시킨 힘이라면…….'

마왕의 공격을 상대할 수 있었다는 것일까.

람화연이 신나라를 바라보았다.

그녀는 아무 생각 없이, 단순히 자신을 희생하여 세계를 구하고자 하는 교황의 최후를 살피기 위해 그곳에 있던 게 아니었다.

그러나 더 이상은 물어볼 수 없었다.

신나라는 작은 미소를 짓고 있었다.

―하지만 정작…… 마왕의 파를 가로막은 건 람화연 씨의― 아니, 이하 씨의 키메라였네요.

마왕의 파를 직접적으로 막아 낸 개체는 신나라가 아니라 자신이었으니까.
신나라는 〈신인합일〉 스킬을 사용하며 교황의 앞을 가로막았다.
그러나 뒤늦게 출발한 데다 중간에 멈출 여유조차 없었던 람화연 자신은 교황과 신나라의 앞을 '한 겹 더' 가로막지 않았던가.
'그리고 그때…….'
이하가 주었던 키메라 세 마리가 람화연의 앞을 감쌌다.
소와 양 그리고 돼지의 외형을 우스꽝스럽게 변형시킨 것 같은 키메라들이었으나 그 능력만큼은 보통이 아니었던 것이다.

―방어는…… 특히나 암 속성에 관한 공격이나 어둠 내성 같은 경우는 엄청났었으니까요. 그리고 키메라만으로 막아 낸 건 아녜요.
―네? 그럼 뭐가 또 있었나요?

신나라의 물음을 들으며 람화연은 자신의 귀를 만지작거렸다.

[사망 판정이 확인되었습니다.]
[버프—선지자의 눈물이 발동됩니다.]
[모든 HP가 회복되었습니다.]

귀걸이는 전보다 탁하게 보였다. 그 성능 중 하나가 완전히 소실되었으므로 당연한 것이리라.

〈정화의 신화〉

방어력: 750

효과: 스킬—귀속된 자들을 위한 회개

    암 속성 저항력 +80%

    적용받는 성聖 속성 스킬 효과 +50%

    지능 +15, 정신력 +25

    착용 시 버프—선지자의 눈물 적용

필요 조건: 레벨 200 이상

설명: 아흘로의 힘이 의심받고 교황이 지상 대리인의 역할을 하지 못하던 시절, 더 이상 규율을 지키지 않는 무리들이 패악을 저지를 때. 선지자께서 나타나 빛을 보였다. "보라, 이것으로 너희의 마음속에 있는 모든 의심과 반항심이 사라질지니." 그러자 무뢰한들이 무릎을 꿇고 "오오, 선지자여, 우리가 무슨 짓을 했나이까. 용서받지 못할 죄악을 죽음으로 갚겠나이다." 선지자는 그들을 직접 일으키며 눈물을 쏟았다. "죽음으로 용서를 구하는 것은 쉬운 일. 살아 용서를

구하는 것이 더욱 어려우니, 너희들은 헛된 희생을 하지 말고 주신의 품에서 살아갈지어다."

이것은 그의 눈물이 결정이 되어 만들어졌다고 전해지는 귀걸이다.

〈선지자의 눈물〉 [효과 발현으로 인하여 추후 미적용됩니다.]

설명: 선지자는 그가 속한 단체의 사람들이 함부로 죽는 것을 허락지 않았다. 죽음을 목전에 둔 무뢰한들을 살렸던 그의 눈물은, 당신의 죽음 또한 바라보고만 있지 않을 것이다.

효과: HP 1 미만의 판정 시, 모든 HP 즉시 회복

아이템 자체가 사라진 것은 아니지만 해당 아이템에 붙어 있던 버프는 이제 사라졌다.

어떤 의미로는 기정과 유사한 케이스였다.

'전설급 아이템 세 개로 만든 키메라 세 마리와…… 신화급 아이템에 있던 '신화급' 버프 하나가 날아간 건가.'

람화연은 죽었다.

엄밀히 말하면 죽음 판정을 한 번 무시했기에 살아남은 셈이었다.

두 여성이 귓속말을 나누는 터에 이곳에 모인 유저들은 답답함을 금할 수 없었다.

혜인과 루비니도 그들을 재촉하고 싶어질 때쯤 마침내 교

황이 입을 열었다.

"데임 신……."

"예, 성하."

"그대도…… 보았겠지요."

교황은 떨리는 손으로 신나라에게 묻고 있었다. 주변의 유저는 물론 람화연으로서도 이상하게 여겨지는 행동이었다.

그를 살린 것은 결과적으로 람화연이다.

그런데 람화연에게 감사 인사를 하는 것도 아니고, 신나라에게 무언가를 물어본다?

놀라운 건 교황의 말을 들으며 반응하는 신나라였다.

"아마도…… 본 것 같습니다. 아뇨, 확실히 봤습니다. 람화연 씨가 제 앞을 막아 주었을 때. 저는 봤습니다."

그녀는 교황이 무슨 이야기를 하는지 이미 알고 있다는 것처럼 말했다.

줄곧 같은 자리에 있었던 람화연조차 영문을 알 수 없을 정도니, 라르크가 입 모양으로 '뭘? 뭘? 뭘?' 하며 소리 없는 아우성을 지르는 것도 당연한 일이었다.

교황은 신나라의 손을 붙잡았다.

"그렇습니다. 주신께서 널리 알리고자 하셨던 말씀의 진수, 우리는 오늘 그것을 본 겁니다."

맞잡은 두 사람의 손 위로 교황의 눈물이 떨어졌다. 교황은 신나라의 손을 잡곤 람화연을 보았다.

"감사하고 또 감사한 일입니다. 람화연 님의 거룩한 행동이 마침내 이 땅에 꽃을 피우게 될 것입니다."

그는 람화연을 향해 깊게 허리를 숙였다.

루비니와 혜인마저도 깜짝 놀랄 정도의 극례克禮였다.

그는 람화연을 보며 아홀로처럼 대하고 있었다.

"네, 네? 아, 물론…… 하지만 저 혼자 한 일은 아니죠. 프레아 씨가 없었다면— 그리고 애당초 교황 성하의 각오와 신나라 씨의 용기가 없었더라면— 이 땅에 불씨가 피어오르진 않았을 겁니다."

람화연은 당황한 가운데에서도 똑 부러지게 말했다.

〈신성 연합〉을 다시금 모아 일으킬 수 있는 촉매제는 결국 자신이 아니라 교황이다.

람화연의 이야기를 들으며 교황은 푸근한 미소를 지었다.

"그런 단순한 이야기가 아닙니다. 그것은 아마도 데임 신이—."

———, ———, ———!

그러나 말을 더 이을 순 없었다.

"어떻게 된 거지? 누가 막았지? 내 〈공간과 이어진 관통〉마저 상쇄시킨 미친놈의 공격을 어떻게 막을 수 있었지?"

"신나라 씨인가요? 말도 안 돼! 탱커도 아니시면서 그런 탱킹은 반칙인데!"

"로드 바하무트가 직접 오겠다는 것을 가까스로 막고 오는 길이다. 어떻게 된 건지 상세하게 이야기하도록."

"……나로서는 이해할 수 없는 일입니다. 괴이한 짐승들이 그런 능력이 있었던 겁니까."

귓속말에 답변이 오지 않아 참다못한 유저들이 모조리 이곳으로 모여들고 있었으니까.

루거와 기정, 알렉산더와 키드를 시작으로 〈신성 연합〉에서 어느 정도 위치에 있던 거의 모든 유저들이 지휘 본부로 텔레포트했다.

"으, 으음, 이 정도 인원으로는— 컥!"

"성하! 괜찮으십니까!?"

시장 통과 다름없어진 이동식 지휘 본부의 회의실의 소란이 가라앉기까지는 시간이 제법 필요했다.

그리고 이 모든 이야기는, 신대륙의 이하도 전해 듣고 있었다.

'과연 화연이야. 귀걸이 버프를 너무 일찍 사용한 감이 없지 않아 있지만…… 교황과 신나라 씨를 살려 내기 위해서라면 얼마든 지불할 수 있지.'

〈신성 연합〉의 거시적 측면에서 보자면 오히려 이쪽이 득을 보는 거래라고 말할 수 있다.

이제 〈제3차 인마대전〉의 두 번째 날이 저물고, 살아남은 60기의 몬스터들이 로페 대륙 곳곳을 휘저을 것이다.

그러나 교황을 구해 내는 것을 보았다.

이미 해가 떠 있을 시점에 각국의 방어선과 방어 체계를 전부 손봤다.

'오늘 밤에는 당하기만 하지 않을 거다. 그렇게 하루를 또 버텨 낸다면……'

삼총사가 이곳에 모두 모이기까지 로페 대륙은 충분히 버텨 줄 수 있다.

이하는 푸른 꿈을 그려 보았다. 자신의 머릿속에서 낯익은 경계음이 들리기 전까지.

삣…….
삣…….

한동안 들어 보지 못했던 알람이지만 이하는 자신이 보유한 경계 효과에 대해 정확하게 기억하고 있었다.

'……뱀파이어!? 주변에 뱀파이어가—.'

그리고 현시점에서 뱀파이어라면 당연히 치요와 그 일행을 뜻하는 것이리라.

"원숭이들 전부 해산! 내가 부르면 다시 모여!"

이하는 낮게 속삭이고는 곧장 복지부동 자세를 취했다.

Geschoss 9.

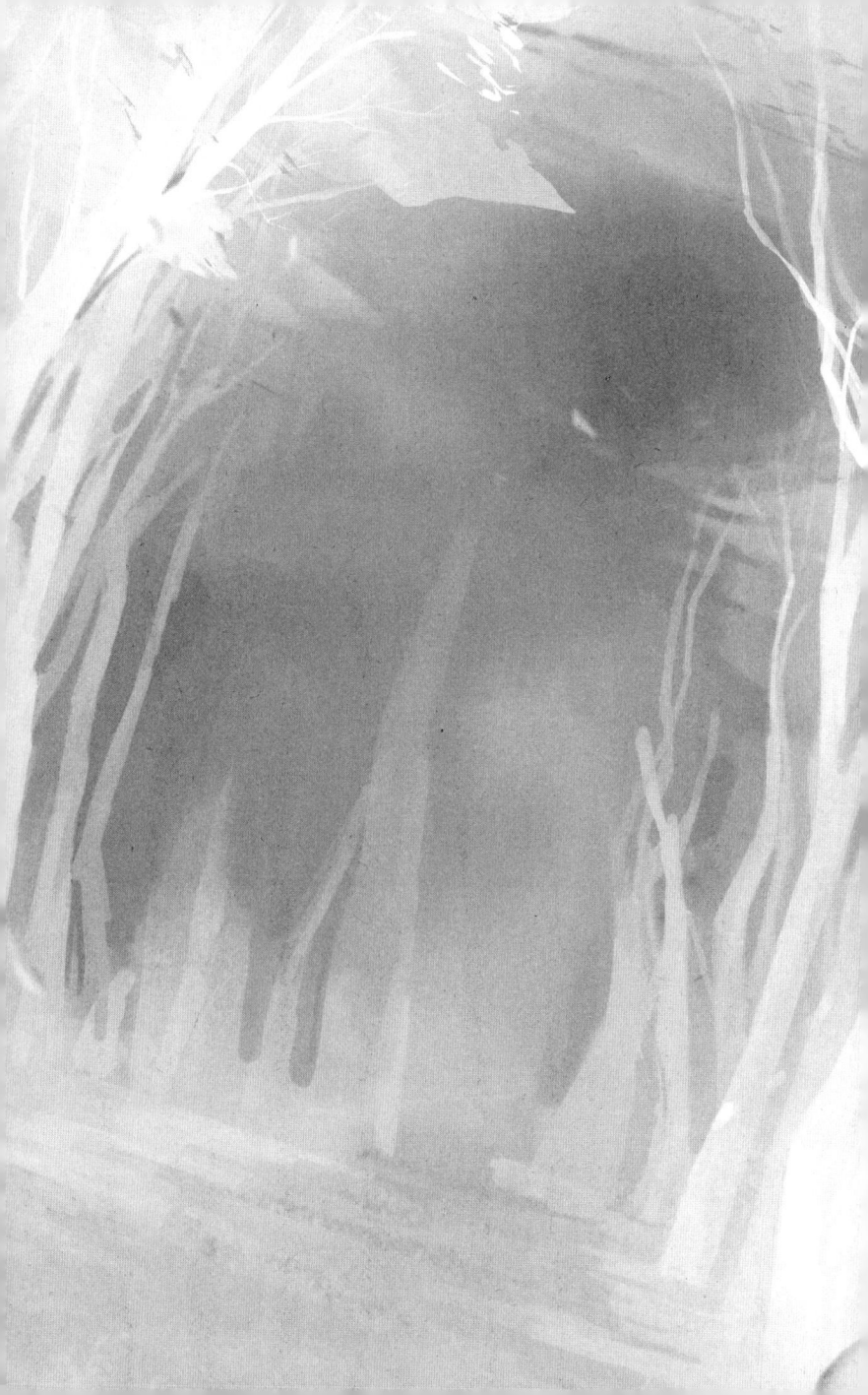

"〈카모플라쥬〉."

〈녹아드는 숨결〉을 사용하고 싶은 마음은 굴뚝같았으나 지금의 이하는 할 수 없었다.

귓속말이 끊기는 것도 걱정인 데다, 무엇보다 치요 일행에 대해 더 많은 정보를 파악하고자 했기 때문이다.

'괜찮아. 〈꿰뚫어 보는 눈〉은 어차피 자동 발동이다.'

파이로에게 마지막으로 들었던 적들의 수. 그리고 비교적 최근까지 프레아가 염탐했던 적의 수를 고려하자면 들킬 위험도 그리 높지 않다.

'카일 또한 나를 발견하지 못했을 거야. 봤다면 벌써 쐈겠지.'

〈마음의 눈〉 스킬을 사용한다면 상호 연동이 되어 버리므로 오히려 들키게 된다.

지금은 섣부른 스킬 사용보다도 최대한 기척을 숨긴 채, 알람 소리와 주변의 소음에 집중해야 할 때다.

일몰이 완전히 마무리되고 이제 밤이 되어 버린 신대륙 서부의 숲에서 이하는 조용히 숨을 죽였다.

삣…….
삣…….

소리는 커지고 주기는 짧아졌다. 점차 알람의 대상이 가까워지고 있다는 뜻이다.

주변의 몬스터들을 전부 해산시켜 놨으므로 이제 와서 특이 사항이라 느껴지는 건 없을 터, 이하는 자신 있었다.

'하지만…… 보이는 건 딱히 없는데. 적어도 사람의 형상은 없다. 밤이라서 박쥐로 움직일 가능성도 있다지만―.'

적어도 카일은 그런 모습이 아니어야 한다. 박쥐로 변하거나 안개화하는 것은 뱀파이어의 특수 능력일 뿐이다. 마탄의 사수이자 아직 인간으로 남아 있는 카일은 그런 일을 할 수 없다.

이하는 엎드린 자세에서 조심스레 목을 들어 하늘을 살폈지만 역시나 〈꿰뚫어 보는 눈〉에 걸리는 인간의 형상은 없었다.

삣…… 삣…….
삣…… 삣…….

점차 빨라지는 알람은 듣는 이의 호흡과 심박마저 빠르게 만들기 충분했으나 이하는 프로였다.

머릿속에 울리는 소리가 아니라 자신의 템포로 호흡을 쪼개고 나누며, 그는 자신을 안정시켰다.

그의 호흡이 아주 잠시 흔들린 것은 알람 때문이 아니었다.

삣―삣―삣―삣…….

사실상 10m 이내 접근이라는 말도 안 되는 상황에서도 이하 자신의 눈앞에 보이는 게 오직 몬스터밖에 없다는 게 어떤 의미인지 파악했을 때였다.

'흡― 설마…….'

바스락, 쿠우우우웅―!

수풀을 헤치며 나타난 것은 몬스터였다.

그것은 이하가 줄곧 부렸던 원숭이나 작은 새를 야수화시킨 소형 날짐승 몬스터와는 형태부터 달랐다.

'엔트Ent? 오염된 세계수의 숲 인근에 있던 나무 몬스터들!?'

푸른 수염의 괴수 군단이라고 말해도 믿을 정도의 거구를 지닌 몬스터는, 겉보기에는 나무라고 착각할 정도였다.

어째서 이렇게 가까이 뱀파이어가 오도록 이하가 알아볼 수 없었는가.

'몬스터가 뱀파이어가 됐어. 아니, 엔트라면 이미 기정이네가 질릴 정도로 정리했던— 〈신성 연합〉이 신대륙 서부를 점령하고 있을 시절에 사실상 '벌목 그룹'이 따로 결성될 정도로 많이 죽였던 몬스터다.'

그들 중 뱀파이어는 없었다. 크기가 크므로 피격 포인트가 많고, 동작이 느려 회피가 쉬우며 무엇보다 불 속성에 약하다. 거기에 밤이 되어 광합성을 못하게 되면 이동 속도가 10% 감속된다.

무수한 유저들의 레벨 업 제물이 되어 주었던 몬스터의 특이 사항 중 '뱀파이어 개체가 있다'라는 말 따위는 들어 본 적도 없다.

쿠우우우웅……!

엔트 한 기가 이하의 옆을 스쳐 지나갔다. 이미 밤이 되었음에도 그 동작은 매우 민첩했다. 그런 엔트 뒤로, 또 다른 엔트들이 보였다.

적어도 이하 눈에 보이는 모든 엔트들은 뱀파이어가 되어 있었다.

이제 와서 이런 특이 개체가 발생하게 된 이유라면 역시나 하나뿐일 것이다.

"흐으음, 이상하네. 엔트들의 말로는 평소와 달리 원숭이들이 자신들의 가지를 피하지 않고 잡아갔다고 했거든요."

바람은 콧소리가 섞인 여자의 음성을 실어 주었다.

미약하게 들리는 목소리의 방향을 찾아낸 후, 이하는 눈에 힘을 주었다.

곧 여성과 남성의 모습이 보였다.

이하는 엎드린 자세 그대로, 조심히 왼손으로 자신의 심장 부위를 눌렀다. 호흡은 감출 수 있어도 심박까지 통제할 수는 없는 법.

'그래도 지금은…… 해내야 한다.'

두근거리는 심장박동마저도 눈치를 챌지 모르는 괴물이 저 곳에 있었다.

"공격을 하지 않는다는 걸 깨달은 거겠지. 치요, 네가 줄곧 주의를 주지 않았나."

남성의 목소리가 들려왔다.

이하에게는 상당히 이질적으로 들렸다. 목소리뿐만이 아니라, 그 모습마저도 알아보기 힘든 남성이 치요의 곁에 있었다.

"물론이죠. 야수화가 끝난 몬스터는 모두 푸른 수염의 관리 하에 있다니까. 괜히 녀석들을 건드렸다가— 로페 대륙의 레가 우리 위치를 찾아내기라도 하면 곤란하잖아요? 이거 알아내려고 마왕군의 첩자에게 쏟아부은 돈이 얼마인 줄 알아요?"

치요는 카일을 보며 웃었다. 지금 시점에서 에얼쾨니히와 푸른 수염에게 위치를 들킨다면 제3세력을 빙자하는 치요 측은 끝이다.

그럼에도 그녀는 제법 가벼운 목소리로 말하고 있었다.

"어쨌든 지금까지 우리를 피해 다녔던 원숭이들이 갑자기 엔트의 몸을 밟으며 뛰어다녔다…… 분명 무슨 변화가 있다는 징조일 거예요. 예를 들어, 누군가가 이곳에 왔다던가."

갑작스레 톤을 바꾸며 뱀처럼 쉿쉿거리는 치요.

그녀는 굳이 주변을 돌아보지 않았고 곁에 있는 남성에게 물었다.

"어떻게 생각하세요?"

"……딱히. 누군가 침입했다면 레의 부하들이나 네 녀석의 뱀파이어 엔트가 먼저 발견했겠지."

"으음, 그렇긴 하겠지만……. 혹시 모르죠. 우리가 찾는 녀석은…… 언제나 그런 식으로 뒤통수를 쳤으니까."

치요 외에도 뱀파이어 유저는 몇몇 있었다. 적어도 파이로는 거짓말을 하지 않았다.

프레아 또한 거짓말을 한 것은 아니다. 그녀가 알아들을 수 있는 것은 그림자를 통한 염탐뿐이다.

그들이 나누는 대화의 파편을 들을 수 있다는 점과 그런 일을 할 수 있는 개체 수를 파악하는 정도에서 그치는 것이었으므로, [야수화에 젖어 들지 않은 몬스터를 뱀파이어로 만든다]는 지금의 상황을 예측할 수는 없었으리라.

여전히 미들 어스의 시스템을 파고드는 치요의 능력은 뛰어났다. 만약 이하가 조금이라도 조심성 없이 행동했다면 곧장 들켰을지도 모른다.

'어떻게 저럴 수가 있지? 저건…… 젠장, 상상도 하기 싫은데.'

그러나 이하는 치요의 여전한 지략이나 뱀파이어 퀸이 지닌 능력에 놀라고 있는 게 아니었다.

엔트의 발자취를 조심히 뒤쫓으며 걸어오던 치요 무리 '따위'는 그가 신경 쓸 게 아니었다.

'총이 없어. 마탄의 사수에게서 마탄의 사수에게로 전해지는— 그 총기가 없다!'

치요의 곁에서 걷고 있는 남자가 있다.

그의 한쪽 팔은 새까맣게 변해 있었다.

단순히 색상만 변한 게 아니라, 어깨 뒤로 길게 튀어나온 뿔과 같은 형태나, 손이 있어야 할 자리에 기묘한 색의 힘줄들이 얼기설기 엮여 있는 것도 보였다.

'그리고 난 저런 걸 본 적이 있지. 언데드 엘리자베스가 분명히…… 비슷한 모습이었다.'

그녀는 총을 따로 들고 다니지 않았다. 양팔을 한데 모아 잡으면 팔 자체가 총기가 되어 버렸다.

지금 이하의 눈앞에 보이는 남성의 특징이 그것과 유사하다면, 남성의 정체는 너무나 뻔한 것이었다.

"그나저나…… 〈신성 연합〉이 버티고 있다지만 로페 대륙의 일도 곧 정리가 끝날 텐데. 저희는 언제 넘어갈 거죠, 자미엘 님?"

치요가 그의 이름을 불렀다.

지금까지 불러왔던 '카일 님'이 아니다.

치요의 주변인들이 공포의 대상처럼 칭했던 '마탄의 사수 님'이 아니다.

이하는 변해 버린 카일의 외형과 치요의 말투에서 이제 상황을 거의 다 읽어 낼 수 있었다.

미들 어스는 한 명의 유저라도 있으면 이야기가 진행된다. 그리고 이곳에는 치요가 있다.

로페 대륙에서 〈제3차 인마대전〉이 있다고 하여 《마탄의 사수》 시나리오가 멈춰 있을 리가 없다는 뜻이다.

'자미엘이 마침내……. 카일을 집어삼킨 건가.'

이하가 가장 우려했던 점 중 하나, 자미엘에 의한 카일 잠식이 끝났다는 의미로 해석할 수 있는 순간이었다.

단순히 카일의 영향력이 사라졌다, 정도로 끝날 일이 아니다.

이하는 그대로 숨을 죽였다. 뱀파이어 엔트 무리의 뒤를 쫓던 치요 일행은 이제 이하와 300m 남짓도 되지 않는 거리까지 도달해 있었다.

자미엘의 모습은 더욱 또렷하게 보였다. 그의 얼굴에 있는 눈동자 색도 알아볼 수 있었다.

양쪽의 눈동자 모두 푸른빛을 띠고 있었다.

그럼에도 이하는 패닉에 빠지지 않았다.

'아니, 아니다. 완벽하지 않을 거야. 그럴 순 없어.'

총기를 '흡수'하고 있는 것처럼 보이는 팔이나, 더 이상 카일의 흔적을 찾아볼 수 없는 눈동자. 어느 모로 보아도 안 좋은 신호였지만 가장 중요한 사건이 발생한 적 없다는 것!

'무제한의 마탄…… 그걸 쓰지 않았다.'

자미엘이 카일을 집어삼키려 했던 것은 더 이상 페널티를 받지 않는 마탄을 사용하기 위함이지 않았던가.

만약 저 몸을 완벽하게 장악했다면 이미 로페 대륙에 있는 주요 인물들은 전부 죽었어야 옳다.

마탄의 힘이라면 대륙과 대륙 간의 거리, 목표물을 가로막고 있는 장해물의 유무 따위는 아무 의미도 없을 테니까.

그럼에도 아직 마탄의 희생자가 없다는 뜻은?

"아직 완벽하지 않다. 큭큭…… 이 인간의 육신은 거의 다 지배해 가고 있지만— 아직 '정리'가 되지 않은 부분이 남아 있지 않은가."

자미엘은 총기화되어 가는 오른팔을 톡, 톡 건드렸다.

"마왕이 완전 부활한 이후, 로페 대륙의 침공을 준비할 때부터 변하기 시작하셨으니…… 이틀 후면 100일이 되는 날이죠? 일주일, 열흘, 한 달 모두 반응이 없으셨으니— 아무래도 100일이 특수한 기한이 아닐까 싶은데."

치요는 그것을 보며 옅은 미소를 지었다.

자미엘 또한 치요를 보고 웃었다.

"네 녀석이 인간치고는 머리가 좋다고 생각하지만…… 크크, 그것만으로 될 게 아니다, 치요."

"네, 네. 알겠습니다. 찾아봐야죠."

치요는 장난치듯 말했으나 그 태도만큼은 여전히 공손했다.

그러나 듣고 있던 이하도 알 수 있었다.

과거와 달라졌다. 자미엘이 카일을 막 잠식해 가던 때에 비하면, 자미엘에게는 한결 여유가 생겼고 치요 또한 자미엘을 전보다 친근하게 대하고 있다.

'좋지 않아.'

두 존재가 서로 반목하거나 싸워야, 서로가 서로의 목표를 향해 일시적으로 손을 잡은 관계 정도여야 자신이 그 틈을 파고들기 편할 텐데.

이제 치요 일행은 이하에게서 불과 40m 떨어진 거리를 걷고 있었다.

그들의 진행 방향이 자신을 정면으로 향하는 게 아니었으므로, 아직까진 다행이었지만 결코 방심할 수는 없었다.

"그럼 지금 확인해 봐야겠네요. 자미엘 님께서 원하시는 게 어디에 있는지. 어차피 수중 몬스터들을 뱀파이어화시킨 것도 있으니까, 아니면 바로 출발하시는 게 좋을 거예요."

이하는 그들의 대화를 유심히 듣는 중이었다. 엔트뿐만이 아니라 수중 생물조차 뱀파이어로 만들어 두었단 말인가.

그것들을 한데 묶어 뗏목처럼 사용한다면? 치요 일행도 자유로이 로그아웃 휴식을 취해 가며 20일 내에 로페 대륙에 도착할 수 있는 게 아닌가.

'이 정보를……. 음?'

치요가 신대륙에서 무엇을 하는지.

카일과 자미엘의 상태가 어떻게 변했는지.

보고 들은 모든 정보를 전하려는 찰나, 이하는 등골이 서늘해지는 기분을 느꼈다.

방금 치요가 뭐라고 했지?

'수중 생명체를 뱀파이어 시킨 것 이전에…….'

[지금 확인해 봐야겠네요]

확인한다? 무엇을? 치요가 '확인'할 수 있는 게 뭐가 있지?

아직 로페 대륙에 남아 있는 시노비구미들을 활용한 정보 수집?

〈제3차 인마대전〉 두 번째 날의 전황이 어떻게 변했는지에 대한 정보?

'아니다. 그게 아니야……!'

그것은 실시간으로 보고 듣고 정리를 끝냈을 것이다. 더 이상 전투가 벌어지지 않고 있는 현재 그녀가 확인할 만한 정보는!?

이하는 떠올렸다. 머릿속의 알람은 분명 이하에게만 들리는 것이다.

일정 반경 내 뱀파이어가 있을 경우 알려 주는 조건부 버프인 셈.

그렇다면 치요에게는?

'거리와 관계없이…….'

일정 시간마다 위치를 알 수 있다. 30일에 한 번.

그녀는 이하 자신의 위치를 파악할 수 있다.

이하는 줄곧 치요 일행을 보고 있었다. 그들의 걸음걸이는 멈춘 상태였다.

"좋다. 블랙 베스가 있어야 해."

자미엘이 말하는 순간, 치요의 고개가 돌아갔다.

두 사람은 눈을 마주쳤다.

"〈고스트 인 더 쉘〉!"

투콰아아아————……!

이하의 방아쇠가 빨랐다.

—이런 미친놈! 그래서!? 벌써 죽은 건 아니겠지?

—그가 죽었다면 이렇게 귓속말을 하고 있겠습니까. 생각을 하고 말하는 게 좋을 겁니다, 루거.

―다, 닥쳐! 나도 알고 있어! 자미엘을 죽였냐고 물어본 거다!

―하이하가 죽었냐고 물어본 거라는 걸 알고 있습니다.

―아잇! 둘 다 시끄럽고! 하여튼 지금 내가 말한 거, 무슨 뜻인지 알지?

삣…….

삣…….

이하는 귓속말을 주고받다 말고 곧장 엎드렸다. 매우 느린 템포. 〈꿰뚫어 보는 눈〉에 보이는 것은 박쥐 한 마리였다.

'방향이 달라. 곧 멀어질 거다.'

이 정도 거리에서 박쥐가 이하 자신을 볼 수는 없다. 이하는 곧장 지도를 펼쳤다.

마왕이 부활한 이후에도 신대륙의 지형 정보가 특별히 변한 건 없었으므로, 페르낭의 지도를 참조한다면 현 위치와 직전 위치 정도는 충분히 확인할 수 있었다.

〈고스트 인 더 쉘〉을 통해 날아온 거리는 약 6km. 멀다면 멀지만 짧다면 짧은 거리다.

―하지만 자미엘의 상태로 보아 하이하 당신 혼자 상대할 수는 없을 겁니다.

―그리고 내가 말한 거 잊었나!? 둘 이상의 변수가 필요하다고! 네 녀석 혼자 할 수 있는 게 아니란 말이다!

―젠장, 나보고 어떡하라고! 치요 그 망할― 하필 지금이 딱 30일 주기에 걸릴 줄 내가 어떻게 알았겠어!

해당 스킬을 30일 주기마다 칼같이 사용했는지도 알 수 없다.

최초의 한 번은 눈치챌 수 있었으나 그 이후부터는 치요가 마음 내킬 때 사용하는 스킬이므로, 그것을 예측하는 건 불가능한 일. 따라서 그 이후 이하는 해당 스킬을 완전히 잊고 있었던 것이다.

'그게 하필이면 이렇게……. 제기랄.'

설마 이 시점에 걸릴 줄이야.

이하는 물론이고 〈신성 연합〉의 측면에서도 최악의 타이밍이라 볼 수 있었다.

―하여튼 화연이한테도 말하긴 했는데! 당신들밖에 없으니까! 전달 좀 잘 해!

―피해라, 알았냐? 어떻게든! 기어서라도 도망 다녀! 죽지 마!

―푸하핫, 죽으라고 말해도 안 죽을 거니까. 내 걱정은 말고―.

―걱정? 미친놈, 자미엘이 블랙 베스를 쓴다고 상상하니

까 토악질이 나와서 그런다!

―젠장, 그냥 하는 말이겠지! 어차피 블랙은 자미엘이 쓸 수 없는 거라고.

자미엘이 블랙 베스를 필요로 하는 이유는 도대체 무엇인가.

이하는 루거의 말에 맞받아쳤으나 불안감은 쉬이 가시지 않았다.

불행 중 다행이라면 블랙 베스는 함부로 타인이 사용할 수 없는 아이템이라는 것.

가까스로 루거의 말에 반박했지만 키드의 말에는 반박할 수 없었다.

―우리의 아이템은 '거래 불가'이지만 사용자가 사망한 직후라면 어떻게 될지 알 수 없습니다. 아니, 엄밀히 말하면⋯⋯ 사용자가 '소멸'한 직후라면, 비각인 아이템이 되어 버릴지도 모릅니다. 루거가 무슨 말을 하는지 이해했습니까.

―아⋯⋯.

블랙 베스는 설령 이하가 죽어도 루팅할 수 없다.

이것은 '거래 불가' 아이템이므로, 어떤 꼼수를 써도 최초 각인된 유저 외의 타인이 '사용'할 수 없다.

'보틀넥의 경우도 그렇지. 개조를 위해 잠깐 맡아 주거나,

대장장이의 권한으로 테스트는 할 수 있지만—.'

 그가 블랙 베스를 들고 전장에 나선다면 탄환은 나가지 않을 것이다.

 즉, [거래 불가] 아이템은 타인의 손에 맡겨지거나 타인이 만지고, 들 수는 있지만, 타인이 [효력]을 발휘할 수는 없는 아이템이라는 뜻이다.

 하지만 만약 최초 각인 유저가 〈미들 어스에서 사라지게〉 된다면?

 '마탄에 맞게 되면…….'

 일반적인 죽음이 아니다. 48시간의 로그인 페널티를 받고 재접속하는 일반적인 죽음과 다르다.

 그 경우 블랙 베스에 각인된 유저는 어떻게 취급되는가.

 —그리고 그 새끼, 팔을 치면서 아직 부족하다고 했다면— 100% 잠식이 끝났을 때, 그 팔의 흔적마저도 사라질 가능성이 높잖아. 그 상태에서도 탄환을 쏠 수 있을지는 모르겠다만— 만약 못 쓴다고 가정하면 분명히 총기를 필요로 할 거다.

 또한 현재는 총기와 결합 중인 것으로 보였던 그의 오른팔이 완전히 인간과 같아진다면? 과연 그곳에서 탄환은 발포될까?

 만약 안 된다고 가정했을 시, 그다음 필요로 하는 아이템은?

논리적으로 완벽한 추론과, 설령 가능성이 있을지도 모르는 추측까지.

두뇌의 키드와 본능의 루거는 대륙과 대륙을 건너서도 그 힘을 발휘하고 있었다.

'하여튼 이 인간들…….'

이하는 작게 감탄했다.

물론 시간이 있었더라면, 당장 주변에 뱀파이어들이 없거나 치요에게 쫓긴다는 느낌을 받지 않았다면 자신도 생각을 해 낼 수 있었을 것이다.

'여유가 있었다지만— 내가 허겁지겁 뱉어 낸 말만 가지고 이렇게…….'

이하는 키드와 루거의 능력에 감탄하고 있었으나 두 사람이 이러한 생각을 끌어내기 위한 절대 조건은 따로 있었다.

그것은 전제가 되는 정보에 대한 100% 신뢰.

이하가 잘못 봤다거나, 이야기를 오해해서 받아들였다면?

만약 키드와 루거가 이하의 이야기를 이런 식으로 이해했을 경우 올바른 방향으로 생각이 뻗어 나갈 수 없다.

오히려 그들은 지근거리에서 치요와 카일에게 발각되었음에도 혼자 힘으로 살아 도망친 이하의 능력에 감탄하고 있었다.

그리고 당연하게도, 세 사람 모두 서로에게 이런 이야기는 하지 않았다.

삣…….

삣…….

템포가 빨라졌다. 이하는 결정해야만 했다.

지금 시점에서 〈녹아드는 숨결〉을 사용하고 잠적을 해 버릴 것인가.

'녹아드는 숨결의 쿨타임은 24시간……. MP가 중간에 부족해질 것도 생각해야 한다. 무엇보다 몬스터를 뱀파이어로 만들 수 있다는 건— 주변의 동물도 충분히 가능하다는 뜻이야.'

치요도 에얼쾨니히와 푸른 수염의 몬스터는 유의하고 있지만, 그 외의 동물들이나 일반 몬스터는 전혀 경계하지 않고 있다.

오히려 뱀파이어화할 수 있는 몬스터는 앞으로도 더욱 늘어난다고 보는 게 옳을 것이다.

'하지만 다짜고짜 싸워서도 안 돼. 최후의 순간 찰스에게서 나온 힌트도 그거였잖아.'

[마탄의 사수를 상대하기 위해서는 둘 이상의 변수가 필요하다.]

단순히 마탄의 사수의 시야가 넓기 때문만은 아닐 것이다.

'마탄을 맞아 줄 상대 하나와, 그 마탄이 발동되는 순간 상대할 수 있는 변수 하나…… 같은 개념이라면—.'

이하도 신대륙에서 놀고만 있었던 게 아니다.

이곳에서 여러 유저들의 시점과 개인적인 추측 그리고 생각 등을 한데 그러모아 분석해 내는 것.

그것은 평소 직접 참여했던 이하로 하여금, 조금 더 넓고 다양한 관점에서 상황을 바라보게 만들어 주는 힘을 충분히 길러 주었다.

[묘오오오옹—!]

"엇!?"

핏—!

젤라퐁이 몸을 던지기 무섭게, 이하가 조금 전까지 숨어 있던 덤불이 버스럭거렸다.

타아아앙————————……!

멀리서부터 들려오는 것은 총성이었다.

카일이든, 자미엘이든 타깃을 색별하는 능력은 결코 이하에게 떨어지지 않는다.

—키드! 루거!

—이름 부를 시간에 빨리 용건이나 말해!

—일단…… 전투 돌입한다.

—무슨— 무슨 뜻입니까. 설마 싸우겠다는 의미입니까?

이하는 블랙 베스를 들어 올렸다.

카일에게서 피할 수 있을까? 이미 이곳까지 왔다는 게 들킨 이상, 숨바꼭질은 사실상 불가능해졌다고 봐야 한다.

〈꿰뚫어 보는 눈〉에 보이는, 마치 열화상처럼 멀리서 일렁이는 점 하나.

눈에 보이는 거리는 4.7km 전후. 카일과 자신의 총기 성능이 유사하다고 볼 때, 탄두의 도착과 총성의 도착 시간 차를 활용한 크랙-썸으로 역산한 거리는 4,630m.

직선상 우회로는 두 곳, 각 1.5km 지점에서 한 번, 3.8km 지점에서 한 번.

풍향은 남서, 풍속은 약 8m/s으로 약하진 않으나, 두터운 기둥의 나무들이 많은 숲 내부이므로 그 영향은 미미.

"후우우우우……."

그렇다면 남은 길은 하나뿐이다.

―활로가 전방에 있으니 어쩔 수 없잖아. 죽지 않거든 연락할게. 집중해야 하니까 우선 끊는다.

―이런 미친―.

"하아아아아……."

이하는 조용히 읊조리며 방아쇠를 당겼다.

"〈커브 샷〉."

투콰아아아————————……!

에리카 대륙에 발을 들인 이후 마침내 블랙 베스가 첫 번째 포효를 터뜨렸다.

파사사사삭—!

나뭇잎을 파헤치며 이하의 몸이 공중으로 떠올랐다.

날아가는 와중에도 몸을 뒤집어 균형을 잡아 블랙 베스를 견착시켰으나 방아쇠까지는 당길 수 없었다.

"끄으윽!"

온 힘을 다해 고개를 목 뒤로 넘기는 동작. 뜬금없는 곡예인가 싶었으나 이하의 턱 끝에 시원한 바람이 느껴졌다.

타아아앙————————……!

들려오는 총성만으로도 알 수 있다. 거리는 벌써 2.8km까지 줄어들었다. 이하는 허공에서 그대로 클릭을 만졌다.

보지 않아도 알 수 있다. 지금까지 숱하게 만져 왔던 블랙 베스는 사실상 이하와 한 몸이라고 봐도 좋을 정도니까.

여전히 착지하지 못한 허공에서, 이하는 그대로 견착하고 방아쇠를 당겼다.

"이것도 막을 수 있나 봅시다! 〈번 아웃〉!"

투콰아아아————————……!

날아가는 탄도의 궤적이 보인다. 중간중간 나뭇가지에 스치긴 하겠지만 운동 에너지를 조금 잃을 뿐이다.

그러나 탄환은 또다시 대상에게 닿을 수 없었다.

―각인자여, 놈의 탄환에는 혼이 실려 있지 않다. 나의 이빨은 놈의 본질에 닿지 않는다는 걸 다시 한 번 말해 주어야 하는가.―

"말해 주지 않아도 알아, 블랙! 제기랄, 도대체 어떻게 된 거야? 무슨 절대 방어막도 아니고!"

[묘오옹!]

젤라퐁은 이하를 황급히 이동시켰다. 입체 기동의 속도는 일반적인 달리기를 아득하게 뛰어넘는다.

그럼에도 카일과 치요 일행은 이하를 따라잡고 있었다.

'공중에 떠서 오는 거겠지. 역시 미들 어스 최상급 사수이기는 하네.'

입체 기동에 충분히 적응한 자신도 탄환을 쏘기 위해서는 어느 정도 안정된 순간이 필요하건만, 적은 그런 것도 관계없다는 듯 계속해서 탄환을 쏘고 있다.

그것들을 피해 이동하다 가까스로 잡은 한순간, 방아쇠를 당기면?

"젤라퐁!"

[뫙!]

이하의 몸이 우뚝 멈췄다. 멈추는 타이밍을 이미 알고 있었던 이하는 곧장 외쳤다.

"〈다탄두탄〉!"

푸화아아아─────────ㄱ!

눈앞에 보이는 모든 장해물을 파괴하며 날아갈 것 같은 다탄두탄이었으나 막상 대상의 인근까지 갈 수 있는 건 6발이 전부다.

'하지만 6발이라면…… 이번에는─.'

─────, ─────, ─────!

'─이번에도 안 된다고!'

그러나 멀리서부터 들려오는 총성과 〈꿰뚫어 보는 눈〉에 보이는 변함없는 실루엣은 이하의 공격이 다시 한 번 실패했음을 알려 주고 있었다.

키드와 루거에게 모든 사항을 전달한 후 전투를 개시했다.

그로부터 벌써 1시간이 넘도록 이하는 전투를 치르고 있었다.

그런데 이게 어찌 된 일인가.

'〈의지의 탄환〉을 맞추면서 뭔가를 배운 걸까? 아니면…… 이게 바로 자미엘의 진정한 힘?'

자신은 틀리게 쏘지 않았다.

작은 오차가 있을 거라는 생각은 했지만 옆구리를 뚫을 탄환이 허벅지를 뚫는 정도의 차이일 뿐이다.

반드시 탄두는 적의 몸을 꿰뚫었어야 했다.

그러나 지금까지, 단 한 발의 탄환도 목표물의 몸에 닿지 못했다.

─크크크…… 과연 자미엘. 과연 나의 영원한 원수.─

"웃기냐! 총알로 총알을 맞추는 건, 젠장, 그때 키드가 말했듯 아무리 '노리고' 했어도 100만분의 1의 가능성이 될까 말까 인데! 무슨 클레이 사격도 아니고, 어떻게 전부 떨어뜨릴 수가— 악!"

모든 탄환이 도중에 떨어지고 있었으니까.

벌써 몇 번이나 시험을 했다. 최초의 〈커브 샷〉이 중간에서 사라졌을 때만 해도 알지 못했다.

이하는 치요와 자미엘 또는 카일과 자미엘의 사이를 갈라놓을 수 있지 않을까 하는 마음에 〈저수지의 개들〉을 사용했으나 그것 또한 중간에 사라졌다.

〈의지의 탄환〉과 유사한 스킬이라는 의심이 들어, 그다음으로 사용한 게 〈마나 증발탄〉, 물론 그것도 목표물에 도달하지 못했다.

'〈단 하나의 파괴〉도 소용이 없겠지. 그냥 부딪치고 탄환을 없애면 끝이니까.'

특수 옵션이 있는 탄환으로 적들을 혼란에 빠뜨리고, 그 사이 다른 노림수를 써 보려는 이하의 작전은 최초 10분 사이 전부 파훼되었다.

그리고 남은 것이 바로 지금의 전투, 저격전이다.
다만 현실의 저격전과 다른 점이라면?
——————————————…….
정적인 저격이 아니라 동적인 저격을 해야 한다는 것이었다.
세찬 바람이 이하의 머리를 마구잡이로 휘날리게 만들었다.

당장 머리칼만 흩날리는 게 아니다.
휘유우우우————————— ㅇ!
바람 소리가 귀를 멍하게 만들 정도로 강했다.
일반적인 사람이라면 그 속도감만으로도 겁을 먹고 주저앉았을지도 모른다.
'헬리콥터에서 저격하는 훈련도 질리도록 했지만—.'
그것과는 차원이 다르다. 헬리콥터보다 더 격렬한 기동에, 속도 또한 부족함이 없다.
저격은커녕 개틀링포를 마구잡이로 쏜다 해도 목표물을 맞히기 쉽지 않을 것이다.
그 와중에 저격전을 한다고?
젤라퐁이 아니었다면 이하는 이미 자신이 죽었을 거라는 걸 알고 있었다.
투콰아아아————————……!

내 탄환은 적에게 도달하지 못하는데.

타아아앙———————————······!

적의 탄환은 나의 심장을 스쳐 지나가고 있었으니까.

[묘홍!]

"크윽, 젤라퐁! 버텨!"

이하는 보았다. 날아가는 자신의 탄환이 중간에서 무언가와 강하게 부딪치며 옆으로 튕겨져 나가는 모습을.

'마탄이 아니라는 걸 다행으로 생각해야 하는 건가. 제기랄.'

그것은 분명한 물리적 충돌에 의한 결과다.

지금까지 탄환이 사라졌던 게 말 그대로 자미엘의 능력이라고 봐도 좋다는 의미다.

'물리적 충돌이라면 대응 방법은······.'

이하는 스킬 창을 열어 보았다. 그동안 흡수해 두었던 수많은 〈특성〉들이 있다.

탄환이 멈추는 그 지점에서 폭발을 일으키는 탄도 있다. 그러나 〈익스플로젼〉이나 〈화염 방사〉의 기능이 있는 특성 탄환이 먹힐까?

이하는 고개를 가로저었다. 지금까지 탄두가 사라지는 지점들을 확인한 바, 적어도 목표물에서 130m 이상 떨어진 곳이었다.

'마지막에 사용했던 〈다탄두탄〉이 겨우 150m 선을 한 번 뚫은 거지. 지금 상호 간 거리라면— 속도가 줄었다고 해도 막

을 수가 없어야 정상인데.'

하물며 MP도 관리해야 한다. 자칫하면 〈의지의 탄환〉이나 〈마음의 눈〉도 쓰지 못하고 MP가 소진될 수 있다.

거리는 점점 좁혀지고 있었다. 이제 치요를 비롯한 시노비구미의 잔챙이들도 또렷하게 보였다.

주변에서 포위망을 만들려고 노력하는 뱀파이어화 몬스터들도 보였다.

루거의 말이 맞았다.

자미엘은 혼자서 상대할 수 있는 게 아니다.

단, 치요나 '기타 등등' 때문이 아니었다.

'카일과 자미엘 그리고 나…… 2:1인가.'

원래부터 엄청난 사격 솜씨를 지녔던 카일에게, 자미엘의 힘이 충분히 결합되었다.

카일의 신체 능력을 고스란히 받아서 사용할 수 있다면 총기 안에 봉인되어 있다 처음으로 몸을 쓰는 자미엘이라 할지라도 부족함이 없을 터.

그렇다면 이 상태에서 이하 자신이 선택할 수 있는 길은 무엇이 있는가.

달 밝은 밤, 이하는 고민했다.

'결국…… 걸어 봐야 하나.'

아직 하나의 수는 남아 있었다.

이하는 캐릭터 창을 열어 자신의 MP 잔량을 확인했다. 한

턱당 회복되는 MP량을 고려한다면, 앞으로 두 시간은 더 싸워야만 한다.

아무런 스킬도 사용하지 않은 채.

"후우우…… 이제부터가 지옥이겠군."

이하는 이를 악물고 블랙 베스를 견착시켰다.

젤라퐁이 스태빌라이져의 역할을 하며 블랙 베스의 총신을 받쳐 주었다.

투콰아아아—————……!

총성이 울렸다. 에리카 대륙 서부의 밤은 결코 조용하지 않았다.

"오, 오카상, 도대체 이게— 히익!"

"대단해. 이런 능력이 있었는데 왜 지금까지 여기에 틀어박혀 있어야 했던 겁니까?"

치요는 그들을 노려보았다. 두 사람은 곧장 입을 다물고 허리를 90도로 숙였다.

평소라면 치요의 말에 절대복종하고 치요에게 아무것도 묻지 않는 사람들이다.

그러나 시노비구미의 경직된 통솔 체계까지 뒤흔들 정도로 지금의 총격전은 손에 땀을 쥐게 만들고 있었다.

'하이하 녀석…… 설마 잠입해 있었을 줄이야. 그런데 언제? 어떻게? 그럼 로페 대륙은 포기하고 온 건가?'

이하의 소식에 언제나 촉각을 곤두세웠다.

치요가 가장 최근 접했던 정보는 역시나 에즈웬 교황청이 날아갔다는 것이고, 마왕의 공격에서 람화연과 신나라가 교황을 살려 냈다는 소식이었다.

'당연히 그게 하이하의 짓이라고 생각했는데. 마왕의 공격조차 투명화하는 무언가를 썼다든가…… 1회 무적 스킬 관련을 획득해서 사용한 게 아닐까 예상했건만—.'

그게 아니었단 말인가.

그렇다면 첫 번째 날의 전투에서 다수로 보였다는 '하이하 무리'는 정말 전부 가짜였다는 건가.

'프레아의 스킬이 엄청나다지만 아무리 그래도 신대륙으로 한 번에 올 수는 없었을 거야. 즉, 미리미리 준비하고 떠났어야 할 것이고……. 적어도 열흘 이상의 시간이 소요된다고 생각하면—.'

〈제3차 인마대전〉이 시작한 이래로 하이하의 활약은 단 한 번도 없었다?

오히려 그 점도 치요에게는 신선하게 다가왔다.

〈신성 연합〉 대부분을 머저리 취급하고 있던 그녀였으니까.

'하긴 그래 봐야 이틀이지. 이제 곧 자정…… 그게 지나 봐야 겨우 사흘째가 된다. NPC의 힘으로 버티는 시간치고는 너

무 길었지.'

푸른 수염이 〈제2차 인마대전〉의 몬스터를 활용하여 로페 대륙을 뒤흔든다는 이야기도 들었다.

언젠가 치요가 외부 인력들을 고용하여 각국의 수도에서 테러 행위를 벌였던 것과 크게 다름이 없는 행동이었다.

'그걸 레가 이제서야 한다는 얘기는 결국…… NPC의 머리라고 해 봐야 그 정도가 한계라는 거지.'

다만 〈신성 연합〉은 NPC의 절대적인 수가 많으므로 조금 더 버티고 있을 뿐이다.

치요는 그렇게 생각했다.

하이하가 이곳에 있다면, 〈신성 연합〉은 결코 이길 수 없다. 그들이 사용할 수 있는 최고의 카드가 하이하일 테니까.

또한 하이하가 이곳에 있으므로, 〈신성 연합〉은 이기지 못할 것이다.

'바로 저…… 자미엘이 있으니까.'

이제는 카일이라는 이름에 아무런 반응도 보이지 않는다.

카일=자미엘의 상태에서 급격한 변화가 시작되었을 무렵, 치요는 마침내 카일과의 거래에 성공할 수 있었다.

'저 몸을 차지하게 되면 무제한의 마탄이 가능해진다. 우흐흣…… 거기에 내 세력이 그를 보호해 준다면 죽임을 당할 일도 없지.'

깨어 있을 때는 무제한의 마탄이 가능하므로 적이 없다.

그가 잠을 자야 할 때는 시노비구미를 비롯한 뱀파이어들이 온 힘을 다 해 지킨다. 작은 발소리만 내어도 그는 깨어날 것이며, 잠에서 깨는 즉시 적을 소멸시킬 것이다.

결국 24시간 모두 적이 없는 것 같은 자미엘이지만 약점이 없는 건 아니다.

'유일한 약점은 인간의 자연 수명……. 그것만 해결해 줄 수 있다면 그는 영원히 내 편이야.'

NPC이므로 어쩔 수 없이 세월의 흐름을 맞게 된다. 그러나 치요가 알고 있는 게 있다.

카즈토르를 뱀파이어로 만들었을 때 그에게서 추출한 정보.

[제2의 카일을 만드는 방법]

태아 NPC만 찾을 수 있다면 자미엘은 다시금 인간의 몸을 차지할 수 있게 되리라.

무엇보다 아직 20대인 카일이 '자연사'하려면 미들 어스 시간으로 몇 년이 더 흘러야 하는가?

그런 점을 고려했을 때 사실상 치요는 주는 것 하나 없이 받기만 하는 거래를 성사시켰다고 봐도 과언이 아니었다.

그렇게 완전히 같은 편이 된 자미엘은?

타아아앙─────……!

좌전방을 향해 있던 그의 '오른손'이 순식간에 우전방을 향했다.

 팔이 움직였다, 라고 치요가 깨달은 시점에서 이미 탄환은 날아오던 이하의 탄환과 맞부딪친 상태였다.

 "제아무리 하이하라도 어쩔 수 없나 보군요."

 "큭큭…… 나는 태초의 힘을 지닌 탄. 놈의 하찮은 사격 실력이 가당키나 할 것 같은가."

 "물론 어림도 없겠죠."

 "내가 탄환의 제한이 있을 거라 예상하고 시간을 끌어 보았지만 통하지 않았고…… 이제는 거리를 좁혀 탄속의 감소를 막아 나를 노려보려 하는군. 큭큭…… 재미있어."

 자미엘은 사격 게임을 하는 것처럼 전진하며 나아갔다.

 그의 진행을 가로막을 탄환은 없었다.

 그의 자신만만한 목소리에 치요는 잠시 서늘한 느낌이 들었다.

 '시간을 끌며 이런저런 수를 써 보다가…… 이제 거리를 좁혀 즉사 포인트를 노려본다는 그 마지막 한 수를 쓰려는 건가?'

 생체 병기화되어 버린 그의 오른팔은 몇 번을 보더라도 적응하기 힘든 외형이었다.

 자미엘이 말한 것처럼 탄환도 필요 없다. 일반적인 총기보다 성능 또한 훨씬 좋다.

 "〈뱀파이어 프리퀀시〉."

 치요는 박쥐의 주파수 능력을 활용한 스킬로 이하와의 거리를 재 보았다.

고작 1.2km 남짓의 반응. 거리를 줄이는 건 하이하에게 있어서 엄청난 모험일 것이다.

위험을 감수하고라도 선택을 해야 할 정도로 그가 궁지에 몰려 있는 게 틀림없다.

'우리의 추적을 피해 4시간이나 끌고 도망 다닌 것만으로도 대단한 거지.'

치요가 승리의 미소를 짓는 순간, 밤하늘을 밝게 비추는 빛이 있었다.

"읏—."

"무, 무슨— 드래곤?"

"바하무트! 바하무트가 어떻—."

아무리 보지 않으려 애써도 고개는 올라가기 마련이다.

다만 일반 시노비구미 유저들에 비해 치요는 이미 이하의 노림수를 어느 정도 예측하고 있다는 게 차이였다.

"속지 마! 환영이다! 자미엘—."

타아아앙————————……!

지금까지와 다르게 자미엘은 자세를 낮추며 오른손을 내질렀다.

눈길을 끌 수 있는 스킬이나 아이템을 활용한 후, 그것에 정신이 팔린 찰나의 순간 저격을 하는 것!

그게 바로 이하의 특기임을 알았음으로 치요는 불안했다.

자미엘이 웃기 전까지.

"크크……. 하이하. 고작 이것인가. 네 〈의지의 탄환〉은 이제 무력화되었다."

자미엘은 웃으며 대화를 나누고 있었다. 치요는 그의 행동에 잠시 의문이 들었지만 곧 이해할 수 있었다.

'과연. 저게 바로…… 사용한 사람과 연결된다는 그 스킬인가. 쿡쿡쿡.'

〈마음의 눈〉이라는 이름까지는 알 수 없지만 효과는 알고 있다.

이제 와서 저 스킬을 사용한 이유는? 치요는 이하를 직접 상대하지 않아도 그려 볼 수 있었다.

'바하무트로 눈길을 끄는 사이, 연동되는 스킬을 써서 저격에 필요한 준비를 마치고, 즉사 포인트를 노리는 그것을 썼나 보군. 〈의지의 탄환〉이 그 스킬 같은데…….'

마지막 순간 자미엘이 자세를 낮출 정도로 위협적이었음은 틀림없다.

그러나 위협적이었던 것뿐이다.

"이미 카일은 반응하지 않아. 그렇게 불러 보고 싶나? 그렇다면 이곳으로 와라."

"블랙 베스는 등에 걸고 와라. 두 손을 높게 들고…… 가슴에 붙은 그것도 떼어 내. 조금이라도 공격 행위를 하려는 게 보인다면, 나는 즉시 '나의 힘'……. 너희들이 말하는 '마탄'을 쏘겠다."

"글쎄. 내가 몇 발이나 남았는지 확인하기 전에 네가 먼저 이 세상에서 사라질 것 같은데."

치요는 자미엘이 혼잣말을 하는 게 아니라는 걸 알고 있었다. 그리고 그의 대화로 앞으로 일어날 일마저 유추할 수 있었다.

자미엘의 오른팔이 완전히 고정된 방향, 그곳에서 어스름을 뚫으며 누군가가 나타났다.

치요는 해맑은 미소를 띠고 그를 반겨 주었다.

"어머나아~ 아까는 인사도 없이 도망가길래 얼마나 민망했는데…… 오랜만이네, 하이하?"

"카일! 내 말 들려? 눈을 떠! 아직, 네 안에 조금이라도 의식이 있다면 눈을 떠!"

이하는 치요를 바라보지도 않은 채, 자미엘을 보며 필사적으로 외쳤다.

치요는 잠시 흠칫하고 자미엘을 바라보았으나 그는 여유로운 표정 그대로였다.

"과연…… 쥐새끼처럼 숨어 있을 때 내가 아직 완전히 이 몸을 지배하지 못했다는 말을 들었나 보군."

"카일! 아직 늦지 않았어! 자미엘을 죽이는 데 협조한다면 너는—."

"쯔쯔쯔, 인간들이란. 그리 오랜 세월을 바라봐 왔지만 정말이지 이해가 안 돼. 어째서 순응하지 못하는 거지? 어째서 내 말을 믿지 못하는 거지?"

자미엘은 웃고 있었다.

오히려 부담이 가는 것은 치요였다. 자미엘이 카일을 확실하게 제압하고 있다지만 어쨌든 카일을 완전 잠식한 건 아니다.

'하이하의 말에 반응해서 갑자기 자미엘이 미쳐 날뛰거나 하는 경우는……. 없겠지. 설마.'

불안한 마음을 지니고 있음에도 치요의 표정은 결코 변하지 않았다.

자미엘보다도 더욱 여유로운 얼굴을 하고, 자미엘의 곁에 선 그녀.

이하는 그들을 바라보았다.

"정말…… 카일은 없는 건가? 자미엘, 네가 카일을 먹어 버린 거야?"

"대답해 줄 의무는 없지만…… 사실상 그렇다고 봐야지. 카일의 정신은 이제 소멸되었다. 지금은 내가 카일의 육체를 잠식해 나가는 과정일 뿐이야."

"오호호홋. 이를 어쩌나? 설마 그런 만화 같은 일을 기대하고 온 거라면…… 내가 지금까지 당신을 너무 높게 쳐 줬나 본데?"

치요는 자미엘의 말을 들으며 더욱 과장된 웃음을 터뜨려 주었다.

자미엘의 오른손은 이제 이하의 가슴을 향해 있었다.

"마탄이 몇 발 남았는지 궁금하다고 했나? 적어도 한 발은 빼도 좋을 거야. 너는 마탄에 의해 죽어야 하니까."

이하는 움찔거렸다. 역시나 잘못 들은 게 아니었다.

그는 블랙 베스를 사용하고자 한다. 그렇다면 그 이유를 알아내야 한다.

"······블랙 베스를 왜 필요로 하는 거지? 어차피 그 팔······ 탄창 삽입도 없는 것 같고, 말 그대로 무제한적으로— 지금의 블랙 베스와 비교해도 결코 낮은 수준이 아닐 텐데. 겉모습을 바꾸려고 그러는 건가?"

"[낮은 수준]? 그따위 찌꺼기와 나를 비교하지 마라. 게다가 겉모습을 숨기기 위해 총을 쥔다고 생각하다니— 내가 보았던 그 똑똑했던 사수는 어디로 갔지? 나, 자미엘을 고작 그렇게 생각하고 있었단 말인가?"

시공을 넘나드는 능력이 있던 마탄의 악령. 자미엘은 하찮다는 표정으로 이하를 노려보았다.

그럼에도 이하는 자미엘에게 질문을 던지는 걸 멈추지 않았다.

"그럼 어째서?! 날 죽인다 한들 너는 블랙 베스의 각인자가 될 수 없어."

"아니. 각인은 '지우면' 된다. 크크······ 그리고 내가 블랙 베스를 제압한다면…… 나는 완전무결하고 유일한 존재가 되는 거지."

이하는 그의 말을 들으며 깨달았다.

키드의 추론이 옳았다. 루거의 추측도 완전히 틀린 건 아니었다.

그는 총기가 필요했다. 그러나 성능 좋은 총기가 필요한 게 아니다.

"……적의 특성을 흡수하고 동시에 그 적을 소멸시켜 버리니까?"

그가 원하는 건 블랙 베스의 '옵션'이었다.

무제한의 마탄을 쓸 수 있다면 적을 소멸시킬 수 있다.

그러나 블랙 베스가 있다면? 적의 특성을 흡수함과 동시에 소멸시킬 수 있다.

해당 특성이 미들 어스에서 유일한 것이라면, 이제 그 유일성은 오롯이 자미엘, 그에게 귀속된다는 뜻!

줄곧 포커페이스를 유지하던 치요도 놀란 얼굴을 했다. 그녀조차 자미엘이 어째서 블랙 베스를 원하는지 정확히 이해하지 못하고 있었기 때문이다.

자미엘은 웃고 있었다.

"내가 함께했던 수많은 사용자들이 있었지만…… 하이하, 네 녀석은 사용자도 아니면서 나를 이토록이나 즐겁게 해 주었군."

이하의 숨이 가빠졌다.

치요는 물론이고 시노비구미와 뱀파이어화 몬스터들이 이미 이하의 주변을 포위하고 있었다.

텔레포트 스크롤을 꺼내어 찢는 것도 제지하기 위하여, 그들은 언제든 덮칠 준비를 끝낸 셈이었다.

더 이상 퇴로는 없다.

"영구히 소멸되어라."

자미엘도 그것을 알고 있다. 따라서 그는 조용히 말했다.

"《마탄》."

투콰아아아——————……!

총성이 울렸다. 이하는 사라졌다. 치요가 움찔했다.

《마탄의 사수》 54권에 계속

토이카_ 죽지 않는 엑스트라

'믿고 보는 토이카'가 여는 새로운 모험의 세계
살아남고 싶은 엑스트라의 유쾌한 반란이 시작된다!

던전 도시를 다스리는 셰어든 후작의 둘째 아들, 에반 디 셰어든.
유복한 환경에서 넘치는 사랑을 받으며 자란 철부지 소년 에반은
어느날 자신의 전생이 지구인 여반민이었다는 사실을……
그리고 여반민의 29년 삶의 기억 속에는,
지금 그가 사는 세상과 똑 닮은 게임인
〈요마대전 3〉에서 허무하게 죽어 나갔던
'엑스트라 에반'도 포함되어 있었다!

"절대로 죽지 않을 테다. 절대로!"
에반은 과연 죽지 않는 엑스트라가 될 수 있을까

은 재미와 감동으로 엄선된 장르소설 전문 출판 브랜드입니다.